KB161234

깨지기
쉬운 것들의
과학

22 깨지기 쉬운 것들의 과학

태 켈러 장편소설

강나은 옮김

2019년 9월 16일 초판 1쇄 발행
2021년 5월 24일 초판 3쇄 발행

펴낸이 한철희 | 펴낸곳 돌베개 | 등록 1979년 8월 25일 제406-2003-000018호
주소 (10881) 경기도 파주시 회동길 77-20 (문발동)
전화 (031) 955-5020 | 팩스 (031) 955-5050
홈페이지 www.dolbegae.co.kr | 전자우편 book@dolbegae.co.kr
블로그 blog.naver.com/imdol79 | 트위터 @Dolbegae79 | 페이스북 /dolbegae

주간 김수한 | 편집 우진영·권영민
표지 디자인 이새미 | 본문 디자인 이은정·이연경
마케팅 심찬식·고운성 | 제작·관리 윤국중·이수민·한누리 | 인쇄·제본 상지사 P&B

ISBN 978-89-7199-976-9 (44840)
ISBN 978-89-7199-432-0 (세트)

책값은 뒤표지에 있습니다.

이 도서의 국립중앙도서관 출판예정도서목록(CIP)은 서지정보유통지원시스템 홈페이지(http://seoji.nl.go.kr)와 국가자료공동목록시스템(http://www.nl.go.kr/kolisnet)에서 이용하실 수 있습니다. (CIP제어번호: CIP2019032599)

깨지기 쉬운 것들의 과학

태 켈러 장편소설 | **강나은** 옮김

이 작품은 소설입니다. 작품에 등장하는 이름, 인물, 장소, 사건들은 저자의 상상이거나 소설적으로 사용한 것입니다. 생존하거나 사망한 실존 인물, 실제 사건, 장소 등과의 유사성이 있다면 완전히 우연에 불과합니다.

엄마에게

차례

1단계 관찰

과학적 탐구 과정의 첫 단계!

관찰하는 기술을 키우고 다듬어 보세요!

여러분 주변에서는 어떤 일이 일어나고 있나요?

보고 경험하는 모든 걸 기록해 보세욥!

#닐리_선생님과_함께하는_과학_모험

9월 5일

과제 1 주변 관찰

우리의 첫 과제를 칠판에 구깃구깃한 글씨로 써 놓은 닐리 선생님은 '과학적 탐구 과정'이란 것을 가르치기가 아주 신나는 모양이다. 왜 굳이 해시태그를 달고 멀쩡한 '보세요'를 '보세욥'으로 썼는지는 알 수 없지만 원래 그런 선생님이다. 늘 그렇다 보니 다들 결국 그러려니 하게 되는.

닐리 선생님이 우리에게 나누어 준 공책에는 선생님의 원대한 포부가 담겨 있다. '장기적 과제를 성실하게, 끝까지 하는 일'이 아주 중요하다고 생각한 선생님은 그 사실을 우리에게 가르치기 위해 근사한 방법을 떠올렸다고 한다. 기본적으로 우리는 각자 흥미롭게 느끼는 대상을 관찰하며 자기만의 **질문**을 정하고, 그 질문을 과학적으로 탐구해야 한다. 앞으로 1년 동안.

우리가 자리에 앉자마자 선생님은 오래된 작문 공책을 나누어 주며 설명했다.

"이 공책은 바로 여러분의 '탐구 일지'입니다! 수업 시간에 하는 실험 내용도 여기에 적고, 과제도 여기에 하세요. 세상에서 가장 멋진 과학 여정을 담는 겁니다, 바로 **여러분의** 과학 여정을요!"

우리는 진지하게 한 말인지 헷갈려 선생님을 빤히 쳐다보았다. 진지하게 한 말이었다.

"앞으로 1년 동안 여러분은 자기만의 과학적 탐구를 해 나갈 텐데요, 그 여정은 모두 하나의 질문에서 출발합니다. 바로 여러분 가슴에 불꽃을 터뜨리는 질문."

폭발을 흉내 내는 것 같은 선생님의 이상한 몸짓을 보고 교실 뒤에서 누군가 키득키득 웃었다. 그러나 그 웃음에 선생님은 더 힘이 나는 모양이었다.

"1년이 지나 여러분이 그 과학 탐구 과정을 공유할 때, 그때는 **이 선생님이** 배울 차례가 되는 겁니다, 바로 **여러분**한테서요!"

닐리 선생님은 갓 교사가 되어서 아직 다 긍정적으로 보지만, 내 개인적 생각을 말하자면 이 과제는 가망이 없다. 작년에 국어를 가르친 잭슨 선생님은 우리가 일기를 쓰면 참 좋겠다고 생각했다. 새 학년 첫날 선생님이 우리에게 내 준 과제는 단순했다. 1년 동안 총 50편의 일기를, 진심을 담아 쓰는 것. 짐작하겠지만 우리는 하나같이 제출하기 바로 전날 50편을 몰아 썼다. 나는 노래 가사로 꽤 많이 메꿨다. 큼직큼직한 글씨로 아주 그냥 날려 썼다.

엄밀하게 따지면 이 과제는 집에 가서 해야 하지만 좀 일찍 시작하는 것도 나쁘지 않을 것이다. 그럼 나의 공책아, 더 기다릴 것 없이 지금부터 나, 내털리 나폴리의 과학적 관찰 내용들을 적어 볼게.★

★ 이것은 당신이 평생 읽을 것 중 가장 훌륭한 관찰 기록일 것이다. 지금 두구두구두구 하는 드럼 소리가 들린다고 상상해 보라, 얼른.

- 닐리 선생님은 말할 때 커다란 원을 그리듯 팔을 휘젓는다. 훌라댄스를 추

는 것 같다. 선생님의 진한 갈색 피부와 대조되는 하얀색 셔츠가 선생님이 움직일 때마다 주름진다.

- 선생님이 우리에게 '과학의 즐거움'을 끌어안아 보라고 말한다.
- 미케일라 멘저가 손을 든다.
- 선생님이 시키지도 않았는데 미케일라 멘저가 말한다. "과학은 말 그대로 즐거워요. 저는 지금 말 그대로 과학의 즐거움을 끌어안고 있어요."
- 미케일라 멘저는 아무것도 말 그대로 끌어안고 있지 않다. 내 대각선 방향에 있는 책상 앞에 앉아 있을 뿐이다. 두 손은 앞으로 모아 잡았고, 땋아 내린 짙은 색의 굵은 머리카락이 어깨쯤에서 꼬여 있다.
- 미케일라 멘저에게는 선크림 냄새가 난다. 그래서 온 교실에 선크림 냄새가 난다. 교실 공기는 습하고 덥다. 파운틴중학교에도 에어컨이 있었으면 좋겠다.
- 교실마다 에어컨이 있는 밸리호프중학교에 다닐 수 있을 정도로 우리 집에 여유가 있었더라면 좋았겠지만, 지금 엄마는 '아프고' 아빠 말에 따르면 우리 가족은 '허리띠를 졸라매야' 할 때다.
- 그리고 밸리호프중학교에 갈 돈이 집에 확실히 있는 트위그**도 여길 다니는 걸 보면 이 학교도 그리 나쁘진 않은 것 같다.

★★ 은하계 전체에서 가장 좋은 친구다.(본인이 한 말이다.)

- 닐리 선생님이 내 이름을 부르며 뭐라고 말하는데, 귀 기울이지 않고 있던 나는 적당히 고개를 끄덕이면서 '저는 과학

을 끌어안고 있어요' 하는 미소를 나름대로 힘껏 지어 본다.

- 선생님이 "네가 이 과제를 그렇게 좋아해 주니 참 기쁘다만, 이건 집에서 할 숙제니까 지금은 수업에 집중하렴, 내털리" 하고 말한다.
- 나는 집중한다.
- 미케일라 멘저에게서 계속 선크림 냄새가 난다.

2단계

질문

이 세상에서 여러분을 어리둥절하게 만드는 것은
무엇인가요? 여러분의 흥미를 불러일으키는 것을 찾아
마음을 다해 그것을 관찰해 보세요!
탐정 모자를 쓰고 스스로 사립 탐정이 되어 보세요.
아, '과학' 탐정이라고 해야겠네요!

#7학년_탐정들

9월 8일

과제 2 질문하기

닐리 선생님은 우리에게 돌아가면서 각자 자신이 고른 과학적 질문을 소리 내어 읽으라고 시켰다. 톰 K.는 "배터리가 폭발하지 않는 최대 전압은 몇일까?"라고 읽었다. 미케일라 멘저의 질문은 "각기 다른 빛의 조건 속에서 식물은 어떻게 자랄까?"였다.*

나는 숙제를 하지 않았고 선생님이 나에게 다가왔을 때까지도 질문을 생각해 내지 못해서 이렇게 내뱉었다.

"닐리 선생님은 왜 그렇게 해시태그를 많이 쓰실까?"

곧장 뺨이 달아오르고 손바닥은 가려워지기 시작했다. 이런 식으로 교사를 모욕해 본 적이 없기 때문이다. 그러나 교실 저편에서 트위그가 웃음을 터뜨리고는 내게 엄지를 들어 보였다. 미케일라는 어이없다는 표정을 짓더니 땋은 머리를 한쪽 어깨에서 다른 쪽으로 넘겼다.**

트위그를 제외한 나머지는 누구도 이 상

★ 맨날 속임수 쓰는 멘저. 분명 전에 한 실험이다. 내가 안다.

★★ 미케일라는 땋은 머리를 엄청나게 좋아해서 여러 가지 모양으로 땋는 법을 안다. 한때 내 머리카락을 맡기기도 했지만 이제 그런 일은 없다.

황에 어떻게 반응해야 할지 몰라 '재 농담이야, 진심이야?' 하는 표정으로 서로를 보고 있었다.

닐리 선생님은 미소를 지었다. 기운이 넘치는 사람치고는 인내심이 꽤 많은 것 같다. 배 속을 조여 오던 느낌이 한결 나아졌다.

"그 질문은 과학적 탐구를 할 만한 질문이 아닌데, 내털리! 주변을 좀 더 둘러보고 탐구할 만한 질문을 찾아보자!"

솔직히 좀 민망했다. 나 말고 모두가 이 과제를 진지하게 받아들일 줄은 몰랐다. 그리고 우리 반 천재 전학생인 다리가 뒤이어 곧바로 예각이 어쩌고 하는 짜증 나도록 똑똑한 질문을 내놓는 바람에 더 민망했다. 새 질문을 생각해 내야 하는데 어떤 걸로 해야 할지 모르겠다.

한편 엄마는 오늘 저녁에도 식사를 하러 방에서 나오지 않았다. 더 나쁜 소식은 아빠가 쩔쩔매면서 만든 저녁밥이었다는 거다. 내가 학교에서 돌아왔을 때 아빠는 두껍고 오래된 요리책 같은 걸 펼쳐 두고 들여다보면서 생닭 속에다 허브를 쑤셔 넣으려 애쓰고 있었다. 냄비에서는 파스타 면이 익어 가는데 물이 부글부글 끓어 가장자리로 넘치기 직전이었다.

내가 이 광경이 웃긴지 슬픈지 판단하지 못한 채 서서 쳐다보고만 있자 아빠가 빽 외쳤다.

"내털리, 거기 가만히 서 있지 말고 좀 도와줘!"

그래서 그때부터 한 시간 동안 아빠는 요리를 했고 나는 재료를 계량했다. 나쁘지 않았다. 아빠와 말을 할 필요도 없었다. 아빠는 상담사라서 나와 말할 기회가 있을 때마다 자꾸 질문을 하고 "기분은 어때?" 같은 소릴 한다. 나는 늘 "짜증 나"라고 대답하고.

어쨌거나 부엌 전체가 정말이지 좋은 냄새로 가득 찼고 닭 요리는 깜짝 놀랄 만큼 맛있었다. 하지만 엄마는 아빠와 내가 차린 식탁에 앉기는커녕 방 밖으로 나오지도 않았다.

"내가 엄마 데려올까?"

내가 물었다. 아빠는 슬퍼 보이는 미소를 띠고 말했다.

"엄마는 지금 혼자만의 시간이 필요한 것 같다."

요즘 들어 아빠는 엄마와 관련된 모든 일에 이렇게 대답하는 것 같다.

"그래도 엄마가 나와야 하지 않을까?"

"내 입장에서야 그러면 좋겠지만, 우린 엄마한테 자기 시간을 좀 줘야 돼."

"그래도 아빠."

"그래도 내털리."

우리는 말없이 밥만 먹었다. 다만 이번엔 나쁜 종류의 침묵이었고, 음식이 더는 그렇게 맛있지 않았다.

그 후 닐리 선생님 시간에 발표할 과학적인 질문을 무엇으로 해야 할지 생각해 보는데, 머릿속에 콱 박힌 짜증 나는 노래처럼 한 가지 생각만이 맴돌았다. '엄마가 알았다면 도와주었을 텐데.'

전에는 학교에서 내 준 과학이나 수학 문제가 있으면 나는 엄마와 함께 문제지며 공식이며 도표 따위를 다 식탁에 펼쳐 놓고 앉았다. 엄마는 뭔가에 본격적으로 진지하게 임할 때면 늘 그러듯이 연한 갈색 머리를 틀어 올려 핀으로 뒤통수에 고정했다. 그리고 문제 해결에 돌입했다.

엄마는 어떤 문제든 그에 관한 실험을 생각해 냈다. "화학 반응이 이해가 안 돼? 그럼 베이킹소다랑 식초 가지고 풍선을 불어 보자! 물의 밀도가 뭔지 모르겠어? 문제없지. 용암 램프(물과 기름의 밀도 차이를 이용해 층을 만들고 발포성 물질을 넣어 용암이 끓어오르는 것처럼 보이게 만든 것)를 만들어 보면 이해될 거야!"

나는 과학을 못하지만 도와줄 엄마가 있으니 문제없었다. 엄마와 내가 부엌을 꼭 전쟁터 같은 꼴로 만들어 놓으면 아빠가 들어와서 "이번엔 내가 안 치운다!" 하며 화난 척했고, 우린 그냥 하는 말인 걸 다 알았다.

아빠는 항상 치웠으니까.

하지만 이제 엄마는 방에 있고 아빠가 부엌을 치우는 데에는 시간이 그리 오래 걸리지 않는다. 나는 엄마가 엉망으로 어지른 부엌을 아빠 역시 그리워한다고 생각한다.

나는 지금 혼자 앉아, 이 모든 것을 이해시켜 줄 실험을 떠올릴 수 없다는 걸 깨닫는다. 질문이 무엇인지도 모르는데 어떻게 답을 찾을 수 있을까?

9월 13일

과제 3 개구리!

닐리 선생님이 오늘 우리에게 불쑥 중대 발표를 했다.

"자, 여러분, 놀랄 일이 있어요!"

선생님의 커다란 두 눈이 커다랗고 까만 뿔테 안경 너머로 더 커다래졌고, 선생님의 민머리는 교실 형광등 불빛을 받아 반짝거렸다. 아무도 반응하지 않았다.

"놀랄 일이 있어요."

선생님은 한 번 더 말했지만, 이번엔 우리 대답을 기다리지 않고 바로 덧붙였다.

"오늘 우리는 해부를 합니다! #개구리_해부."

모두가 웅성웅성 말을 주고받기 시작했다. 새 학년이 시작된 지 고작 2주째로, 보통 선생님들 같으면 아이들 성도 다 외우기 전이니 칼을 나눠 주는 법은 없다. 아무리 개구리를 자르는 조그만 칼*이라도 말이다.

★ 메스 말이다.

하지만 닐리 선생님은 빙긋 웃으면서 안전 수칙 목록이 적힌 종이를 나누어 주었다.

"우리가 운이 좋아서 이렇게 **예상치 못한 기회**를 얻게 됐는데,

진정한 과학 탐구자들인 우리는 최선을 다해 이 기회를 활용해 봅시다!"

파운틴중학교를 잘 아는 내가 해석해 보건대, 그 말은 분명 학교 당국에서 뭔가 실수하는 바람에 죽은 개구리들이 너무 일찍 잔뜩 도착해 버렸단 뜻이다.

"이 개구리들의 배 속을 열어 무엇이 그들을 움직이게 하는지 알아볼 겁니다. 어떤 생물이 어떻게 작동하는지를 제대로 이해하려면 안을 들여다보아야 하죠."

모두가 얼굴을 찡그렸다. 징그러우니까.

미케일라가 이번에도 선생님에게 지목받지도 않았으면서 한 손을 들더니 말했다.

"선생님, 제가 과학을 정말 사랑하는 거 아시죠? 그래도 저는 말 그대로 이거 못 하겠어요. 인권에 반하는 일이에요."

선생님은 얼굴을 찌푸리곤 말했다.

"그래, 미케일라. **동물권**에 반하는 일이라고 생각한다면, 내가 억지로 시켜서는 안 되겠지. 너는 그럼 복도 사물함 옆에 앉아서 연습 문제를 풀어도 된다."

그때 미케일라의 단짝인 제이니가 손을 들더니 저도 동물에게 권리가 있다고 믿어 이 실험에서 빠져야겠다고 말했다. 선생님은 한숨을 내쉰 뒤에 말했다.

"같은 입장인 사람 또 있나요?"

개인적으로 나는 죽은 동물보다는 식물이 더 편하다. 하지만 내게 주어진 선택 항이 개구리를 해부하는 것과 미케일라, 제이니와 같이 있는 것 둘뿐이라서 나는 조금 더 받아들이기 쉬운 쪽을

택했다.

내가 미케일라를 싫어하는 건 아니다. 그렇진 않다. 그보다는 우리가 함께 있을 때마다 어색함이라는 검은 구름이 끼면서 모든 게 잘못된 것 같은 기분이 든다는 게 문제다. 때때로 나는 내가 알던 미케일라가 어디로 갔는지 모르겠다는 생각을 한다. 우리 엄마들이 함께 일할 때 나와 함께 마법의 약을 만들고 흙을 파서 시험관에 넣는 나를 도와주던 그 아이는 어디로 갔을까, 하고 말이다. 한때는 누군가가 내 단짝 친구 미케일라를 '미케일라 아닌 애'로 바꿔치기했다고 밤새 생각하곤 했지만 지금은 되도록이면 아예 생각하지 않으려고 노력한다, 미케일라에 관해서라면.

닐리 선생님은 해부를 통해 실제로 무엇을 배워야 하는지 2분 정도 빠르게 설명해 주었지만 아무도 듣지 않았다. 다들 교실을 흘긋흘긋 둘러보며 소리 없이 아주 중요한 일을 하고 있었다. 바로 이번 학년 첫 실험을 누구와 같이 할지 정하기.

트위그와 나는 곧바로 서로를 마주 보았다. 당연히 같이 할 거니까 굳이 물어볼 필요 없는데도 트위그는 과장된 몸짓으로 '너랑 나?' 하고 물었고 나는 웃으며 고개를 끄덕였다.

선생님의 안전 수칙 설명이 끝나자마자 우리는 서둘러 맨 뒤에 있는 실험 탁자를 차지했다. 교실 구석에 있어서 선생님이 우리를 잘 볼 수 없는 자리, 명당이다. 트위그는 2배속으로 움직였다. 내가 공책을 꺼냈을 때는 이미 트위그가 우리의 실험 준비물을 다 정리해 둔 뒤였다. 준비물이란 물론 죽은 개구리와 기타 등등이다.

트위그는 금발 머리를 되는 대로 묶어 올려 머리카락 몇 가닥

이 삐져나와 흘러내리는 채로 말했다.

"나 신나, 내털리. 우리 진짜 이거 하는 거야? 내가 먼저 잘라도 돼? 심장 보고 싶어. 그리고 방광도. 개구리 오줌을 본다는 건 징그러운 걸까, 멋진 걸까?"

트위그는 평소처럼 아무도 신나게 생각하지 않을 일을 신나게 생각하면서 말을 쏟아 냈다.

"네가 다 해도 돼."

내가 마치 대단한 희생이라도 하는 것처럼 말하자 트위그는 신나서 외쳤다.

"꼭 수술 같을 거야!"

트위그가 그렇다. 게임을 좋아한다. 대부분의 사람들처럼 비디오게임을 좋아하는 게 아니라 아무도 안 좋아하는 구식 보드게임들을 좋아한다. 하지만 엄밀히 말하면 트위그 때문에 나도 그런 보드게임을 많이 하고, 나도 그게 꽤 재미있다. 트위그는 뭐든 재미있게 만드는 능력이 있다.

그리고 인정하기는 싫지만 나도 이 해부에 흥미가 생기기 시작했다. 내가 직접 메스를 잡는 것은 아니지만 트위그가 해부를 하면서 마치 TV에 나오는 의사라도 되는 것처럼 설명하기 시작했다. 나는 심장 모니터의 삑삑 소리를 흉내 내며 장단을 맞추었다.

트위그가 고개를 숙여 개구리의 위장을 들여다보더니 갑자기 소리쳤다.

"우아, 세상에! 우아, 우아!"

트위그의 어깨 너머로 보니 트위그가 가른 개구리의 배 속에 메뚜기가 있었다, 온전한 모습으로. 위 속의 메뚜기라. 이건 확실히 멋지다.

우리 쪽으로 다가와 무슨 일인지 확인한 닐리 선생님도 흥이 났다.

"여러분, 우리 과학 탐구자들이 뭘 발견했나 보세요!"

그러자 온 교실의 아이들이 우리 주변에 모여들었다. "굉장한데!" "으…… 징그럽다." 천재 소년 다리도 다가왔는데, 표정을 보아하니 제가 해부한 개구리는 죽기 전에 근사한 저녁을 먹지 않았다는 사실이 속상한 것 같았다.

다리는 우리 실험 탁자 위로 몸을 숙이더니 개구리를 좀 더 자세히 보았다. 두 팔은 양 옆에 뻣뻣하게 붙인 채 티셔츠 아랫단을 만지작거리면서. 그러다 주저하듯 "잘했네" 한마디를 던지고는 자기 자리로 돌아갔다.

트위그는 돌아가는 다리의 등에 대고 메롱 혀를 내밀었다. 다만 안타깝게도 선생님이 그 모습을 목격하는 바람에 우리는 선생님의 총애를 받는 과학 탐구자들의 위상을 순식간에 잃었다.

실험 준비물

- 메스 1개 — 날카롭다.
- 핀셋 1개 — 금속.
- 장갑 2켤레 — 고무.
- 개구리 — 죽었음.

과정

- 궂은일은 트위그가 다 하게 한다.

레날도

: 트위그와 내털리의
밥 잘 먹는 개구리!

- 트위그에게 메뚜기를 발견하게 한다.
- 우쭐해할 자격을 누린다.

학교를 마치고 트위그가 저희 집에 가자고 했고, 개구리 해부 보고서를 쓴다는 핑계가 있으니 허락받을 수 있으리라 판단했다.

내가 아빠에게 전화를 걸자 트위그가 몸을 기울여 내 귀와 전화기에 대고 소리쳤다.

"영진★에게 내 안부 전해 줘!"

나는 떨어지라고 손을 휘저었다.

피곤한 목소리로 전화를 받은 아빠는 트위그 집에 가도 되느냐고 묻자 걱정이 완연한 투로 목소리가 바뀌었다. 방과 후 트위그와 노는 것은 원래 아무런 문제가 아니었는데 올해 여름 이후로 좀 달라졌다.

★ 아빠의 한국식 이름. 트위그가 우리 집에 왔을 때 아빠 사무실에 들어갔다가 학위 증명서에서 그 이름을 본 뒤로 줄곧 그 이름으로 아빠를 부른다. 그리고 내 생각에 아빠는 트위그를 무서워해서 그러지 말라고 하지 않는다.

"내털리, 나는 네가 바로 집에 오면 좋을 것 같다. 네가 이 상황에서 그렇게 도망치지 않았으면 좋겠어."

아빠는 자꾸 엄마를 '이 상황'이라고 불러 괜히 더 큰일처럼 만든다. 아빠는 '이 상황'이 나에게 꽤 거슬리는 일이라고 생각하나 본데, 아마 그 판단은 맞을 것이다. 하지만 아빠가 계속 엄마에 대해서 말하는 것처럼 엄마가 정말로 아프거나 한 건 아니다. 엄마는 그냥 삶에 싫증이 난 것이라고 나는 생각한다. 우리에게 싫증이 난 것이다. 난 그런 일에 슬퍼하며 시간을 낭비하지 않을 것이다.

"내가 한밤중에 몰래 가출하는 것도 아니잖아. 그냥 트위그네 집에 몇 시간 있다가 가겠다는 건데."

아빠는 한숨을 쉬었다.

"내털리, 네 말 알겠다. 이게 너한테 참 힘든 일인 것도 알고. 그래도 난 말이야, 네가……."

"아빠, 나도 아빠 말 알겠어. 그런데 숙제 때문이야. 정말로 트위그랑 실험 보고서 써야 된다고."

나는 아빠 말을 끊고 말했다. 아빠는 잠시 대답이 없었다. 하지만 고민하면서 왼쪽 손바닥으로 얼굴 옆쪽을 쓸어내리는 모습이 눈에 보이는 것 같았다. 아빠는 원래 연구나 자신을 찾아온 내담자를 생각할 때 그렇게 행동하곤 했는데, 이제는 엄마와 나를 생각할 때 그런다.

결국에는 아빠의 피로가 내 상담사가 되려는 아빠의 욕구를 이겼다.

"저녁 먹기 전에는 올 거지?"

그렇게 우리는 자유의 몸이 되어 트위그네 집으로 달아날 수 있었다. 자전거로 학교에서 15분밖에 걸리지 않고, 빠르게 타면 10분이 걸리는데 오늘 우리는 빠르게 탔다. 아빠 뜻대로 집에 돌아가기 전에 최대한 오래 함께 있기 위해서.

트위그는 엄마와 함께 대저택에서 산다. 트위그의 아빠는 뉴욕에 살며 은행가로서 돈을 엄청나게 번다. 트위그의 부모님은 '원만하게 갈라선' 사이지만 아빠가 한 달에 한 번씩 거금을 보내 준다. 트위그의 엄마도 예쁜 사람들에게 어떤 옷을 입어야 하는지 알려 주는 어플리케이션들을 디자인해 많은 돈을 번다. 트위그의 엄마는 굉장한 미인으로 한때 슈퍼 모델이었다. 그래서 기본적으로 늘 예쁜 옷과 예쁜 사람들로 머릿속이 가득 차 있고 1년에 세 번씩은 비행기를 타고 파리로 간다.*

★ 사실 트위그라는 이름은 걔네 엄마가 예전에 유명했던 슈퍼 모델의 이름을 따서 지은 거다. 길고 마른 몸에 회색이 도는 옅은 금발 머리카락이 사방으로 삐죽거려서 우스개로 지은 별명일 거라고 짐작들 하지만—트위그(twig)에는 나뭇가지라는 뜻도 있다—사실 본명은 '트위기'이고, 그걸 줄여 '트위그'라 부르는 것이다. 자기 이름이 부끄러운 트위그는 아이들의 틀린 짐작을 굳이 바로잡지 않는다.

트위그와 함께 자전거를 타고 걔네 집에 갈 때마다 나는 속으로 '우아……' 한다. 자전거 페달을 밟으며 가로수로 덮인 작은 길들을 나아가다 보면 갑자기 거대한 벽돌 저택이 나타난다. 트위그네 집이다. 트위그는 부모님 이야기를 많이 하지 않고 나 말고는 누구도 집에 데려가는 법이 없는데, 그건 나 말고는 친구가 없어서 그런 것뿐이니 딱히 문제 될 건 없다.

그러니까 이렇게 됐다. 트위그가 4학년 중반에 나타났다. 말하자면 어느 날 갑자기 다른 우주에서 슉 옮겨 온 것이다. 수업이 시작하기를 기다리며 교실 밖에 모여 있던 우리 앞에, 이 학교에 온 첫날을 기념하려고 완전히 스팽글로 덮인 옷을 골라 입은 트위그가 등장했다. 걸을 때 또각또각 소리가 나는 플라스틱 힐을 신고. 마치 영화 속 장면처럼 모두가 숨을 죽인 채 트위그를 빤히 보았다. 그때 트위그가 미케일라와 나에게 레이저 광선 같은 미소를 짓더니 말했다.

"우린 친구가 될 거야."

미케일라는 여태 내가 본 적 없는 이상하고 주름진 얼굴로 "어……"라고 했지만, 나는 미소를 지으며 말했다.

"좋지."

모두가 트위그를 이해하는 건 아니다. 하지만 나는 이해한다.

트위그와 나는 저택의 거대한 대문으로 들어가 자전거를 잔디밭에 쓰러뜨려 두었다. 안으로 들어가자마자 트위그네 집안일을 관리하는 엘렌이 우리 주변을 맴돌기 시작했다. 프랑스 사람이라 근사한 억양으로 말하는데, 트위그와 나는 엘렌이 없을 때 그 억양을 흉내 내곤 한다. 그렇지만 짓궂은 식으로는 아니다. 우리 둘 다 엘렌을 정말 좋아한다.

"내가 세상에서 두 번째로 좋아하는 아이를 봐서 정말 반갑네, 내털리."

엘렌이 우리의 책가방을 받아서 옷걸이에 걸어 주며 말했다.

"고마워요, 엘렌."

나는 말했다. 엘렌은 우리에게 차가운 우유 두 잔을 따라 주었고* 우린 지하로 내려갔다.

"무슨 게임 할까?"

트위그가 불을 켜자 몇 년째 우리의 아지트인 지하실이 환해졌다. 커다란 빈 백bean bag(커다란 자루 안에 콩알 같은 충전재를 채워 넣어 몸의 움직임에 따라 모양이 변형되는 의자) 두 개가 있고 그 밑에는, 트위그의 엄마는 싫어하지만 우리는 사랑하는 핫 핑크 색깔의 털북숭이 러그가 깔려 있다.

지하실 한쪽 벽, 보드게임으로만 가득 찬 거대한 책장 앞에서 트위그가 한 손을 허리에 얹고 꼼꼼히 살펴보더니 말했다.

"'소리!'Sorry나 '파치지'Parcheesi나 '클루'Clue 할 수 있어."

★ 엘렌은 우유에 집착한다. 내가 갈 때마다 가장 먼저 묻는 것이 "우유 줄까?"이다. 나는 우유를 좋아하지 않지만, 트위그네 집에 갈 때마다 "뼈가 자라야지, 뼈가 자라야지" 하는 엘렌을 거절할 수 없어서 우유를 마시게 된다.

하지만 예의상 묻는 거고, 게임은 늘 트위그가 고른다.

"나는 뭐든 상관없어."

나는 우유 한 모금을 마신 뒤 보라색 빈 백 위에 자리를 잡았다. 트위그는 어느새 수천만 억 개의 보드게임 중에서 '클루'를 골라 내 앞에 놓았다. 초록색 빈 백에 털썩 앉은 트위그는 게임 구성물을 모두 러그에 펼쳐 놓았다. 우린 아주 능숙해서 1분도 안 되어 게임할 준비를 마쳤다.

우리는 게임을 두 판 했다. 두 번째 판에서 우리는 부엌에서 촛대를 든 화이트 여사를 잡았다. 첫 번째 판은 기억나지 않는다. 트위그가 세 번째 판을 준비하기 시작했을 때 나는 이제 진짜 보고서를 쓰는 게 어떻겠느냐고 제안했다. 트위그는 마지못해 동의하더니 제 공책 표지에다 낙서를 잔뜩 했다.

"낙서는 이 탐구 과정에서 중요한 부분이야."

트위그는 한 줄로 늘어서서 재주넘기하는 개구리들을 '이름' 칸에다 그려 넣으면서 말했다.

솔직히 말하면 트위그가 숙제하는 모습을 본 적이 있는지 모르겠다. 똑똑한 아이라는 건 알지만, 트위그는 학교에 관한 일이라면 뭐든 걱정하는 법이 없고 과학 숙제 역시 전혀 신경 쓰지 않는다.

하지만 나는 한 시간 정도를 들여 이 모든 것을 적었다. 어째서인지 나는 이 숙제에 신경이 쓰이기 때문이다.

9월 25일

과제 4 식물도 사람과 같다

오늘 따분한 수업이 준비된 것을 보면 닐리 선생님은 지난주 미케일라의 항의에 겁먹은 모양이다. 선생님이 교실을 돌아다니며 문제지를 나누어 주었고, 우리는 조용히 거기에 답을 써야 했다. 커다란 식물 그림에 작은 화살표와 빈칸이 있어 각 부위의 명칭을 쓰게 되어 있다. 내가 이런 말을 할 줄은 몰랐는데, 죽은 개구리의 배를 가르던 시간이 그립다.

문제지 빈칸에 들어갈 답을 알고 있지만, 닐리 선생님이 식물의 각 부위에 관해 이미 수업을 했지만, 엄마가 그 이름들을 백만 번은 넘게 언급했지만 나는 써넣을 수가 없다. 식물은 내가 아는 언어지만, 식물을 생각하는 것만으로도 배 속이 꽉 조이는 것 같다. 그래서 뭔가 쓰는 것처럼 보이려고 내 생각을 적고 있다.

미케일라가 손을 들더니 이것이 시험이냐고 묻자, 선생님은 이렇게 답한다.

"**선생님**을 위한 시험이냐 하면, 아니죠! **성적**을 위한 시험이냐 하면, 그것도 아니죠! 그러나 **여러분**을 위한 시험이냐고 묻는다면? 맞습니다! 자신의 지식을 탐험하는 시험이자 여정이고, 과학적 탐색이며……."

뭐…… 더 안 써도 무슨 얘기인지 알겠지.

물론 다리는 이미 답을 다 썼다. 지난주에 받은 읽기 자료에 답이 다 있었으리란 생각이 문득 든다. 나는 읽지 않았다. 나는 이 탐구 일지 말고 다른 숙제는 거의 하지 않고 있는데, 내가 엄마 때문에 힘들어한다고 생각하는 아빠는 그래도 별말 하지 않는다.

재미있는 사실 하나. 우리 엄마는 **식물학자**다. 아니, 식물학자였다고 해야 하나? 모르겠다. 엄마가 '아프기' 전에는 그것이 엄마의 직업이었다. 랭커스터대학교의 연구실에서 일했고, 미케일라의 엄마인 멘저 교수가 우리 엄마의 상사였다. 엄마는 거기서 온갖 과학적인 일들을 했고, 식물들이며 속屬과 종種 따위에 대해 항상 이야기했다. 그런 이야기, 듣기에 지루할 것 같겠지만 그렇지 않다. 엄마 아빠가 저녁을 먹으며 일 이야기를 주고받던 어느 날이었다. 예전에는 늘 그랬듯 그날도 두 사람은 서로의 이야기에 귀를 기울이며 웃고 농담하고 있었는데, 아빠가 문득 나를 쳐다보며 말했다.

"우리는, 네 엄마하고 나는 진짜 달라. 나는 식물의 '식' 자도 모르거든. 식물이라면 뭘 어디서부터 시작해야 하는지도 모를걸."

그러자 엄마가 고개를 젓더니 진지한 표정으로 말했다.

"그렇지 않아. 생각해 보면 당신하고 나는 같은 일을 하는 거야. 당신은 사람들을 대하면서 그 사람이 어떻게 생각하고 느끼는지를 분석하는 거잖아. 나도 똑같아. 그저 대상이 식물이란 점만 다른 거지."

나는 그 말에 소리 내어 웃었다. 그런데 아빠는 '나 당신 너무

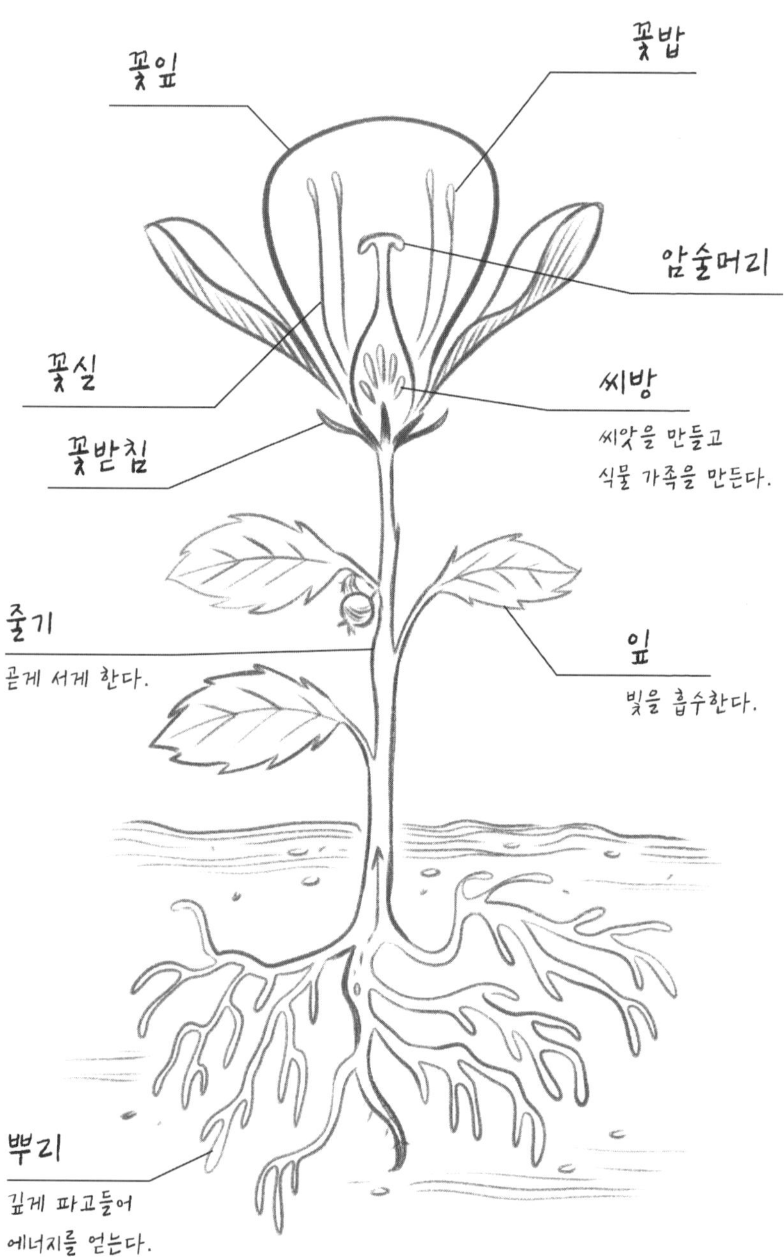
꽃잎
꽃밥
암술머리
꽃실
씨방
씨앗을 만들고
식물 가족을 만든다.
꽃받침
줄기
곧게 서게 한다.
잎
빛을 흡수한다.
뿌리
깊게 파고들어
에너지를 얻는다.

사랑해' 하는 눈빛으로 엄마를 뚫어져라 보았고, 나는 토하고 싶은 기분과 흐뭇한 기분이 동시에 들었다.

돌아보면 엄마의 말이 맞았는지 잘 모르겠다. 나는 엄마에게 '식물은 사람이 아니야. 식물도 먹고 자라고 숨 쉬지만, 웃고 노래하고 궁금해하지 못하잖아'라고 말하고 싶다. 그리고 이제 웃고 노래하고 궁금해하지 못하는 건 엄마다.

'돌아와' 하고 말하고 싶다.

왜냐하면, 어쩌면 엄마가 속으로는 웃고 우는 그런 일을 다 하고 있는지도 모르기 때문이다, 엄마가 사랑하는 식물들처럼. 그러니까 누군가 다시 밖으로, 밖으로, 밖으로 밀어 주기만 하면 엄마는 다시 속에서만이 아니라 겉으로도 웃고 노래하고 궁금해할 수 있을지도 모르기 때문이다, 나와 함께.

10월 2일

과제 5 달걀 어때?

닐리 선생님이 나에게 수업 끝나고 좀 보자고 했다. 수업 **도중에**, 그것도 크게 말했다.

"선생님하고 잠깐 얘기 좀 하자, 내털리."

창피할 뿐 아니라 도망갈 수도 없게 됐다.

아무래도 수업 시간에 딴생각 좀 그만하라며 야단맞을 것 같아서 오늘 수업 시간에 선생님이 한 말을 모두 떠올리려 해 보았지만, 떠오르는 게 그다지 없었다. 칠판에 '항상성'의 정의가 필기되어 있긴 하지만,★ 그것 말고는 수업에 별로 귀를 기울이지 않았다.

닐리 선생님은 오늘 수업 내용을 테스트하는 것이 아니라 이렇게 말했다.

"과학적인 질문 찾는 게 어렵지? 도움이 좀 됐으면 해서 말이다."

어떤 엉뚱한 감탄사나 해시태그도 없이 단도직입적으로 말한 선생님은 노란색 종이 한 장을 내밀었다. 어떤 과학 대회에 관한 안내 포스터였다.

★ 닐리 선생님에 따르면, '항상성: 이것 덕분에 우리 몸의 모든 부분이 항상 원활하게 돌아간다! 외부 환경이 바뀌어도 우리 몸은 안정적인 내부 환경을 유지해서, 우리가 기능하고 먹고 자고 놀고 숙제를 할 수 있게 해 주는 것이지! #몸아_고마워'.

“보통은 가장 우수한 학생들한테만 추천하는 건데, 어쩌면 너한테도 좋은 기회가 될 수 있겠다는 생각이 들었어.”

분명 내가 기분 나빠 해야 할 말인 것 같은데, 어쨌건 그 안내지를 받아 들었다.

“물론 부담은 가질 거 없다. 그냥 한번 보고, 생각해 봐라. 네가 관심 있어 할지도 모른다고 생각했어. 하고 싶은 마음이 들어서 너 스스로도 놀랄지 누가 알겠니?”

선생님은 내가 모르는 것을 알기라도 하는 것처럼 미소를 지었다. 내가 어른들에게서 싫어하는 점. 늘 우리보다 자신이 더 똑똑하다는 걸 증명하고 싶어 한다.

“다리도 참가해. 다리하고 같이 해 보는 것도 좋을 거야. 과학은 원래 친구와 같이 하면 더 재미있지.”

내가 추가적인 숙제를 하고 천재 소년과 어울리는 데 관심이 있을 거라고 생각한 것을 보면, 선생님은 나를 잘 모른다. 하지만 나는 고개를 끄덕이고 억지로 미소를 지었다.

“음…… 네, 감사합니다.”

안내지를 흘깃 내려다보니 거대한 달걀이 웃고 있는 상투적인 그림이 있고 아래에는 장소와 상금이 안내되어 있다. 아마 이런저런 다른 종이들과 함께 구겨 버리게 되겠지 생각하며 그걸 가방에 넣었다.

“생각해 봐라.”

여전히 지나치게 환한 미소를 지으면서 선생님이 말했다.

“그리고 이 대회를 탐구 일지의 주제로 삼지 않을 거라면, 다른 질문을 이번 달 안으로는 생각해 와야 한다.”

랭커스터 카운티 유소년 과학 사랑 협회

달걀 떨어뜨리기!

무엇을: 우리 도시에 거주하는 6~8학년 학생 누구나 참가할 수 있는 달걀 떨어뜨리기 대회

왜: 우리 아이들의 과학적 잠재력 발달을 장려하기 위해

언제: 1월 13일 오후 1시

어디서: 웨스트오크 스트리트 331번지 3층

상금: 500달러!!!!!!

나는 다시 한번 감사하다고 인사하고 자리를 떴다.

집에 돌아와서는 잠들 때까지 엄마를 생각하며 시간을 보냈다. 예전의 엄마였다면 이 과제를 정말 반가워했을 것이다. 며칠이고 나와 함께 앉아서 브레인스토밍으로 여러 질문과 실험 방법을 떠올려 보았을 것이다.

그러나 이젠 의미 없다. 예전의 엄마는 사라졌고, 내가 잘 모르는 사람이 엄마 자리를 차지하고 있기 때문이다. 이 과제는 나 혼자만의 것이다.

10월 4일

과제 6 기적을 길러 내는 법

나는 엄마 아빠의 방에 들어가면 안 된다. 원래는 들어갈 수 있었다, 문이 닫히더니 다신 열리지 않기 시작한 이번 여름 전까지는. 한 백만 달쯤 지난 옛날 같다. 고작 석 달 전이지만.

그 일은 천천히 일어났다. 좋아하는 청바지가 더는 맞지 않는다는 걸 깨달았는데 도대체 언제부터 그 옷이 내게 작았는지 알 수 없는 것처럼, 처음에 나는 그 변화를 알아채지도 못했다.

엄마가 일을 더 적게 하고 잠을 더 많이 자기 시작했고, 집 안에서 잠옷 바람으로 돌아다니는, 전에는 결코 하지 않던 행동을 했다. 처음에 나는 좋았다. 이게 좋은 일이라고 생각했다, 처음에는. 엄마가 내 곁에 더 오래 있고, 우리가 좀 더 같이 시간을 보내고 이야기를 나눌 수 있고, 엄마는 연구실에 그리 자주 가지 않아도 된다는 뜻이라고 생각했다.

물론 그렇게 되지는 않았고 나는 그것을 제때 알아차리지 못했다. 엄마와 아빠는 밤이면 직장 문제에 관해 속삭이며 대화를 나누었고, 나는 무언가가 잘못되었다는 걸 알았지만 **그렇게까지** 잘못되었는지는 몰랐다.

그렇게 모르던 나는 어느 저녁에 마침내 알았다, 우리 삶이 괜찮지 않다는 것을. 우리는 스파게티와 미트볼을 먹고 있었는데, 아빠가 만든 것이어서 그다지 맛있지 않았다. 공기는 7월의 열기로 답답하고 무거웠다. 아빠가 무슨 농담을 했고, 나는 웃었고 엄마는 웃지 않았다.

그리고 그때 나는 생각했다. '엄마가 마지막으로 웃은 게 언제였는지 모르겠어.'

갑자기 숨을 제대로 쉬기 어려웠다. 무언가 나쁜 일이 일어나고 있다는 걸 알겠는데 그것이 무엇인지 알 수 없었기 때문이다.

아빠도 그걸 감지했고, 아빠의 어깨가 처지고 미소가 가셨다. 그렇게 미소가 사라지는 순간을 목격하는 것은, 끔찍한 일이다.

다음 날 아침 1층으로 내려와 보니 엄마 아빠 방의 문이 닫혀 있었고 아빠는 식탁에 혼자 앉아 있었다. 나는 엄마 아빠의 방으로 다가갔지만 아빠가 곧바로 나를 멈춰 세웠다. 나는 아빠가 나만큼이나 슬프다는 걸 느낄 수 있었지만 아빠는 이유를 말하지 않았다.

"우리 괜찮아. 괜찮을 거야. 그래도 지금은 엄마한테 혼자만의 시간을 좀 주지 않을래?"

그렇게 나는 그 방에 더는 들어갈 수 없게 되었다. 아빠는 행복한 척하는 얼굴로 '평소의 아빠'가 되려 했고 엄마는 어두운 침실 속으로 사라져 '엄마 아닌 사람'이 되었고 "엄마한테 혼자만의 시간을 좀 주자"는 아빠가 세상에서 가장 좋아하는 문장이 되었다.

하지만 오늘 저녁, 아빠는 집 안 자신의 사무실에 숨어 있고 나는 착한 딸인 양 공부해야 하는 그 시간에 나는 그 규칙을 깨기로 결심했다.

아빠의 사무실 앞을 살금살금 지나 엄마 아빠의 방 앞에 선 나는 천천히 문고리를 돌린 다음, 최대한 소리를 내지 않고 숨도 거의 멈춘 채 문을 밀었다. 귀에서는 심장이 뛰고 손바닥에서는 땀이 솟고, 나를 이렇게 **겁먹게 하는** 엄마가 좀 미웠다. 그리고 겁먹은 나 자신도 좀 미웠다.

상담사로서의 아빠는 아마 그 작은 감정 하나를 근거로 내 온 마음을 해부하려 할 것이다. 왜냐하면, 세상에 자기 엄마를 두려워하는 사람이 어디 있겠어.

나는 소리 없이 숨을 두 번 빠르게 쉬고 내가 거기 온 이유를 다시 떠올렸다. 엄마의 책들을 보다 보면 아직 결정하지 못한 과학적 질문을 떠올릴 수 있을지 모른다고 생각했던 것이다. 침대 위 '엄마 아닌 사람'으로 불룩한 이불은 쳐다보지 않았다. 그냥 책장이 있는 안쪽 벽으로 직행했다.

빨리, 내털리. 조용히, 내털리.

방은 어두웠지만 블라인드 사이로 빛줄기가 들어왔다. 이 텅 빈 공간에 새어 들어온 밝음과 휘도는 먼지들. 그 덕분에 책장 속 제목들이 보였다. 나는 엄마가 읽어 주곤 하던 『기초 식물학』이라는 책을 집으려고 손을 뻗었는데, 내 손이 다른 책을 향했다. 엄마의 책이다. 10년 전에 썼다는 이유로 엄마가 싫어하는 그 책, 『기적을 길러 내는 법』.

엄마는 아빠에게 그 책 속 자신이 너무 어리고 순진한 목소리를 내고 있다고 말한 적이 있는데, 나는 그 책 속 엄마의 목소리가 정말 좋았다. 식물학 이야기가 엄마의 설렘과 섞여, 마법의 주문을 만드는 비밀 언어가 되었다. 엄마가 마치 동화처럼 쓴 그 책장들을 넘길 때면 꼭 10년 전의 엄마를 훔쳐보는 것 같았다. 책을 쓰고 아기를 키우던, 무언가를 길러 내는 것을 사랑하던 시절의 엄마를.

그 방의 어둑함 속에서 나는 차례 페이지를 펼쳤다. 엄마는 책에서 세 가지 기적의 식물에 관해 3부로 나누어 이야기하는데, 마지막 3부가 가장 길다.

코발트블루 난초: 신비와 기적의 꽃.

나는 이 부분을 읽고 또 읽었지만 제목을 보는 것만으로도 심장이 떨린다. 내 마음속에서도 아이디어와 희망이 반짝이기 시작하면서 예전의 엄마, 과학과 삶과 질문에 설레어 하던 엄마가 떠오른다. 나는 책을 덮었다. 어떤 위험한 영역에 들어서기 직전이라는 느낌이 들었기 때문이다. 한 발만 더 나아가면 다시는 돌아올 수 없을 것 같았다.

나는 그 책을 가슴에 안은 채 고개를 돌려 엄마를 보았다. 어둠에 묻혀 세상모르게 잠든 엄마를. 나는 그 책을 다시 책장에 꽂아 두어야 한다고, 돌아가서 숙제를 하고 기적의 난초는 그만 생각해야 한다고 스스로에게 말했다.

하지만 결국 셔츠 속에 책을 숨겨 방에서 나왔다. 읽거나 그러려는 건 아니었다. 그냥 그 책을 내려놓을 준비가 되지 않은 것뿐이었다.

돋보기를 들고 암호 해독 반지를 끼세요.
이제부터 조사할 시간이니까요! 무엇을? 과학을!
여러분이 품은 질문에 관해 조사하는 시간입니다.
즐겁고 즐겁고 즐거운 일이랍니다!

#셜록이_되어_과학적_탐구하기

10월 10일

과제 7 보드게임 세상에서의 교육적 모험

닐리 선생님은 오늘 균류에 관한 영화를 보여 주었다. 그러니까 교실의 절반이 즉시 잠들었다는 얘기다. 게다가 빗방울이 창문을 두드리기까지 했는데, 듣다 보면 영화에 집중할 수 없어지는 꿈결 속 자장가 같았다. 균류에 집중하려 애쓰긴 했지만 내 머릿속은 자꾸 난초와 엄마의 책을 떠올렸다.

그 생각에 정신이 팔린 나머지 나는 톰 K.가 내 책상에 쪽지를 떨어뜨리는 걸 거의 모를 뻔했다. 내가 쳐다보자 톰 K.는 교실 저 편을 가리켰다. 거기서 날 보며 고개를 끄덕하는 트위그를 보고 나는 쪽지를 폈다.

무슨 일이야?

나는 어깨를 으쓱하고 쪽지를 구겼다.

트위그가 인상을 쓰더니 쪽지를 하나 더 보냈다. 톰 K.는 그걸 건네면서 우리의 집배원 역할이 즐겁지 않다는 눈빛을 나에게 쏘았다.

나한테는 어깨 으쓱 같은 걸로 그냥 넘어갈 생각 마, 내털리. 너 분명 무슨 일 있어. 기운이 없어 보여.

나는 또 어깨를 으쓱했다. 트위그는 또 쪽지를 보냈다.

나 짜증 나게 만들겠다 이거네. 학교 끝나고 우리 집 갈래? 새 보드게임 생김. 엘렌이랑 중고품 가게 갔다가 발견. '누구 바지야?'라는 게임이야. 당장 해야 돼.

그렇게 나는 이날 오후에도 트위그네 집에 가서 '누구 바지야?' 게임을 했다. 학교 숙제가 무엇인지도 몰랐다. 트위그와 쪽지를 나누고 엄마 생각을 하는 동안 어느 수업도 딱히 들었다고 할 수 없었다.

"닐리 선생님이 숙제 내 주신 거 들었어?"

나는 주사위를 굴리고는 게임판 위에서 나팔바지 모양의 제 말을 옮기는 트위그에게 물었다. 이제 보니 '누구 바지야?'는 기본적으로 '누구게?' 게임과 '미끄럼틀과 사다리' 게임이 섞여 있다. 게임판 위를 이동하면서 예/아니오 질문을 하고, 바지 주인과 먼저 다시 만나는 바지가 이기는 게임이다.

"아니, 나는 너한테 뭔 일 있나 물어보느라 바빴지. 그런데 너 대답 끝까지 안 했어. 뭔가 문제가 있는 게 분명한데. 너 수업 시간 내내 얼굴 찡그리고 있었단 말이야. 미케일라를 쳐다보는 것도 아니면서. 내 바지 주인 안경 썼어?"

"아니. 그리고 나 아무 문제도 없어. 좀 믿어."

트위그는 날 믿지 않는다는 눈빛을 보내긴 했지만 더 몰아붙이진 않았다. 옛날 옛날에 트위그와 나는 서로에게 모든 것을 말했다. 우린 단짝 친구고 단짝 친구는 그렇게 하는 것이기 때문에. 옛날 옛날이었다면 나는 트위그에게 '응, 문제가 있어' 하고 답했을 것이다. 그리고 엄마가 침대 밖으로 나오지 않는다는 것과 아빠와 내가 엄마를 더는 행복하게 할 수 없다는 것, 심지어 닭고기 요리와 파스타도 소용이 없다는 것을 포함해 지금 달라져 버린 모든 것을 이야기했을 것이다. 하지만 나는 이렇게 물었다.

"내 바지 주인 인간이야?"

왜냐하면, 이미 말했는지 모르겠는데, 바지 주인 중 일부는 뱀파이어나 외계인이기 때문이다. 그리고 하나는 그리스 신화 속 반인반마 켄타우로스다. 켄타우로스한테 바지가 왜 필요한지는 불분명하지만.

"아니, 인간 아니야."

트위그는 대답했다. 나는 (확실히 인간인) 광대에게 가까워지고 있었기 때문에 주사위를 굴린 뒤 길을 되돌아가기 시작했다.

트위그는 내 인생의 완벽한 타이밍에, 그러니까 미케일라가 이상하게 변해 가던 시기에 나타났고 우리는 곧바로 가장 친한 친구가 되었다. 그때였다면, 그때의 우리였다면 나는 트위그에게 모든 것을 말했을 것이고, 트위그는 '더 말해 봐' 했을 것이고, 내 목이 솔직함으로 따가워지고 쉬어 버릴 때까지 우리는 대화를 하고 또 했을 것이다.

하지만 그 뒤 우리는 나이가 들었고, 트위그의 부모님이 '원만하게 갈라섰'고, 우리는 서로와 대화할 때 어떤 주제를 피해야 하는지를 배웠다. 왜냐하면 그것 역시 가장 친한 친구라면 하는 일이기 때문이다.

트위그가 자기 바지 주인을 먼저 찾았다. 나팔바지와 우주 비행사가 만난 걸 축하하며 트위그는 평소처럼 축하의 춤을 추었지만, 뛰고 돌고 하는 그 춤이 오늘은 덜 신나 보였다. 나는 잠시, 트위그가 뭔가 진짜를 말하려나 생각했지만 트위그는 내 표정을 보더니 이렇게 말했다.

"한 판 더 하자."

10월 18일

과제 8 엄마 아빠는 모르는 줄 알지만 사실 나는 아는 것

과학자는 아직 모르는 것을 알아내려면 이미 아는 것을 연구해야 한다. 그건 엄마가 가장 좋아한다고도 할 수 있는 과학의 법칙이었다. 어떤 '커다란 질문'의 답을 찾을 때 엄마는 늘 이미 아는 것의 목록을 만들며 시작했다. 그러니 나도 내가 이미 아는 것들을 적어 보겠다.

1. 엄마와 아빠는 대학에서 만났고 아빠가 먼저 사랑에 빠졌다. 두 사람의 사진첩을 보았는데, 아빠 얼굴에 그 사랑이 온통 도장처럼 쾅쾅 찍혀 있었다.

2. 엄마는 예쁘지 않다. 그러니까 흔히 말하는 기준으로 따지면 말이다. 하지만 사람들은 항상 엄마를 사랑하게 되었다. 엄마에겐 **뭔가**가 있었다. 이를테면 행복 같은 것.

3. 고작 몇 달 전인 지난여름에 엄마는 여전히 자기 자신이었다. 행복했다. 대학교 연구실에서 진행하는 자신의 일 이야

기를 하곤 했다. 난초 연구, 앞으로 이룰 수 있는 큰 성과 등등. 엄마는 미소를 지었고 모든 것이 좋았다.

4. 그런 다음 숨죽인 대화가 시작되었다. "연구 기금이 충분하지 않아, 연구 결과가 충분하지 않아." 그런 대화는 다른 날에도, 또 다른 날에도 이어졌다. 그러던 어느 날 들린 말. "나더러 좀 쉬는 게 좋겠대." 상황이 아주 나빠진 뒤에 나는 상황을 이해할 실마리를 찾으려고 머릿속에서 그 숨죽인 대화의 조각들을 다시 떠올렸다. 그러다가 깨달았다. 미케일라의 엄마이자 우리 엄마의 상사인 멘저 교수가 엄마를 해고했다는 것을. 멘저 교수는 내가 평생 알고 지낸 사람이다. 엄마 곁에서 함께 일했고, 미케일라와 내가 가짜 연구 보고서를 발표하는 것을 들으며 웃던 사람. 우리 집에서 셀 수 없이 많은 저녁 식사를 함께 했고 그때마다 마치 진심으로 마음을 쓰는 것처럼 내게 어떻게 지내느냐고 묻던 사람. 하지만 10년간의 연구 끝에 그는 이제 코발트블루 난초를 믿지 않기로 한 것이다. 그리고 우리 엄마도. 어느 쪽이 더 나쁜 배신인지 알 수 없다.

5. 그러니까 엄마는 더 이상 일하러 갈 수 없게 되면서 어둠 속으로 빨려 들어간 것이다. 기본적으로 멘저 교수가 우리 인생을 망친 것이다. 엄마를 망가지게 했으니까. 엄마는 그냥 다 멈추었다. 그리고 나는 뭘 해야 하는지 모른다. 어떻게 해야 엄마를 고칠 수 있는지 모른다.

10월 27일

과제 9 연구 조사

닐리 선생님은 우리에게 작은 동물을 해부하고 지루한 영상을 보게끔 시키는 것을 그만두었다. 그리고 다시 과학 탐구 과정으로 돌아가기로 결정했다. 1년 동안 탐구 과정을 꾸준히 기록하는 것을 잊지 말라고 했다. 또 나에게는 질문을 결정해야 한다고 '다정하게 상기시켜' 주었다.

질문: 물은 몇 도에서 끓을까?

답: 화씨 212도, 섭씨 100도라고 구글에 나와 있음.

#조사_완료

과제를 일찍 끝냈으니 이젠 내 비밀 질문, 아직 뭐라고 불러야 할지 모르는 그 질문도 조사해야겠다고 생각했다.

나는 아빠 사무실로 들어갔다. 내게 등을 보인 채 앉은 아빠는 책상에 수북이 쌓인 파일 위로 몸을 숙이고 있었다. 아빠 사무실은 바닥까지 닿는 커다란 창문과 전등들, 그것도 수많은 전등들로 환하다. 엄마가 어둠 속으로 숨어 버린 지금, 아빠는 온통 밝음을 추구한다.

"아빠?"

나는 마치 그림자가 된 기분으로 아빠 뒤로 다가갔다. 아빠는 조금 놀라더니 돌아보았고, 빛에 적응하려는 듯 눈을 깜빡거리며 내게 초점을 맞추었다.

"어, 안녕, 내털리? 무슨 일이야?"

일할 때면 항상 그렇듯이 태도가 딱딱하고 이상해진 아빠가 물었다.

"학교 과제 때문에 조사를 좀 하고 있어."

아빠는 내 공책을 내려다보더니 긴장을 풀었다. 연구 조사는 아빠가 가장 편안해하는 영역이기 때문이다. 통계, 진단, 취할 수 있는 조치들에서 아빠는 안전함을 느낀다. 나는 오로지 과제 때문에 그런다는 걸 보여 주려 손에 펜을 쥔 채로 공책을 내려다보며 물었다.

"어떤 사람이 어두운 데 있는 것만 좋아한다면, 그건 무슨 뜻이야?"

아빠가 다시 긴장하는 것을 보니 나를 간파한 모양이었다.

"내털리—."

아빠가 내 이름을 길게 끌었다, 걱정을 담아.

사실은 알고 싶지 않지만, 또한 정말 알고 싶기 때문에 나는 다시 공책으로 눈을 깔고 밀어붙였다.

"어떤 사람이 자기 가족을 더는 신경 쓰지 않는다면, 어떤 이유에서야?"

"내털리."

아빠는 내 공책을 조금 밀고는 나와 눈을 똑바로 마주치려 했다. 아빠는 눈을 마주치는 일이 정말 중요하다고 생각한다.

"우리, 엄마 이야기 좀 해 보자. 네가 어떤 기분인지도 이야기하고."

나는 엄마 이야기도 내 기분 이야기도 하고 싶지 않다고 말했다. 내가 원하는 것은 과학 숙제를 마치는 것이라고 말했다. 하지만 아빠는 '상담사' 눈빛으로 나를 바라보면서 말했다.

"내털리, 네가 꼭 알았으면 하는 게 있는데, 엄마한테 일어나고 있는 일이 너하고는 아무 관계가 없다는 거야."

바로 그게 문제인데. 내가 엄마에게 아무 영향을 주지 않는 것 같다는 게. 그건 나와 너무나 관계있는데. 물론 나는 아빠에게 그렇게 말할 수 없었다.

"신경 쓰지 마."

나는 이렇게 말하고 사무실에서 나왔다. 아빠는 갈등하는 것 같았지만 나를 따라 나오지 않았다.

그러고 나서 나는 어디로 가야 할지 알 수 없었다. 엄마 방의 어둠과 아빠 사무실의 가짜 밝음 사이에서 꼼짝할 수 없는 기분이 들었다. 나는 생각하지 않고 내 방으로 가서 엄마의 책을 집어 들고 곧바로 바깥으로, 엄마의 온실 안으로 갔다.

내 인생 최초의 기억은 온실 안에서 엄마와 함께 보낸 시간들이다. 그때 엄마는 우리의 작은 식물 가족들을 키우고, 자신의 규칙을 따르고, 각각의 씨앗에 딱 알맞게 물과 비료를 주었다. 몇 달 전까지 이 온실은 아름다웠다. 삶과 색과 진짜 빛, 맛있는 빛으로 꽃피어 있었다.

지금 이 온실은 그때처럼 아름답지 않다. 지난여름 엄마가 일하기를, **돌보기를** 멈추었을 때 아빠는 대신 꽃을 돌보느라 난리였다. 내가 처음 보는 기운으로 가득 차서는 물을 주고 잡초를 뽑고 또 물을 주고 했다. 엄마가 더는 사랑하지 않는 식물들을 살리려고 온실에서 몇 시간씩 보내곤 했다.

그런데 아빠는 그 식물들을 지나치게 열심히 사랑했다. 식물을 조금이라도 아는 사람이라면 아마 이 말을 이해할 것이다. 그럼에도 살아남는 것들이 있기는 했지만, 식물은 물을 너무 많이 주어도 안 되는 법이다. 그들에게도 **혼자 있을 시간**이 필요하다. 재미있지 않나?

엄마와 나는 우리의 모든 시간을 이곳에서 보내곤 했다. 꽃을 만지고 냄새 맡고 삶에 대해 이야기하고 햇빛을 잔뜩 흡수하면서. 하지만 오늘 6주 만에 이 온실에 온 나는 한때 우리의 식물이었던, 그러나 지금은 모두 갈색으로 바싹 말라 죽어 있는 것들을 한 구석에 서서 쳐다보고 있었다.

온실 한가운데에 키 큰 줄기 하나가 혼자 서 있었다. 나머지 식물들과 마찬가지로 갈색이 되었고 꽃잎은 오래전에 떠났다. 하지만 한때 그건 파랑이었다. 선명한, 마치 마법 같은 파랑. 코발트블루 난초. 새로이 라틴어 학명이 생긴 식물.* 우리만의 기적의 식물.

나는 온실의 흙바닥에 앉았다. 죽은 식물들이 보이지 않도록 낮은 위치에. 그러고는 무릎에 엄마의 책을 올려놓았다. 그 책을 읽을 생각은 없었다. 원래는 다시 집으로 들어

★ 과科: *Orchidaceae*(난초과) / 속屬: 'Cattleya', 식물학자 윌리엄 캐틀리(William Cattley)의 이름을 딴 것 / 종種: 'Fortis', 용감하다는 뜻.

갈 생각이었는데 내 손이 거의 나도 모르게 그 책을 펼쳤다. 오래된 책 냄새를 맡자 다시 그 설레고도 긴장되는 기분이 든 나는 코발트블루 난초 부분을 펼쳐 엄마의 문장들을 읽었다.

1991년에 뉴멕시코 산후안에 있는 어느 발전소에서 파이프가 폭발했다. 다량의 금속과 화학물질이 토양으로 유출되어 마을이 오염되었지만 사람들은 모두 안전했다.

그러나 꽃들은 안전하지 않았다. 다 죽었다. 한 송이도 남지 않고 모조리. 유독한 양의 코발트와 알루미늄이 흙으로 들어가 식물을 죽게 했다. 아무것도 자랄 수 없었고, 자라지 않았다.

2년 후 난데없이 난초 한 줄기가, 흙밖엔 아무것도 없던 너른 벌판에 충격적일 만큼 파란 그 꽃이 솟아오르기 전까지는 말이다. 곧 한 송이가 더 피어났고, 머지않아 들판에는 선명한 파란색의 난초 꽃이 가득했다.

상상해 보라, 일터로 가는 길에 텅 빈 흙밭을 매일 지나친다면. 그런데 어느 날 그 땅에 꽃이 피어 있다면. 아름다운 파란 꽃이 가득하다면.

처음엔 아무것도 없었으나, 나중엔 가득해졌다.

나는 계속 읽어 나갔다. '안토시안 색소', '이온의 능동수송'을 다루는 부분도 읽고, 교배종과 균류와 이끼 이야기도 읽었다. 해가 자취를 감추기 시작하고 온실 속의 빛도 줄어들었다. 아빠가 나를 찾으러 와서는 저녁 먹으러 들어가자고 하겠지 하고 계속 생각했지만, 아빠는 오지 않았다. 나는 책을 계속 읽었다.

식물학자가 아니고서는 이 코발트블루 난초가 얼마나 특별한 것인지 아마 이해하기 힘들 것이다. 난초가 얼마나 예민한 식물인지 알아야, 완벽한 양의 햇빛과 딱 적당한 양의 물이 없으면 죽는다는 것을 알아야, 파란색 난초 꽃이라는 것이 얼마나 존재 불가능한 것인지를 알아야 이 식물이 기적이라는 것을 알 수 있으니 말이다. 그 예민한 난초가 다른 어떤 식물도 살지 못할 때 싹을 틔웠다는 것, 토양에서 그 해로운 화학물질들을 빨아들이고는 쉬리릭 휘저어 아름다움으로 바꾸어 놓았다는 것의 의미를 말이다.

하지만 아마도 식물을 잘 알지 못하는 사람이라 해도, 누구든 그 놀랍도록 파란 들판에 서 있기만 해도, 그 꽃이야말로 가장 기적적이고 가장 마법 같은 과학의 한 형태임을 그저 알 수 있을 것이다.

이 꽃을 믿고, 이 꽃이 할 수 있는 모든 것을 믿은 사람이 엄마였다. 엄마는 백만 번쯤은 그 얘길 했다. 그 꽃 색깔에 모두가 깜짝 놀라며 감탄했고★ 다른 많은 식물학자들도 그 파란색을 연구했지만, 엄마는 '잠깐, 뭔가 더 있어' 하고 생각했다. 그 꽃이 화학적 독성을 이기고 살아남은 데는 어떤 마법 같은 힘이 있다는 걸 처음 깨달은 사람이 엄마였다.

엄마는 멘저 교수와는 연구실에서 코발

★ 평생을 식물학자 엄마에게서 크지 않은 사람을 위해 설명하자면, 자연에서 난초 꽃은 파란색일 수 없다. 파란색으로 염색할 수는 있지만 자연적으로 그렇게 나지는 않는다. 그런데 이 사고가 일어난 뒤 난초가 이끼 속 화학물질들을 흡수하여 파란색 꽃을 피웠다. 짜잔, 하고 나타난 마법이다. 과학이다. 기적이다.

트블루 난초를 연구하고, 나와는 온실에서 우리만의 코발트블루 난초를 키웠다. 우리는 그것을 키워 내고 돌보고 사랑했다. 그것을 안전하게 지켰다.

그런데 이제 그 꽃은 죽었다. 엄마가, 한때 과학과 마법과 기적에 관해 글을 쓰던 사람이 그 꽃을 죽게 했다. 나는 가슴이 떨리고 불꽃이 반짝 터지는 기분을 다시 느꼈다. 어떤 아이디어가 떠오를 때의 기분.

우리만의 코발트블루 난초는 죽었어도 여전히 너르고 아름다운 파란 들판이 기적과 희망을 가득 품은 채 저기 뉴멕시코에 존재하는 거다. 그러니 엄마는 그저 그걸 기억하기만 하면 되는지도 모른다.

엄마는 그저 잊었을 뿐인지도 모른다.

4단계

가설

가설이란 '배운 내용'을 근거로 하는 '추측'이지요!

여러분은 모두 많은 걸 '배웠고' '추측하기'도 잘하니까

이건 여러분이 하기에 더할 나위 없는 과제입니다!

여러분의 두뇌를 시험할 시간이에요!

#배운_학생들

10월 31일

과제 10 갑수분열과 미스터 포테이토 헤드

엄마와 나에겐 핼러윈 전통이 있다. 내가 매년 다른 식물로 분장하는 것이다. 내가 엄마의 식물학 책들을 뒤져 완벽한 식물을 하나 찾아내면 함께 공예점으로 가서 재료를 사고 그 식물을 정교하게 닮은 분장을 만들어 냈다. 작년에는 하와이 양치식물인 하푸우 풀루hāpu'u pulu로 분장하기로 해, 엄마와 몇 시간 동안이나 거대 잎사귀들을 만들어서 내 어깨에 늘어뜨렸다. 대부분 나를 보고는 외계인이나 곤충으로 분장한 줄 알았지만 나는 개의치 않았고, 그 모습으로 트위그와 함께 온 동네를 돌아다니며 과자를 얻었다.

엄마가 잊어버려 더는 챙기지 않는 것 목록에 핼러윈도 더해야 한다. 올해 엄마는 핼러윈 이야기를 꺼내지도 않았다. 그래서 나도 꺼내지 않았고, 아빠도 그랬고, 온 가족이 조심스럽게 그 주제를 피하면서 지난주를 보냈다.

오늘 아침 나는 평소와 같은 옷차림을 하고 1층으로 내려왔다. 평소에 입는 청바지와 평범한 스웨터. 나를 본 아빠의 얼굴에 슬픔이 보였지만, 잠깐 사이에 사라졌다.

"올해는 분장 안 하네, 내털리?"

가짜 쾌활함으로 가득 찬 아빠 목소리.

"분장하고 싶으면, 그 나무고사리 아직 차고에 있는 거 알지? 꺼내 올 시간은 돼."

나는 어깨를 으쓱하고 고개를 저은 뒤 대답했다.

"이제 분장할 나이는 지난 것 같아."

정말 그렇다고 나 자신에게 말했다. 안 그래도 올해는 분장 안 했을 거라고. 만일 트위그가 여기 있었더라면 트위그는 내게 왜 그런 결정을 하느냐고 항의하고는 구할 수 있는 가장 화려한 분장을, 불빛이 번쩍번쩍 들어오거나 소리가 나거나 하는 분장을 했을 테지만 트위그는 이번 주에 엄마와 함께 파리에 가 있다.★

생각해 보면 나는 분장할 나이가 **지난** 게 맞다, 대부분의 측면에서. 학교에 가니 분장한 아이들이 몇 명 있긴 했지만 대부분 평소처럼 입고 왔고, 분장이라고 하고 온 것도 제대로 된 분장이 아니라 야구 선수 유니폼 상의를 입는 정도였다.

"난 분장 안 한 지 한 **3년** 됐어."

수업이 시작되기 전 사물함에 책을 넣던 나는 미케일라가 제이니에게 마치 자랑하듯 이렇게 말하는 걸 들었고, 엄마와 내가 올해 분장용으로 골랐을 수도 있는 식물을 생각해 보지 않으려고 애쓰면서 볼 안쪽을 깨물었다.

나는 이날을 대체로 눈에 띄지 않게 행동하고 생각을 너무 많

★ 믿기지 않겠지만 트위그는 그걸 불평했다. "완전 세뇌당하는 거야. 엄마 때문에 억지로 키 큰 여자들이 앞뒤로 왔다 갔다 하는 쇼나 끝까지 보고 앉아 있어야 하고, 끝나면 엄마 친구들이랑 요만한 케이크 먹으면서 옷 이야기를 해야 해." 마치 키 큰 여자들과 케이크와 옷이 세상에서 가장 끔찍한 것들이라는 듯이 말이다. 가끔 나는 트위그를 전혀 이해할 수 없다.

이 하지 않겠다는 마음으로 보냈는데, 어쩌면 그렇게 하루를 보내는 것이 내 패턴이 된 것 같다. 나는 누구의 주목도 받지 않기를 꽤 잘 해냈다, 학교가 거의 끝나 갈 때까지는 말이다.

그런데 닐리 선생님이 수업 끝나면 이야기를 좀 하자고 한 거다, 또. 아주 민망했다. 수업이 끝났을 때 나는 최대한 미적거리며 가방을 싸는 것으로 선생님과 또 이야기를 나눠야 하는 어색함을 미뤄 보려 했다. 미케일라가 교실을 나가면서 내게 '이런, 너 진짜 멍청한가 보다'라고 말하듯 눈썹을 올려 보였다. 내가 한때 이 아이와 단짝이었다는 사실이 싫다.

모두가 달아난 뒤에 나는 선생님 책상으로 다가갔다.

"선생님."

내가 예상한 만큼 어색한 목소리가 나왔지만 어쩔 수 없었다.

우리는 지금 세포분열을 배우고 있어서 선생님은 오늘 감수분열로 분장했다. 감수분열 분장이란, 작은 염색체 그림들이 붙어 있는 커다란 찍찍이 조끼를 입었다는 거다. 수업 때 선생님은 여러 단계의 세포분열을 보여 주면서 조끼에 그 염색체 그림들을 붙였다 떼었다 했다. 또한 이유는 도무지 모르겠지만 무당벌레 더듬이도 쓰고 있었다.

선생님은 잔뜩 신이 나 자신의 조끼를 가리켰다.

"지금 이 세포가 감수분열의 어떤 상태에 있는지 알겠니?"

나는 조끼를 빤히 보았다. 염색체 하나가 그리 잘 붙지 않아 약간 처져 있다. 이게 아까부터 내내 거슬렸다.

"음…… 제가 **추측해 보자면**…… 미세…… 단계?"

선생님은 날 시험하려고 물은 게 아닌 것 같지만, 수업 안 들은 티가 확 나 버렸다. 선생님은 조금 실망한 것처럼 보였다.

"음, #배움을_근거로_한_추측 잘했다. 그런데 이건 말기 2기야. 봐, 염색체들이 네 개의 반수체로 나뉘었잖아."

"아, 그러네요."

나는 이해했다는 듯이 고개를 끄덕였다.

"저…… 그래서 절 부르신 거예요?"

나는 선생님이 왜 나랑 이야기하려고 하는 건지 정확히 알고 있으면서도 물었다.

"그건 아니야."

선생님은 미소를 지었다. 그, 선생님들이 참 좋아하는 '너 지금은 야단맞지 않지만 곧 야단맞게 될 거야' 미소 말이다.

"어떤 질문을 탐구할지 더 생각해 봤니?"

그간 머리가 온통 엄마 생각으로 가득했던 나는 엄마에 관한 질문이 50만 개쯤 빙빙 돌았지만 그건 선생님이 기대하는 답이 아니었다.

"그게……."

선생님은 아주 천천히 고개를 끄덕이면서 나를 관찰했다. 나는 요즘, 그러니까 그 '상황'이 시작된 뒤로 어른들이 나를 보는 눈빛이 아주 싫다.

"음, 선생님은 네가 그 달걀 떨어뜨리기 대회에 참가하면 좋겠다고 생각하는 거 알지? 그게 아니더라도 금요일까지는 어떤 질문이든 정해야 해. 정하기가 쉽지 않으면 과학 탐구 과정의 제일 처음으로 돌아가 시작해 보면 좋을 거다. 탐구 일지를 쓰면서 생각을 깊게 파고들어 보고 세상을 관찰해 보고 질문을 던져 봐."

선생님은 윙크를 했다, 실제로. 그러니까 학생을 **유심히 관찰하는** 선생님에서 본연의 이상한 닐리 선생님으로 돌아온 것이다.

"알겠어요."

대답하고 보니 좀 예의 없었던 것 같아 얼른 덧붙였다.

"조언해 주셔서 감사합니다."

그러자 선생님은 마치 내가 인사가 아니라 감사의 퍼레이드라도 한 것처럼 감격한 미소를 지었다.

"아유, 천만에, 내털리!"

여기에 뭐라고 대답해야 하지? 나는 미소만 짓고 돌아섰다.

이미 반 아이들은 모두 무서운 영화를 보러 가건 과자를 나누어 주러 가건 아님 얻으러 가건 핼러윈을 위해 계획한 일들을 하러 떠난 뒤였다. 복도는 말 그대로 텅 비어 있었다. 그런데 다리가 사물함 옆에 혼자 앉아 있었다. 무슨 과목인지는 모르겠지만 '상급'이라고 적혀 있는 교과서를 읽는 모양이었다. 거대한 감자를 입은 채.

다리는 교실에서 내가 나오는 걸 보더니 수제 감자 옷에 감싸인 몸을 움직였다. 속을 신문지로 채웠는지 쭈글쭈글해졌다. 몸통이 그 거대한 복장에 거의 잡아먹힌 꼴이라 상대적으로 머리가 콩알만 해 보였다. 내가 앞을 지나가려 할 때 다리가 일어섰는데, 의상이 한쪽으로 기우는 바람에 균형을 잃고 조금 휘청거렸다.

"선생님하고 무슨 이야기 한 거야?"

다리가 평소보다 더 빠른 말투로 물었다, 걱정되거나 질투가 나기라도 하는 것처럼.

"그냥 뭐, 닐리 선생님다운……."

나는 감자 옷에 관해 내가 먼저 물어보는 게 맞는지 아니면 다리가 먼저 말하길 기다려야 하는지, 아니면 아예 언급하지 말아야 하는지 알 수가 없었다.

하지만 다리는 이상한 쪽이 나인 것처럼 나를 보았다. 내 대답을 기다리는 모양이었다.

"뭐, 그냥…… 있잖아……."

이쯤 말해도 계속 답을 기다리는 다리를 보며 나는 이 상황을 어색하지 않게 벗어날 방법이 없음을 깨달았다.

"**과학의 기쁨**에 관해 이야기했지!"

나는 나름대로 열심히 닐리 선생님 흉내를 냈다. 두 손을 맞잡고 눈은 커다랗게 뜨고 **한, 마디, 한, 마디를, 강조, 하고.**

다리가 씩 웃었다.

"그래도 닐리 선생님 노력하시잖아. 똑똑하시고 진심으로 가르치시고."

학생이 교사를 두고 이런 식으로 이야기하는 것은 처음 들었다. 지나치게 정다운 단어 선택 같다. 아니, **다리 자체가** 지나치게 정다운 아이 같다. 우리는 전에 한 번도 이야기를 나눠 본 적 없는 사이인데, 여기서 이렇게 감자 속에 들어앉은 다리와 대화하고 있다. 이상한 점은 내가 그 대화를 좀 즐기고 있었다는 것이다.

"교사로 직업 바꾸시기 전에 지겨운 직장에 근무하셔서 선생님은 학교생활 자체가 굉장히 신나시는 거야."

그럴듯하긴 하지만 사실인지 알 수 없는 이 말에 나는 익히 알고 있다는 듯이 고개를 끄덕였다. 말이 되는 얘기다. 갓 교사가 된 것치고는 나이가 많아 보이지만 그렇게 나이가 많지도 않다.

하지만 다리가 닐리 선생님에 대해 이야기하는 방식은 희한하다. 두 사람이 거의 친구라도 되는 것처럼 말한다. 나는 주제를 바꾸었다.

"왜 아직 학교에 있어?"

다리는 답이 되기라도 하는 것처럼 상급 대수학 교과서를 들어 보였다.

"아니, 내 말은 왜 **여기** 있느냔 거야. 수업 다 끝나면 아무도 학교에 남아 있지 않잖아."

나는 '특히 핼러윈 날에'라고 덧붙이고 싶었다. '특히 감자를 입고 있다면'이라고도. 하지만 하지 않았다. 감자 분장에 관해 언급할 기회를 이미 놓친 것 같았고, 그래서 지금 얘기를 꺼내면 다리를 놀리는 게 될 것 같았다.

다리는 마른 두 어깨를 귀까지 닿도록 으쓱했다. 감자가 구겨지고 흔들거렸다.

"엄마 아빠 일이 늦게 끝나거든. 7시나 돼야 데리러 오실 수 있다고 하셔서."

"아아."

"오시면 헌티드 헤이라이드haunted hayride(건초 더미가 쌓인 트럭을 타고 귀신의 집처럼 꾸민 농장을 누비는 핼러윈 행사)에 갈 거야. 재미있을 거야."

나는 다리가 말하는 방식이 마음에 든다. 산뜻하고 또렷하다. 아주 은근하게 고향 말씨도 묻어 있는데, 듣고 있으면 마치 단어들이 시골 언덕길을 오르락내리락하는 것 같다. 그러다 문득 다리가 인도 출신이라는 걸 내가 너무 **의식한다**는 생각에 죄책감이 들었다. 꼭 팔짱 끼고 다리를 평가하는 것 같고. 그러지 않았는데도 말이다.

"그럼…… 그 감자 옷……?"

나는 물었다. 다리가 먼저 핼러윈 얘길 꺼냈으니까.

"이상해?"

그렇게 되묻는 다리는 방어적이지도 않았고 민망한 것 같지도 않았다. 꼭 과학적 질문을 하는 것처럼, 그저 자세히 알고 싶은 것처럼 물었다.

"음……."

나는 친절하고는 싶지만 거짓말하기는 싫어 이렇게 말했다.

"아니, 너라면 뭐, 원자나 방정식이나 그런 걸로 분장할 줄 알았거든."

다리는 소리 내어 웃었다. 좀 더 자세히 보니 감자 싹이나 흙덩이랍시고 아무렇게나 휘갈긴 줄 알았던 게 사실은 얼굴을 그린 것이었다. 입 하나, 귀 하나, 그리고 코로 추측되는 것 하나.

"뒤죽박죽 미스터 포테이토 헤드Mr. Potato Head(1950년대에 등장해 오랫동안 미국에서 사랑받는 감자 머리 모양의 장난감)야."

이렇게 말하는 다리의 목소리에는 자부심뿐이었다. 부끄러움은 찾아볼 수 없었다.

"우리 형이 중학교 때 입었던 의상이야. 그때 분장 대회를 했는데 내가 형 이거 만드는 걸 도와줬어. 여기 이 콧수염도 내가 그린 거야."

다리는 자기 허리 근처의 까맣고 구불구불한 선을 가리켰다.

"아아……."

트위그가 이 이상하고 정신없는 감자 머리 아저씨를 봤다면 아주 좋아했을 거라는 생각을 하지 않을 수 없었다. 트위그가 돌아오면 이야기해 주어야겠다고 머릿속에 메모했다.

"이게 있다는 것도 잊고 있었는데 몇 년 전에 미국으로 이사올 때 찾았어. 내가 이거 입으면 우리 엄마 아빠가 행복해하는 것 같아. 이 분장이 엄마 아빠를 다시 불러오는 것 같아. 무슨 말인지 알지?"

내가 코발트블루 난초로 분장한 모습을 상상해 보고 싶었다. 그 모습을 보면 엄마한테 변화가 생길까? 내가 코발트블루 난초로 분장하면 엄마를 다시 불러올 수 있을까?

"네가 감자가 된 걸 보고 행복해하신다는 거야?"

다리가 어깨를 으쓱하자 감자가 또 주름졌다.

"그냥 이 감자를 보는 것만으로도 그러신 것 같아. 우리가 이걸 만들 때 얼마나 행복했는지가 생각나니까."

"그거 좋은데."

다리는 미소를 지었고 나도 다리에게 미소를 지었다. 그러고는 둘 다 아무런 할 말이 없어서 정적뿐이었다. 나는 어깨의 가방을 고쳐 멨다.

"나 가야겠다. 나는 뭐, 방과 후에 감자 옷 입고 서성거리는 이상한 애가 아니라서 말이야."

다리는 내가 농담이라도 한 것처럼 웃었다.

어쩌면 내가 농담을 한 모양이다.

11월 1일

과제 11 참전 결정

오늘 아침 머릿속에 떠오른 생각에 나는 신이 나고 희망으로 가득 차서 엄마를 깨우러 달려갔다. 엄마도 나와 함께 신나길 바랐다.

아빠는 아래층에서 내 점심 도시락을 싸고 일할 준비를 하고 있었다. 나는 아빠에게 가로막히고 돌려세워지지 않기 위해 아주 살금살금 엄마 아빠의 방으로 들어갔다.

"엄마."

나는 엄마 곁에 바싹 붙어 누웠다. 엄마는 몸을 돌려 나를 보더니 잠에 취해 흐릿한 눈으로 미소를 지었다. 행복해 보였다. 행복까지는 아니라고 한다면 적어도 만족스러운 기분인 것 같았다. 편안해 보였다.

"엄마, 나 생각한 게 하나 있는데."

나는 이미 학교 갈 옷을 입고 있고 엄마는 잠옷 차림이고, 갑자기 모든 것이 거꾸로인 느낌이 들었다. 하지만 나는 계획에 집중하고 잘못된 모든 것은 생각하지 말자고 마음먹었다.

"뭔데?"

엄마가 묻는데, 특별한 말투는 아닌데도 어쩐지 공기가 변한 것 같았다. 조금 전까지 엄마가 분명 여기에 있었는데, 잠깐이었을 뿐 이미 다시 멀어지고 있는 것 같았다.

"뉴멕시코에 있는 코발트블루 난초 말이야."

나는 여전히 그 가능성에 설레었다. 내 덕분에 그 꽃을 다시 떠올린 엄마가 일어나서 '물론이지!'라고 말할 것 같았다. 그 난초 들판을 보면 엄마는 다시 자신이 누구인지를 기억할 거라는 생각이 들어서, 내가 엄마를 다시 불러올 수 있다는 생각이 들어서 설레었다.

"우리 거기 가자, 엄마. 나랑 같이 갈 거라고 해 놓고 아직 안 갔잖아. 이제 우리 난초 죽었으니까 새로 하나 데려와야지. 엄마가 그 난초들을 직접 봐야 해. 그러면……."

"우리 난초?"

엄마가 물었다. 엄마의 눈동자는 파란색이지만 어둠 속에서 회색으로 보였다.

"우리 난초라니 무슨 소리야?"

엄마가 다시 물었다. 갑자기 나는 커다란 실수를 저질렀다는 생각이 들었다. 엄마는 우리 난초가 죽은 걸 몰랐던 거다. 어떻게 몰랐지? 엄마는 온실에 언제 마지막으로 가고 안 간 거지?

"그래도 새 난초를 가져올 수 있잖아. 뉴멕시코에서."

내 말이 전혀 이해되지 않는다는 표정을 한 엄마가 아무래도 아무 대답도 하지 않을 것 같다고 생각했을 때, 대답이 들려왔다.

"그래."

나는 안에서 부푸는 희망을 누르려고 애쓰며 볼 안쪽을 깨물었다.

"정말?"

나도 모르게 속삭이는 소리로 물었다.

"그럴 돈 생기면, 내털리."

엄마가 이렇게 말하고는 한숨을 쉬었고, 눈을 감았고, 나는 엄마를 흔들며 말하고 싶었다. '깨어 있어! 잠깐이라도 좀 깨어서 엄마 꽃들이 죽어 가는 걸 보란 말이야. 날 보란 말이야!'

"지금은 우리 여행 갈 돈 없어."

엄마는 여전히 눈을 감은 채 말했다.

나는 침대에서 일어났고, 방문으로 다가가다 어둠 속에서 서랍장에 부딪혀 넘어질 뻔했다. 볼 안쪽이 헐어서 따가울 정도로 계속 잘근거리며 나는 책가방을 쌌다. 왜냐하면 오늘은 그저 또 하루이기 때문이다.

완전히 새로운 하루가, 희망찬 하루가 아니라.

그때였다, 가방 속에서 선명한 노란색의 구겨진 종이가 보인 건. 내 희망에 다시 불이 붙었다. 나는 닐리 선생님에게서 받은 그 안내지를 가방에서 꺼내 맨 밑까지 빠르게 훑어보았다. 그리고 역시 거기에, 커다랗고 굵은 글씨로 적혀 있었다.

상금: 500달러(우리 돈으로 약 60만 원 정도)!!!

그 글자, 그 커다란 상금을 보니, 깊고 희망 없는 까만 구멍 속으로 하염없이 떨어져 내려가던 나를 본 우주가 '아직 아니야, 내털리. 아직 포기하면 안 돼'라고 말하는 것 같았다.

백만 년쯤 전에, 그러니까 한 여섯 살쯤이었던 겨울에 나는 아팠다. 나뭇잎이 색을 바꿀 때면 흔히 그러듯 코를 좀 훌쩍거리는 가벼운 감기를 앓은 게 아니라, 많이 아팠다.

그 겨울을 나는 잠으로 보냈다. 식물이 동면하는 것처럼. 나는 잠잤고 집은 어둡고 조용했지만 엄마가 내 옆에 누워 곁을 떠나지 않았다. 그러다 봄이 왔을 때 나는 새로 피어나는 꽃망울들과 함께 깨어났다. 내가 어떻게 아팠는지, 회복 과정이 어땠는지는 잘 기억나지 않는다. 오직 깨어나던 때만 기억난다. 나와 함께 깨어나던 엄마만 기억난다.

아빠와 나는 그때 이야기를 전혀 하지 않는다. 지금 엄마를 혼자 내버려 두고 있는 것에 관해서 이야기하지 않는다. 엄마를 낫게 하는 방법에 관해서 이야기하지 않는다.

우리는 거의 이야기를 하지 않는다.

하지만 나는 기억한다. 그리고 우리가 엄마를 포기해선 안 된다는 것을 안다. 엄마는 절대 나를 포기하지 않았다.

나는 노란 안내지를 들고 그 자리에서 결정했다. 엄마를 혼자 두지 않을 것이다. 그 상금을 딸 것이고, 엄마와 같이 뉴멕시코로 날아갈 것이다. 그 마법 같은 파란 꽃들 중에서 한 송이를 가져올 것이고, 엄마와 나는 그 꽃을 바라볼 것이고, 모든 것은 정상으로 돌아갈 것이다. 모든 것은 완벽해질 것이다.

11월 2일

과제 12 달걀 준비물 가설

겨울방학 직후에 열리는 달걀 떨어뜨리기 대회까지 두 달 정도밖에 남지 않았다. 그러니까 나는 되도록 서둘러서 준비를 시작해야 했다. 처음에는 '뭐, 그렇게까지 어렵지는 않을 거야. 그냥 베개 여러 개 붙이고 그 속에 달걀 넣지, 뭐' 정도로 생각했다. 하지만 인터넷에서 대회에 관해 자료를 찾아서 읽다 보니 생각보다 조금 더 복잡했다.

문제점 1: 랭커스터 카운티 유소년 과학 사랑 협회의 홈페이지가 옛날 것이다. 여기서 옛날 것이란 '마지막 업데이트가 2003년' 정도인 것을 말한다. 그래서 홈페이지를 뒤져서 대회 규칙을 다 찾아내기가 어렵다.

문제점 2: 알고 보니 이 달걀 떨어뜨리기라는 게 간단히 베개에 달걀 감싸는 정도로 될 일이 아니다. 3층 높이에서 달걀을 떨어뜨릴 뿐 아니라 '반동 지수', '기체 역학적 구조' 등등 채점 기준과 체계가 다 마련되어 있다. 읽다 보니 이런 대회는 널리 선생님 말대로 '가장 우수한 학생들'에게 양보해야 하는 게 아닌가 하는 생각이 들었지만 그래도…… 500달러다. 엄마를 다시 불러올 수 있을지도 모르는 500달러.

나는 필요한 준비물 목록을 써서 아빠한테 가지고 갔다. 아빠는 또 부엌에 있었는데, 요즘 자주 그런다. 엄마는 전에, 그러니까…… 원래의 자신이었을 때 요리하기를 정말 좋아했다. 1980년대 음악을 커다랗게 틀어 놓고 가스레인지와 도마와 오븐 사이를 슝슝 왔다 갔다 했다. 가끔 내가 도울 때면 엄마와 나는 본 조비 노래 같은 걸 틀어 놓고 같이 뒤집개를 마이크 삼아 노래 부르고 춤을 추었다.

아빠는 요리할 때 음악을 틀지 않는다.

"준비물이 좀 필요해, 아빠."

아빠가 나를 향해 돌아섰는데, 셔츠 앞부분이 온통 밀가루 범벅이었다. 나는 코웃음이 났다. 왜냐하면 우리 가족이 어떤 상황에 처하건, 아빠가 부엌을 쓰면서 쩔쩔매지 않는 날은 오지 않을 것 같았기 때문이다.

"준비물?"

"응. 아빠 뭐 해?"

나는 밀가루 난리가 난 곳을 손으로 가리키며 물었다. 아빠가 두 손을 청바지에 닦았고, 이제 청바지까지 밀가루 코팅이 되어 상황은 더 나빠졌다.

"연습……하고 있어. 할머니표 크랜-애플파이 만들어 보려고."

아빠가 말하는 '할머니'가 **엄마**의 엄마를 뜻한다는 것을 나는 금세 파악했다. 친할머니의 요리는 한국 음식과 치킨 너깃*뿐이기 때문이었다. 그러니까 아빠 말은, 외할머니가 세상을 떠난 뒤로 엄마가 추수감사절마다 만들던 파이, 내가 늘 엄마를 도와 같이 만들던 그 파이를 자신이 만들어 보려 한다는 뜻이었다.

* 아빠가 어릴 때 오로지 치킨 너깃만 먹던 시절이 있었다고 한다. 아빠가 채소 남기지 말라며 나를 괴롭힐 때 이 정보가 유용하게 쓰인다.

나는 갑자기 매우 슬퍼졌다.

아빠가 그걸 눈치챈 것 같았다. 내게로 다가오더니 손에서 준비물 목록을 빼 갔기 때문이다.

"달걀이 필요해? 너도 파이 만들려고?"

아빠는 자기 농담에 조금 웃었다. 하나도 안 웃긴데도.

"뽁뽁이? 낙하산? 플레이도Play-Doh(밀가루 등으로 점토처럼 만든 공예용 재료의 상품명)?"

플레이도는 혹시나 될까 하고 넣어 본 것이다.

"학교 과제 때문에."

"아, 그래!"

고개를 끄덕이고 신나 하는 아빠의 모습은 부모들이 흔히 '자식의 삶에 참여하려고' 노력할 때 보이는 민망한 모습이었다. 그리고 아마 '사라진 엄마 대신 다른 쪽으로 자식의 신경을 돌리려고' 애쓰는 모습이기도 했을 것이다.

"달걀 떨어뜨리기! 이거 나도 기억나! 그럼, 그럼, 같이 사러 가야지. 너는 어떤 장치를 만들어서 참가할 계획인데?"

"딱히 계획이 정해진 건 아니야."

더는 달걀 떨어뜨리기가 그다지 신나게 느껴지지 않았다. 아빠는 머뭇거리다 물었다.

"파이 만드는 거 도와주고 싶어?"

나는 아빠에게 소리치고 싶었다. 어떻게 엄마 파이를 가져다 **아빠 것**으로 만들려 할 수가, 그런다는 생각 자체를 할 수가 있느냐고. 하지만 이렇게 말했다.

"추수감사절은 아직 음…… 한 달이나 남았잖아."

나는 편한 말투로 말하려고 했다. 신경 쓰지 않는다는 듯이, 그저 단순히 사실을 지적하듯이 말하려 했는데 목소리가 떨리고 눈이 따가워졌다. 나는 내 속의 그 모든 감정들이 밖으로 쏟아져 나오기 전에 붙잡아 꾹 눌러 앉히고 싶었다. 나는 두 팔을 교차시켜 나 자신을 안았다.

아빠가 '상담사 아빠'**가 되는 데는 오래 걸리지 않았다.

★★ 찌푸린 두 눈썹, 낮은 목소리, 계속 질문 던지기가 특징이며 온 세상 딸들이 두려워하는 존재.

"내털리, 좀 앉아 볼래?"

아빠는 식탁 의자로 손짓을 했다. 나는 그대로 서 있었다.

"내 생각엔 네가 가족이 아닌 상담사를 만나 보는 게 좋을 것 같아. 그러면 네가 좀 더 편하게 속을 터놓을 수 있을 테니까."

아빠는 내게 할 일을 말해 주는 역할을 하기가 난감한 표정이었다. 우리 집에서 이래라저래라 하는 건 항상 엄마 역할이었다. 그리고 엄마가 그 역할을 늘 꽤 잘하니까 우리는 불만이 없었다.

나는 내 준비물 목록을 들어 올리며 말했다.

"나는 지금 달걀 대회에 집중해야 돼, 아빠."

아빠 두 눈썹 사이의 근육이 움찔했다.

"알았다. 파이는 당장 안 만들어도 돼. 그럼 거기 적힌 준비물 같이 사러 나가면, 너도 심리 상담 예약할래?"

나는 안 한다고 하고 싶었다. 왜냐하면 사실, 나는 상담사를 만나도 할 말이 전혀 없기 때문이다. 아빠는 내가 많은 걸 속에다 꽉꽉 담아 두었다는 듯이 그러지만 사실 나는 괜찮다. 아무렇지도 않다. 나는 말했다.

"어, 그렇게 해."

그래서 우리는 달걀을 사러 나갔고, 아빠는 꽤 금세 거기에 정신이 팔려 달걀 떨어뜨리기 대회와 기타 등등에 관해 온갖 걸 물어봤다. 나도 기대되는 척하며 모든 질문에 답했지만, 이런 **가설**이 섰다. 어른들은 사실 우리 기분이 어떤지 알고 싶은 게 아니다. 스스로는 그렇다고 생각하는데, 사실은 그저 우리가 괜찮다고 믿고 싶어 한다. 그래야 자신들의 역할이 쉬워지니까. 아빠와 나는 달걀 떨어뜨리기 준비물을 가지고 한참 이야기를 나누었지만, 우리가 진짜 **이야기를 나눈 건** 아니다.

11월 6일

과제 13 달걀 작전

트위그는 자진해서 달걀 대회를 도와주겠다고 나섰다. 단, 그러기 위한 첫 번째 조건은, 그걸 더는 달걀 대회라고 부르지 말아야 한다는 것이었다.

"재미없게 들리잖아."

방과 후 트위그는 자전거에 올라 나를 앞질러 자신의 집으로 달리면서 소리쳤다.

"재미없는 일 맞잖아. 학교 과제야."

"내가 끼면 다르지. 지금 이 시간부터, 우리는 그걸 '달걀 작전'이라 부른다."

"좋아, '달걀 작전'."

약간 어린애 같을지는 몰라도 '달걀 작전'이라는 표현의 어감이 좋았다. 그 일이 중요하다고 느껴지게끔 하는 말이었다. 그 일은 중요한 일이었다.

내가 달걀 대회를 탐구 일지의 주제로 정했다고 하자 닐리 선생님은 거의 기쁨으로 폭발하다시피 했다. 서로 다른 질문을 선택하기만 한다면 트위그도 그 대회를 탐구 주제로 삼아도 좋다고 허

락했다.★

"너희 둘이 그 대회에 같이 참가하되, 과제는 서로 다른 질문으로 하는 거야. 예를 들면 둘 중에 한 명은 달걀이 떨어지는 '속도'에 관해 연구를……."

"나 '속도'! 찜!"

트위그가 소리쳐 그렇게 결정되었다. 나는 아직 구체적으로 달걀 떨어뜨리기에 관한 무엇을 질문으로 삼을지 모르겠지만, 그건 차차 정할 수 있을 것이다.

★ 트위그는 원래 하려던 탐구 주제를 단숨에 내팽개쳤다. 음식의 색깔과 플라시보 효과 어쩌고 하는 것이었는데, 트위그는 '따분하다'고 했다. 트위그는 장기적 프로젝트에는 별로 관심이 없기 때문이다. 바로 눈앞에 있는 것에 뛰어들기를 좋아한다.

자신의 집으로 향하는 긴 길에서 함께 페달을 밟으며 트위그는 말했다.

"내털리, 내 '속도' 잘 봐."

트위그는 공중에다 주먹질을 한 번 하더니, 잠깐 자전거가 비틀거리나 싶은 사이에 몸을 앞으로 숙이고는 더욱 빠르게 페달을 밟아, 나를 멀찍이 따돌리고 나아갔다.

마침내 내가 트위그네 저택에 도착했을 때 트위그는 이미 부엌 식탁에 앉아 있었다. 한쪽 눈썹을 올리고는 내게 씩 웃으며 말했다.

"아이고, 너 언제 오나 했어."

트위그는 한 손을 입에 대고 하품하는 척했지만 뺨은 붉고 가슴은 오르락내리락하고 있었다. 솔직히 트위그는 연기를 못한다.

"내털리!"

트위그의 엄마였다. 내가 트위그 맞은편에 앉았을 때 부엌으로 둥실 떠 왔다. 농담이 아니라 트위그 엄마는 어디로든 둥실 떠서 다니는 것 같다. 마치 우리 평민들과 똑같이 걷기에는 너무 높은 데 있는 사람인 것처럼.

"너무 반갑다."

트위그에 따르면 모녀는 파리에서 크게 싸웠다. 프랑스에선 아무도 핼러윈을 기념하지 않지만 트위그는 핼러윈 날 사악한 마녀와 지팡이 사탕의 교배종 분장을 하겠다고 주장했고,** 트위그 엄마는 그런 트위그 때문에 창피할 거라고 했단다. 긴 이야기를 간단히 줄이자면, 두 사람의 여행이 끔찍했다는 것이다. 하지만 트위그의 엄마가 나에게 미소 짓는 모습을 보면 마치 나쁜 일이라곤 없었던 것 같다. 트위그보다 연기에 재능이 많은 것 같지만 생각해 보면 그건 연습할 세월이 더 길었기 때문일 것이다. 어른들은 척하기에 능하다.

★★ 묻지도 말라.

"네, 저도요."

나는 이렇게만 답했다가 트위그 엄마가 한쪽 눈썹을 기대하듯 들어 올리는 걸 보고 덧붙였다.

"클래리사."

트위그의 엄마는 트위그를 포함한 모두에게 자신을 이름으로, 그러니까 클래리사라고 불러 달라고 한다. 클래리사는 물었다.

"부모님 어떠시니? 너희 엄마 뵌 지가 좀 되었네. 아주 열심히 일하시는 분인데."

나는 입술을 깨물고 애써 고개를 끄덕였다.

"전화 한번 드려야겠다. 일하는 여성끼리 서로 뭉쳐야지."

클래리사는 미소를 지었고 내 배 속은 조여 왔다.

"엄마."

트위그가 클래리사에게 '도대체 무슨 소릴 하는 거야' 하는 표정을 쏘았다.

학교에서는 책상 아래를 기어 다니고 비밀 요원 스파이나 뭐 그런 이상한 존재인 것처럼 연기하는 게 일상인 트위그인데, 엄마와 같이 있으면 꼭 시트콤에 나오는 전형적인 청소년 캐릭터처럼 부모를 부끄러워하는 열세 살이 된다.

엄마와 같이 있을 때 트위그는 거의 보통 아이가 된다. 난 그게 좋은지 싫은지 모르겠다.

"알았다, 알았어."

클래리사는 헛기침을 하고는 가짜 미소를 지어 보였고, 반짝거리는 고음으로 웃었다.

"난 이제 사무실 가 봐야겠다. 우유 마시고 싶으면 엘렌한테 말해라."

트위그는 제 엄마를 노려보았고 나는 슬며시 손을 흔들어 작별 인사를 했다. 클래리사는 또 반짝거리는 소리로 웃으며 둥둥 떠 갔다.

우리만 남았을 때 트위그는 찌푸린 얼굴로 말했다.

"미안해, 엄마 때문에."

내가 트위그였다면 클래리사 때문에 사과하진 않았을 것이다. 왜냐하면 적어도 걸어 다니고 이야기하고 **살아 있으니까.** 하지만 나는 트위그에게 아무 말도 하지 않았다. 트위그는 우리 엄마가 더는 일을 하지 않는다는 것은 알지만 딱 거기까지만 안다.

우리 엄마라는 주제는 우리의 대화에서 '들어가지 않기로 한 구역' 중 하나다.

트위그가 다시 진지해진 목소리로 말했다.

"그건 그렇고, 달걀 작전 말이야. 계획이 뭐야?"

나는 대답 대신 한숨부터 쉬었다. 처음에는 아빠, 이제는 트위그, 모두가 내게서 계획을 기대한다. 나는 책가방으로 손을 뻗어 내 준비물 목록을 꺼냈다.

"아빠랑 며칠 전에 나가서 몇 가지 샀어."

"잘했네."

트위그가 내게서 그 목록을 가져가 읽어 보았다. 마치 이 달걀 대회가, 아니, '달걀 작전'이 자신의 보드게임 중 하나이기라도 한 것처럼 트위그의 시선이 준비물 하나하나를 따라 움직였다. 곧 전략과 전술을 이야기하고, 행운을 위해서 주사위를 가져올 태세로.

"플레이도?"

"도움이 될지도 몰라서."

나는 어깨를 으쓱하고 말했다. 트위그는 얼굴을 찌푸리고는 고개를 끄덕였다.

"응, 좋네. 그럼 **농구공**은 왜?"

"그것도 도움이 될지도 몰라서……."

트위그가 웃음을 터뜨렸다. 식탁을 어찌나 세게 두드리며 웃는지 유리잔이 들썩거렸다. 트위그처럼 웃는 사람은 없다.

"도대체 농구공이 왜 도움이 될 것 같았는데?"

나는 볼이 뜨거워지고 눈이 따가웠다. 그저 트위그일 뿐이고 말을 잘못한 것도 아닌데.

"그 안에 달걀을 넣을 수 있을 거라고 생각했어."

트위그가 인상을 썼다. 그러고는 한결 부드러워진 말투로 또 물었다.

"어떻게?"

"음……."

그러자 트위그는 고개를 한쪽으로 기울이고는 마치 내가 자신의 과학적 질문인 것처럼, 탐구하여 답을 찾아내려는 것처럼 나를 가느다란 눈으로 쳐다보았다.

"너희 아빠는 이걸 다 사 주셨어? 준비물이 좀 이상하다고 생각하시진 않고?"

"아빤 내가 안됐다고 생각해서 그랬나 봐."

트위그는 생각을 하고 있었다. 내가 말하지 않는 것을 궁금해하고 있었다. 하지만 트위그는 내게 묻지 않았다.

트위그가 그렇게 예리했다.

11월 14일

과제 14 시리얼 추가

방과 후 집에 온 나는 아빠가 상담 일정을 마치고 집으로 돌아오기 전에 아빠 사무실에 들어갔다. 그리고 책상 앞 커다란 의자에 푹 파묻혀 앉아 달걀을 깨뜨리지 않고 떨어뜨리는 방법을 컴퓨터로 검색했다. '이렇게 **연구 조사**를 했습니다, 닐리 선생님!' 여태 생각해 보지 못한 방법들을 발견했다. 비닐봉지와 솜덩이, 이쑤시개와 빨대. 나는 새 준비물들을 적었다.

그때 문이 열렸고, 나는 보지 않고도 누구인지 알 수 있었다.

"뭐 해?"

엄마의 목소리였다.

나는 의자를 빙그르르 돌려 엄마를 마주 보았다. 엄마의 두 눈은 마치 천년 정도 잠자고 일어난 것처럼 붉고 가장자리가 흐렸다. 주황빛 석양에 물든 연갈색 곱슬머리를 빗지도 감지도 않았고 피부도 평소보다 창백했지만, 엄마가 엄마처럼 보였다. 아니면 뭔가가 빠진 엄마 정도. 나는 울고 싶어졌지만 엄마가 겁먹고 달아나면 안 되니까 참았다.

엄마의 책을 보면 이런 부분이 나온다. "과학은 살아가는 것입니다. 과학은 질문하고 답을 찾고 결코, 결코 멈추지 않는 것입니다." 나는 엄마의 글을 엄마 본인에게 외치고 싶었다. 그리고 묻고 싶었다. '엄마는 왜 멈췄어?' 하지만 그것도 참았다.

"학교 과제."

나는 좀 더 긴 대답을 할 수 있었으면 좋겠다고 생각했다. 그 난초와 상금에 관해서 무슨 말을 할 수 있었으면 좋겠다고. 하지만 방법을 알 수 없었다. 엄마를 더 오래 머물게 하고 싶었다.

엄마는 다가와서 자신의 머리카락보다 색이 훨씬 짙은 내 머리카락을 만지작거리기 시작했다. 나는 다시 여섯 살이 된 기분이 들었다.

"'달걀 떨어뜨리기 설계'?"

엄마가 내 어깨 너머로 화면에 떠 있는 글씨를 읽었다.

"응, 좀 실없지."

어째서인지 엄마의 손길에도 내 마음이 편해지지 않았다. 엄마가 모르는 사람처럼 느껴졌다. 배 속이 조여 왔고, 갑자기 내가 벽으로 의자를 확 밀어내며 자리에서 벌떡 일어서는 모습이 떠올랐다. 이 '엄마 아닌 사람'을 밀치면서 '우리 엄마 돌려내! 돌려내란 말이야!' 하고 소리치는 모습이 그려졌다.

"시리얼을 써 봐. 비닐봉지에 시리얼을 가득 넣고 그 안에 달걀을 넣는 거야. 나도 어릴 때 그 방법을 썼어."

그렇게 말하고 엄마는 아빠 사무실에서 나갔다.

나는 벌떡 일어서지 않았고 의자를 멀리 밀어내 버리지도 않았다. 엄마를 밀치거나 소리 지르지도, 말을 하지도 않았다. 문이 딸깍 닫히는 소리에 마음에는 금이 갔지만 나는 울지 않았다.

대신 나는 준비물을 추가로 적어 넣었다.

시리얼.

계획을 짤 시간입니다!

여러분은 어떤 실험을 할 건가요?

시간을 내어 한 단계 한 단계 과정을 정리해 보세요.

기억할 것, 완벽을 위해선 계획이 필요해!

#계획이_완벽을_만든다

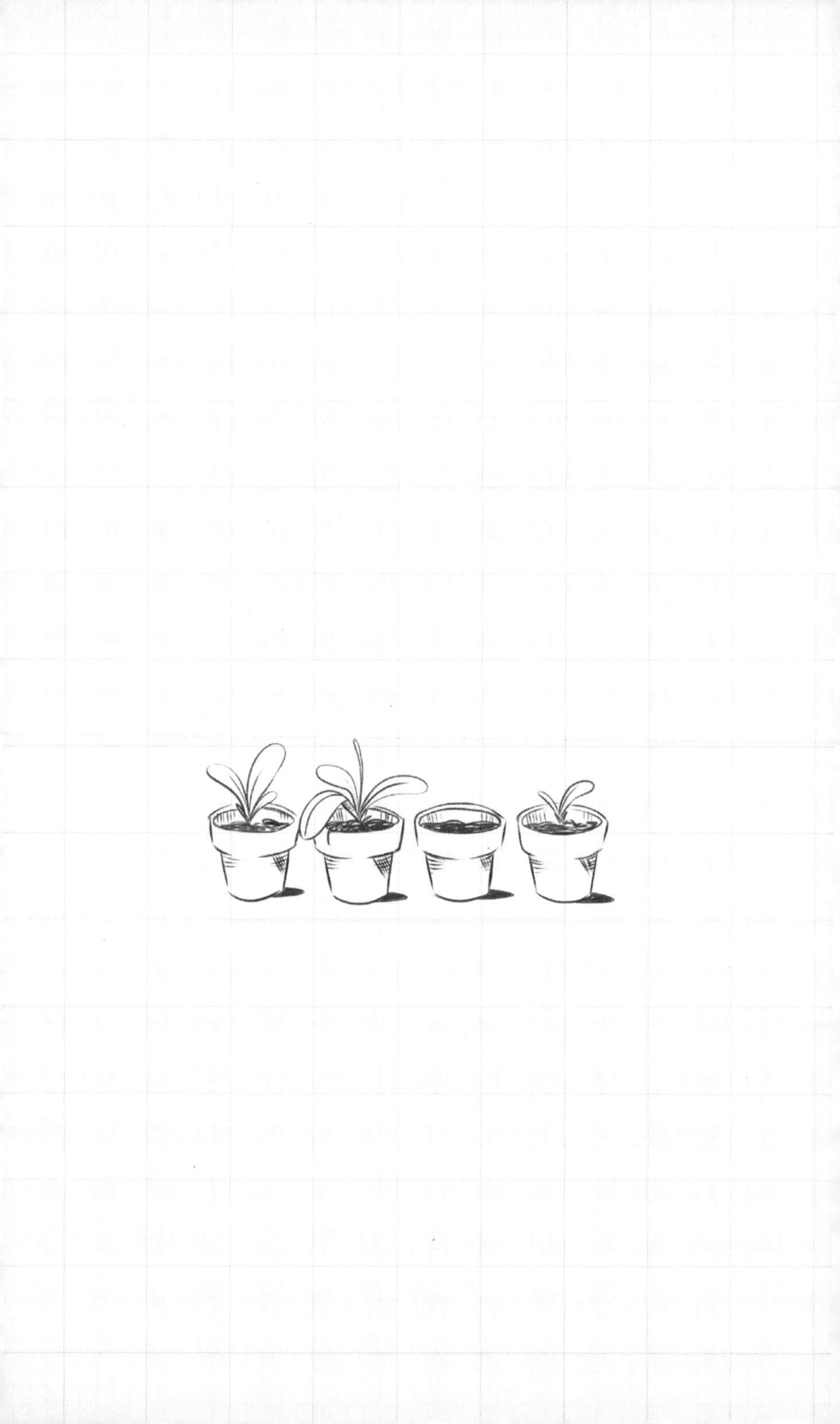

11월 22일

과제 15 딱정벌레표 전략과 달걀 전사들

추수감사절 하루 전이라 학교 수업은 절반만 했고, 트위그와 나는 오후 내내 그동안 달걀 작전에 관해 적어 본 생각들을 비교했다. 트위그는 달걀 보호 장치 도안을 잔뜩 그려 두었다. '달걀 작전'이라는 바인더도 만들어 자신의 메모를 그 안에 다 넣고 딱정벌레 스티커로 도배했다.* 트위그는 내일 뉴욕으로 제 아빠를 보러 날아가지만 내가 그 이야기를 꺼내려 할 때마다 화제를 돌렸다. 건드리고 싶지 않은 주제가 있는 건 나도 마찬가지라, 우리는 그저 과학에만 우리를 쏟아부었다.

★ 트위그에 따르면, 페이퍼월드에서 50센트에 판다고 한다. 싸게 팔 때 사 두길. 물론 당신이 딱정벌레 스티커를 대용량으로 갖고 싶어 하는 특이한 사람이라면 말이다.

"전에 네가 농구공 아이디어 냈잖아."

트위그가 지하실 바닥에 깔린 러그 위로 자신이 그린 도안 하나를 내밀었다.

"그때 나 웃지 말았어야 했어. 농구공도 가능할 것 같아. 여기를 자르는 거야. 보이지? 그리고 속을 물로 채우는 거야. 뚜껑은 다시 덕트 테이프duct tape(초기에는 배관 공사에 주로 쓰였던 미국의 강

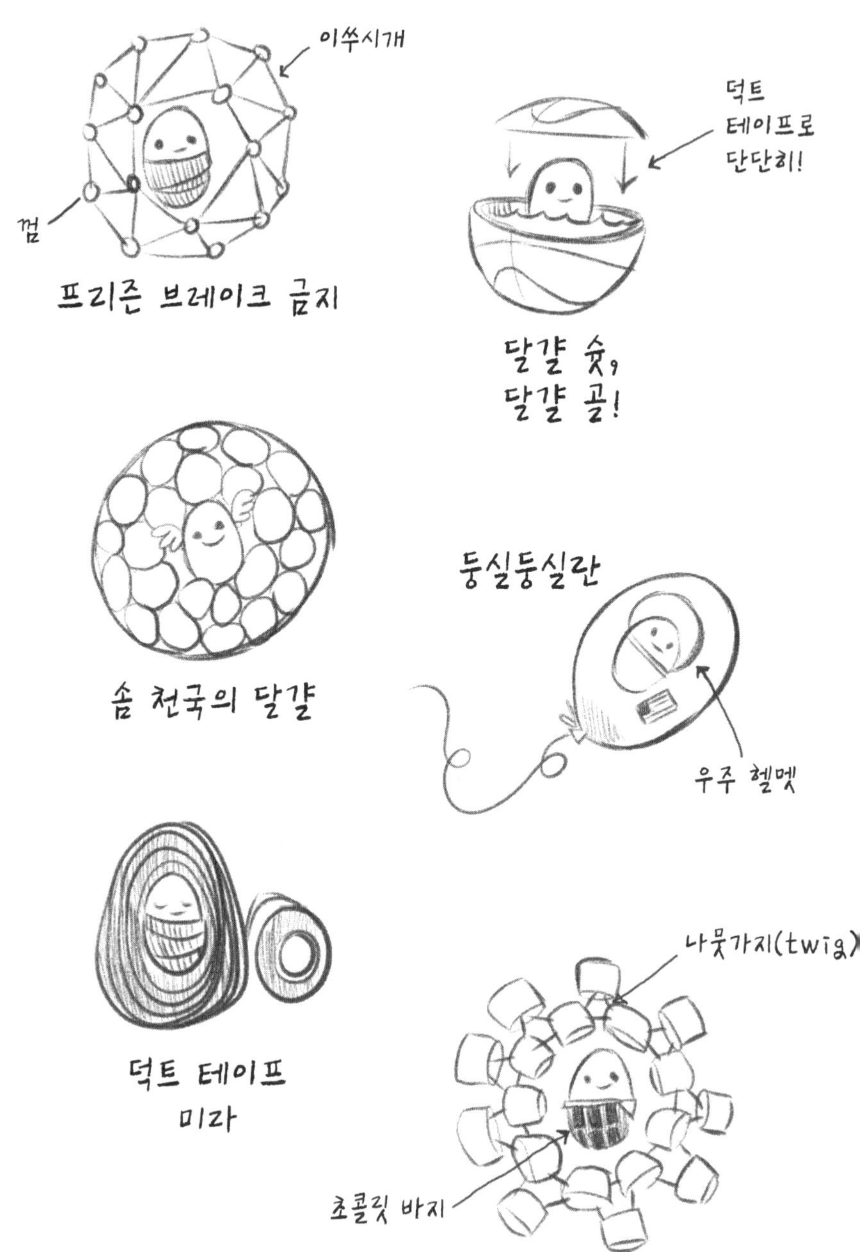

이쑤시개
껌
프리즌 브레이크 금지
덕트 테이프로 단단히!
달걀 슛,
달걀 골!
솜 천국의 달걀
둥실둥실란
우주 헬멧
덕트 테이프 미라
나뭇가지(twig)
초콜릿 바지
마시멜란

력한 접착테이프)로 붙이고. 너, 덕트 테이프 진짜 짱인 거 알았어? 진짜 온갖 곳에 쓸 수 있더라."

보라색 빈 백에 앉아 있던 나는 자세를 조금 고쳤다. 엘렌은 오늘 휴일이라 나오지 않았고 클래리사는 크리스마스가 되기 전까지 새 어플리케이션의 업데이트를 끝내는 걸 목표로 평소의 두 배쯤 일하느라 그 거대한 집에 우리 둘뿐이었다. 나는 이따금씩 소리를 크게 질러 이렇게 큰 집은 메아리도 치는지 시험해 보고 싶어졌다.

"응, 그럼 농구공도 가능성 있겠네."

나는 그렇게 생각하진 않았지만 그렇게 말했다. 내 농구공 아이디어를 트위그가 친절하게 고려해 준 것은 고마웠지만, 트위그가 그려 놓은 도안을 보면 솔직히 말이 안 됐다. 농구공 욕조에 동동 떠 있는 달걀이라니.

"그리고 이 아이디어도 있어."

트위그는 솜덩이로 달걀을 감싸는 방법의 도안도 내밀었다.

"달걀을 먼저 플레이도로 싸는 거야. 그리고 그 위에다가 솜을 붙이는 거지."

옛날에 엄마와 나는 부활절이면 달걀로 동물들을 만들곤 했다. 속을 비운 달걀 껍데기에다 조그만 얼굴을 그렸다. 병아리도 토끼도 양도 만들었다. 그 양을 만들 때 솜을 썼다.

"어쩌면 가능하겠는데."

나는 트위그의 도안을 살펴보며 말했다. 이번엔 진심이었다.

트위그가 싱긋 웃었다. 트위그는 좀처럼 어떤 일에 집중하거나 그러겠다고 약속하지 않지만, 일단 했다 하면 전력투구했다.

내가 도안을 그리거나 생각을 적어 오지 않아도 개의치 않는 것 같았다. 우리가 하는 일들에 가속도를 붙이는 것은 언제나 트위그다. 대범하고 용감하고 똑똑하고, 나와 하는 보드게임에서 거의 늘 이긴다. 운이 좌우하는 경우에는 가끔 내가 이기기도 했지만 최근 내가 운이 좋았던 적은 별로 없다.

우리는 떨어뜨리기 실험을 시작하기도 전에 달걀 여섯 개를 썼다. 보호 장치를 만드는 도중에 달걀이 우리 손에서 깨져서 되는 대로 펼쳐 놓은 신문 위로 쏟아졌다. 플레이도 가지고는 되지 않았다. 달걀에 발라 보려 했지만 손에 힘이 너무 많이 들어가서 금세 노른자 범벅이 되었다. 곧 지하실 안이 날달걀 냄새와 톡 쏘는 점토 냄새로 가득 찼다.

"냄새 진짜 **구리다.**"

트위그는 손가락에서 달걀 물을 뚝뚝 떨어뜨리며 웃더니, 손을 뻗어 내 머리카락에다 손을 닦았다.

"야!"

나는 몸을 뺐지만, 트위그가 달걀 범벅인 두 손을 내밀고 마치 좀비처럼 내게 덤벼들었다.

"이 별종!"

나는 이렇게 외쳤지만 너무 웃느라 도망갈 수 없었다. 트위그는 곧 내 위에 엎어져 키득거리며 내게 달걀 칠을 해 댔다.

"이건 안 되겠다."

마침내 일어나 앉은 트위그가 제 코듀로이 바지에 두 손을 닦으며 말했다.

"그래, 이건 다시 생각해 봐야겠다."

"그리고 우리 밖에서 할 걸 그랬어. 이제 청소해야겠다."

트위그가 엉망이 되어 버린 지하실 바닥의 러그를 살펴보며 말했다. 적어도 우리가 러그를 버린다고 해서 클래리사가 화를 낼 것 같진 않았다.

트위그가 종이 타월과 살균 물티슈, 그리고 아마도 페브리즈를 가지러 위층으로 올라갔고, 나는 우리의 패배한 전사들과 함께 앉아 있었다. 트위그에게 왜 엄마의 시리얼 아이디어를 이야기하지 않았는지 모르겠다. 아마도 한동안은 그걸 나만 알고 싶었던 것 같다.

11월 23일

과제 16 칠면조의 날

아침에 내가 아래층으로 내려가자, 엄마가 이미 부엌에서 밀가루를 체에 내리고 있었다. 엄마는 머리도 감았고, 엄마가 좋아하는 파란색 별 원피스를 입고 있었다.

"좋은 아침."

엄마는 마치 평소와 같다는 듯이, 아침이면 늘 그랬다는 듯이 미소 지으며 인사했다. 엄마의 목소리는 거의 평범했다. 조금 흐릿하기만 할 뿐. 나는 꼭 지직거리는 소음이 희미하게 깔린, 녹음된 엄마 목소리를 듣는 기분이 들었다.

나는 그 소음을 무시했다.

"추수감사절이다!"

나는 이렇게 지저귀고는 거의 통통 뛰다시피 엄마에게 다가갔다. 엄마가 행복한 척한다면 나도 그러지, 뭐.

"자."

엄마가 사과 한 봉지와 껍질 깎는 칼을 내 앞에 놓았다.

"우리 파이 만들 거야."

나는 아빠가 만든 파이에 관해 물어보려다가 그 질문을 삼켰다. 이 순간을 망치고 싶지 않았다. 지금 눈에 보이는 엄마 모습과 방금 깎은 사과의 향내만으로도 나는 뛰어올라 엄마를 세상 가장 큰 포옹으로 꼭 감싸고 싶어졌다. 하지만 우린 지금 이 상황이 우리의 일상이라는 듯이 연기하기로 했으니, 나는 그에 맞추어 사과를 집어 들고 껍질을 깎기 시작했다.

집 안에 고요함이 울려 퍼졌지만 나는 감히 음악을 틀자고 제안하지 않았고, 대신 내가 쥔 사과와 칼이 내는 노랫소리를 들었다. 쓱, 쓱, 쓱.

"아빠가 공항에서 할머니 모시고 올 거야. 우리 본다고 기대하고 계셔."

지금까지 일어난 많은 일들로 인해 나는 할머니를 생각조차 하지 못했다. 할머니는 추수감사절마다 우리 집에 방문했고, 엄마는 그 며칠 전부터 할머니의 방문을 걱정하곤 했다. 자기 부모가 세상을 떠난 뒤로 엄마에겐 남편 어머니의 방문이 더욱 중요해졌다. 그래서 청소를 하고 요리를 하고, 특별히 할 일이 없어도 괜히 손톱을 깨물면서 집 안을 돌아다녔다. 하지만 올해는 어떤 일도 엄마에게 걱정거리가 되지 못한다. 아무 일도 엄마에게 영향을 미치지 못하는 것 같다.

잠시 우리는 고요함 속에서 파이를 만들었다.

"학교는 어때?"

엄마가 물었다. 엄마는 원래 내게 학교가 어떠냐고 묻는 엄마가 아니다. 보통 내가 먼저 엄마한테 얘기를 한다.

"좋아."

나는 원래 '좋아'라는 대답을 하는 아이가 아니다.

"달걀 떨어뜨리기 대회 준비는 잘돼 가?"

마음 한구석에선 엄마가 그 대회를 기억한다는 것이 잘 믿기지 않았다. 아빠 사무실에서 엄마와 나눈 대화를 다시 떠올려 보면, 마치 그땐 전혀 다른 사람과 대화를 한 것 같았다.

"잘돼 가!"

내 목소리가 너무 크게 나왔다.

"시리얼로 감싸는 거 시도해 봤어?"

"응, 아주 좋던데."

나는 스스로도 이유를 모르는 거짓말을 했다. 엄마는 미소를 지었지만 눈까지는 가닿지 않았다.

크랜-애플파이 필링 만들기

재료

- 청사과 5개
- 크랜베리 1컵
- 백설탕 3/4컵
- 버터 2와 1/2큰술
- 시나몬 1작은술
- 너트메그 1/2작은술

만들기

1. 오븐을 190℃로 예열한다.
2. 엄마가 재료를 계량하는 동안 사과를 깎는다.

3. 본 조비 음악은 틀지 않는다.
4. 그냥 섞는다. 섞고, 모든 것이 당연하고 평범한 상태인 것처럼 연기한다.

아빠와 함께 온 할머니는 열기 가득한 우리 집에 들어서자마자 겹겹이 걸친 옷가지를 벗어 내기 시작했다. 먼저 코트를, 다음엔 스카프를, 그리고 가죽 장갑을 벗어 모두 아빠 품에 안겼다.

"아이고, 우리 다 큰 아가씨."

할머니의 영어에서 한국 말씨가 짙게 묻어났고, 할머니의 머리카락은 새까맣게 염색되어 있었다.

"어른이 다 되어 가는구나."

할머니의 너무나 멋진 루이뷔통 가방 속에서는 한국에서 온 선물들이 나왔다. 마른 오징어와 색색의 지우개. 춤추는 개와 고양이 만화가 그려진 잠옷.

"감사합니다, 할머니."

나는 그게 세상에서 가장 어색한 말이 아닌 척하며 선물을 받았다.

"한국말로 '*할머니*'(halmoni), 하래도."

할머니는 나를 끌어안으며 말했다. 하지만 이제 이 말은 진심이라기보다는 그냥 하는 말이 되었다. 오래된 습관, 우리끼리의 공식 인사 같은 것.

나는 한 번도 한국말로 *할머니*라고 해 본 적이 없다. 처음에 할머니가 그렇게 제안했을 때 아빠는 혼자 이상하게 불안정한 웃음을 웃더니 "네, 네" 하고 넘겨 버렸다. 할머니는 아빠를 혼자서 키웠고, 아빠는 자신이 이미 자라면서 한국어 낱말들과 음식과 문화를 경험할 만큼 경험했다고 말했다. 아빠는 더 이상 삶에서 '문화'를 원하지 않는다. 자신에게 한국인으로서의 반쪽이 아예 없는 척하면서 영원히 지낼 수도 있을 것이다.

그리고 할머니가 이야기를 시작했다. 최근에 한국에 갔던 이야기와 대단한 강적인 할머니의 이웃 이야기, 그리고 할머니가 우리더러 진 아저씨라고 부르라고 주장하는 마흔세 살의 남자친구 이야기. 한국에 있는 가족들과도, 캘리포니아에 있는 진 아저씨와도 시간을 보내고 나서 추수감사절을 맞아 우리 집에 올 때쯤이면 할머니의 이야기보따리가 그득해져 있다. 할머니가 말하는 방식은 원래 우리 엄마가 말하던 방식과 좀 비슷하다. 밝게 터뜨리는 웃음, 이야기, 춤추는 손, 이런 것들이 서로 혈연관계가 아닌데도 닮았다.

우리는 곧바로 식사를 시작했다, 우리 가족이 늘 그러듯. 할머니가 우리의 백인식 식사를 불편하게 느꼈는지 모르겠지만, 혹 그랬대도 겉으론 드러내지 않았다.

내가 좀 더 어릴 때 할머니는 우리 집에 올 때마다 할머니 자신이(그리고 내가) 좋아하는 한국 음식들을 잔뜩 만들었다. *비빔밥*(bibimbap), *갈비*(kalbi), *만두*(mandoo) 등등. 그러나 아빠는 절대로 그 음식들을 입에 대지 않았다. 아빠는 내게 윙크를 하면서 "난 평생 먹을 만큼 먹어서 이제는 안 먹어도 돼"라고 했다. 전에는 그 말이 얼마나 이상한 말인지를 생각해 본 적이 없었다. 말하지 않은 말이 얼마만큼 담겨 있는지도. 확실한 건 나는 엄마의 크랜-애플파이를 평생이라도 먹고 싶다는 것이다.

크랜-애플파이가 우리 앞에 놓였을 때쯤, 엄마는 미소를 짓고 음식을 먹고 할머니에게 질문을 하고 있었다. 나는 우리의 '상황'을 거의 잊을 뻔했다. 그 고요한 밤들과 고요한 아침들, 지난 4개월 동안 우리 집에 드리웠던 고요하고도 고요한 어둠을 거의 잊을 뻔했다. 아빠가 평소에 거의 손에 쥐지 않는 냄비와 프라이팬을 쥐고 여기저기 부딪히며 부엌을 탐색했던 것을, 엄마가 항상 도와주었던 과학 숙제를 나 혼자 더듬더듬 하고 있었던 것을 거의 잊을 뻔했다. 눈앞에서 엄마가 미소 짓는 모습을, 엄마가 먹고 미소 짓고 소리 내어 웃는 모습을 보고 있으니 내가 아는 그 모든 것들을 거의 잊을 뻔했다.

거의. 하지만 잊히지는 않았다.

저녁을 먹고 나서 엄마와 할머니 그리고 나는 거실에 앉았다. 할머니는 딱 엄마가 하던 식으로 내 머리카락을 쓰다듬었다. 결국 할머니는 내게 춤추는 고양이와 개 만화가 그려진 새 잠옷으로 갈아입어 보라고 했고, 그 잠옷은 너무 까슬까슬하고 너무 작았지만 나는 할머니를 위해서 입었다.

"*이쁘다.*(Ipuda.)★"

할머니가 잠옷 입은 날 보더니 감탄했다.

아빠는 그 한국말을 듣고는 몸이 뻣뻣해졌다. 아빠는 항상 그런다. 왜 그러는지 나는 모르겠다.

★ 꼬마일 적에 할머니가 날 볼 때마다 이 말을 하기에, 한국말을 알아듣지 못한 나는 그게 내 한국 이름인 줄 알았다. 그래서 '이쁘다'가 내 이름이라고 말하고 다녔는데, 아빠가 듣고 말렸다.

나는 할머니 무릎을 베고 누웠다. 날 둘러싼 가족들의 이야기 소리를 듣고 있으니 다시 내가 꼬마이던 예전으로 돌아간 기분이 들었다. 어느 순간 아빠는 자신의 일과 연구에 대해 이야기하기 시작했고, 나는 아빠 목소리를 들으며 잠이 들었다.

잠으로 빠져들면서도 나는 엄마가 배경 속으로 사라지는 것을, 그리고 아빠가 계속 이야기하는 것을, 그리고 세상이 거꾸로인 것을 느꼈다. 하지만 예전의 우리 가족이 어땠는지는 잘 기억나지 않았다.

다음 날 아침 침대에서 일어난 나는 마치 악몽을 꾼 것처럼 혼란스럽고 겁이 났다. 아래층으로 내려가자 아빠가 부엌에서 식기세척기 속 그릇을 꺼내 선반에 넣고 있었다. 어젯밤의 모든 증거들을 청소하고 지우고 있었다. 할머니가 근처 호텔에 묵고 있으니 다 같이 그리 가서 브런치를 먹기로 했단다. 다만, 엄마가 보이지 않았다. 엄마 아빠 방이 꾹 닫혀 있었다.

"좋은 아침, 내털리!"

행복한 척하려고 너무 애쓰는 아빠의 목소리였다. 아빠는 식기 세척기 맨 위 칸을 가리켰다.

"유리잔 넣는 것 좀 도와줄래?"

나는 아빠에게 다가가 유리잔을 옮기기 시작했고, 우리가 움직이는 부엌에서는 그릇 부딪치는 소리 말고는 아무 소리도 나지 않았다. 할머니를 다시 만날 시간이 조금이라도 빨리 다가왔으면 했다. 할머니는 우리를 다시 떠들썩한 소리로 채워 줄 테니까. 엄마를 다시 불러올 수 있을 테니까.

"내털리."

아직도 너무 애쓰는 목소리로 아빠가 나를 불렀다.

"너 상담받기로 한 거 기억하지? 네가 좋아할 만한 상담사 선생님한테 내가 얘기해 놨어. 그분은……."

"알았어."

나는 매우 빠르게 대답해 아빠 말을 잘랐다. 그러고는 유리잔 두 개를 더 집어 들었는데 갑자기 너무 무거워서 싱크대 위에 내려놓았다. 너무 힘들어서.

"엄마 어디 있어?"

나는 더 이상 참지 못하고 질문해 버렸다. 아빠는 얼굴을 찌푸렸다.

"그냥 방에 있어. 그런데……."

나는 아빠 앞을 지나쳐서 그 방으로 향했다. 엄마를 직접 보지 않고는 견딜 수 없었다. 어젯밤 행복해하던, 웃고 있던 엄마가 전부 내 환상이 아니었다는 걸 확인하지 않고는 견딜 수 없었다. 하지만 아빠가 나를 멈추어 세웠다.

"아직 엄마 깨우지 마."

어떤 날카로운 것이 아빠 목소리에 있었다. 그게 뭔지는 생각하고 싶지 않았다.

"엄마 아직 자."

'자'라는 말에 수천 겹의 다른 의미가 씌워져 있고 나는 그중 절반도 이해하지 못할 것을 알았지만, 가장 중요한 것 하나는 알았다.

엄마 책에 '말에 관한 한마디'라는 제목이 달린 한 단락짜리 저자의 말이 있다. 이 책에 쓰인 복잡한 과학 용어, 어려운 낱말들에 관한 엄마의 생각을 전하면서 엄마가 책에 담은 수많은 각주들을 정당화하는 내용이다. 엄마는 그 단어들을 이해하고 뜻을 아는 것이 무척 중요하다고 썼다. 어떤 단어를 **안다**는 건 그 단어가 내 것, 내 일부가 되는 것이기 때문에.

나는 이 책을 휘휘 넘겨 가며 각주만을 읽으면서, 그 어려운 정의들을 외우고 엄마의 이해할 수 없는 언어를 이해해 보려고 했던 적이 있다. 하지만 어떤 단어들은 내가 품기에는 너무 크다. 어떤 단어들은 사전에는 나오지 않는 새롭고 예상치 못한 뜻을 담고 있다.

그래서 엄마가 잔다는 아빠 말을 들었을 때, '자다'라는 단어가 나를 통째로 집어삼켰다가 뱉어 놓았다. 나는 내 방으로 올라갔고 브런치는 먹으러 가지 않겠다고 했다. 머릿속이 식물에 관한 단어들로만 가득 차고 더는 걱정들로 쿵쿵거리지 않을 때까지 나는 엄마의 책 속 각주들을 모조리 읽었다.

11월 27일

과제 17 뜨거운 자석 차가운 자석

질문: 온도는 자석에 어떤 영향을 미칠까?

재료

- 자석 3개
- 핫플레이트 1개
- 와셔(볼트나 너트로 물건을 죌 때, 너트 밑에 끼우는 둥글납작한 쇠붙이) 50개
- 얼음물이 든 비커 1개
- 부젓가락

가설: 뜨거운 자석은 차가운 자석보다 자력이 더 강하다.

월요일은 항상 힘들지만 추수감사절 연휴 다음의 월요일은 정말이지 학교에 오고 싶었던 사람이 하나도 없다는 게 피부로 느껴졌다. 학생들도 교사들도, 건물 관리인과 급식 담당자도 다 마찬가지였다. 모두 눈에 졸음이 서렸고 발걸음은 느릿했고 목소리

에 슬픔이 있었다.

학교에 온 게, 그래서 집에 있지 않은 게 다행인 사람은 나뿐이었다.

트위그가 발을 질질 끌면서 과학실로 들어왔다.

"학교란 세상 가장 끔찍한 고문이야."

파운틴중학교 7학년들이 모두 책상에 엎드릴 때 트위그는 내 어깨에 머리를 기댔다. 내가 물었다.

"주말 잘 보냈어?"

"아빠랑 보냈어. 그러니까 응, 잘 보냈지."

트위그는 엄마보다 아빠를 더 사랑한다. 항상 그렇게 말하는데 이유는 모르겠다. 아빠는 1년에 단 몇 번만 만나고, 엄마는 일하느라 바쁘기는 해도 항상 트위그 곁에 있고 항상 노력하는 사람인데 말이다. 때로 나는 트위그가 거꾸로라고 느낀다. 우리가 지금까지 몇 년 동안이나 서로에게 가장 친한 친구였어도 내가 항상 트위그를 이해하는 것은 아니다.

"너는?"

"할머니 오셨어."

오늘 아침 할머니가 우리 집을 떠나며 떠들썩한 소란함도 함께 데려가 버린 것을 생각하자 배 속이 조였다.

"이상한 일본 선물 같은 거 주셨어?"

"한국 선물이야. 응, 주셨어."

"혹시 보드게임은?"

"없었어. 유감이지만."★

★ 할머니한테서 한국 비디오게임을 선물받은 적이 있다. 외계인과 요가가 같이 나오는 그 게임엔 놀라울 정도로 중독성이 있었다. 하지만 트위그는 하지 않았고, 고개를 저으며 이렇게 말했다. "멋진 게임 같지만 나는 게임 순혈주의자라서."

트위그는 한숨을 쉬었다.

“오늘이 좀 견딜 만한 날로 바뀔 수 있을 거라 기대한 내 잘못이지.”

트위그는 아빠 집에서 잠시 지내다 그곳을 떠나올 때마다 기분이 좋지 않다. 그건 적어도 내가 이해할 수 있는 부분이다. 몇 달 전만 해도 나는 부모 중 한 사람이 인생에서 사라지면 어떤 기분이 드는지를 상상할 수도 없었을 것이다. 하지만 지금은 어느 정도 할 수 있다.

닐리 선생님이 수업을 시작하려고 박수를 쳤고, 우리는 각자 자리에 앉았다. 오늘은 닐리 선생님조차 좀 우울해 보였다. 확실히 휴일은 사람을 행복하게 만드는 날이 아니다. 휴일이란 우리가 휴일 아닌 날들에 놓치고 사는 게 뭔지를 확실히 실감하게 해 주는 날들일 뿐이다.

“오늘 우리는 자연과학 단원을 시작할 거예요. 첫 주제는 ‘자석’이고요!”

선생님은 평소처럼 명랑 쾌활한 태도를 찾으려 애쓰고 있었다.

“실험 탁자로 가면 자석이 여섯 개씩 있을 텐데, 이 자석들을 각기 다른 온도 조건에 노출시켜야 해요. 하나는 뜨거운 자석, 하나는 차가운 자석, 하나는 실온인 자석으로 만드는 거죠. 두 명이나 세 명씩 짝 지어서 실험해 보세요.”

그 뒤로도 선생님은 자석에 관한 사실이나 ‘배운 것을 기반으로 한 추측’ 따위에 관해 더 이야기했지만 내가 듣질 않았다. 트위그와 나는 뒤쪽에 있는 우리 실험 탁자를 향해 저절로 미끄러지듯 옮겨 갔다.

"레날도가 그립다."

트위그가 한숨을 내쉬었다.

"레날도?"

나는 탁자 위에 놓인 실험 재료를 배열하면서 물었다.

"우리 개구리."

트위그는 내가 당연히 알아들어야 한다는 듯이 말했다. 나는 눈만 껌뻑이다 말했다.

"우리가 해부한 그 개구리 말이야?"

트위그가 한 손을 들어 올리더니 하늘을 보았다.

"편히 잠들었기를."

닐리 선생님은 준비물과 가설을 탐구 일지에 기록하라고 말했다. 내가 대충 들은 지시를 대충 따르고 있을 때 다리가 의자를 하나 가지고 와서 우리 실험 탁자에 앉았다. 심지어 아무 말도 하지 않고, 그냥 앉았다.

나는 가설을 하나 세웠다. 트위그는 이 새로운 아이를 친절하게 받아들이지 않을 거라는 가설.

"어……."

내가 할 말을 고르는 사이 트위그는 가느다란 눈으로 다리를 쳐다보았다. 위협을 주려는 행동이라는 것은 알겠지만 실제로는 졸린 고양이처럼 보였다. 나는 다리가 입고 있던 감자 머리나 다리와 나의 이상하고 짧은 대화에 관해 트위그에게 얘기해 주려던 계획을 아직 실천하지 않았음을 깨달았다.

"조지가 아파서."

조지는 평소 다리의 실험 짝이다. 다리는 우리 학년에서 가장 나이가 들어 보이는데, 생김새가 그런 게 아니라(우리 반 남자애들 중에서 키가 가장 크기는 하지만) **그 애 자체가** 그렇다. 설사 남이 자신을 이상한 눈초리로 쳐다보아도 별로 신경 쓰지 않는 것 같고, 트위그처럼 더 이상하게 구는 방법으로 대응하지도 않는다. 그냥 어깨를 으쓱하고 웃어 넘겨 버렸고, 변함없이 상대를 똑바로 마주 보았다. 그래서 나는 불편해졌다.

다른 애들도 다리를 이상한 눈으로 보기 시작했고, 미케일라는 제이니에게 속삭였다. 미케일라는 분명 트위그와 내가 '남자'와 이야기하고 있어서 놀랐을 테고 우리에 대해 어떻게든 좋지 않은 소리를 했겠지만, 그렇다 해도 딱히 미케일라를 탓할 순 없다.★ 조지가 아파서 안 왔으면 다리는 톰 K.나 닉에게 가면 된다. 남자애들은 남자애들 쪽으로 가고 여자애들은 여자애들 쪽으로 가는 거, 그게 중학교에선 무언의 규칙이나 다름없다.

★ 솔직히 미케일라를 좀 탓하고 싶긴 하다. 우리가 더는 친구가 아닌 이유 중 하나가 남자애들이기 때문이다. 4학년 때 미케일라는 남자애들에게 관심이 엄청나게 많아지면서 우리 모두에게 남자친구가 있는 척하기도 하고 우리 중 누가 먼저 남자친구를 만들지를 의논하기도 했다. 아니, 그런 것에 누가 관심이 있단 말인가?

다리는 어깨를 으쓱하고 미소를 지을 뿐, 계속 우리 곁에 앉아 있었다.

다리가 아무래도 꿈쩍할 생각이 없다는 게 분명해졌을 때, 트위그가 끄응 소리를 내며 실험 재료를 다리에게 밀어 주었다.

"그럼 시작하는 게 좋겠다."

그래서 다리는 실험을 시작했다. 우리는 다리가 자신의 탐구일지에 필기를 하고 실험 재료를 착착 정리하는 모습을 지켜보았다. 5분도 지나지 않아 우리 탁자 위에는 뜨거운 자석과 차가운 자석, 그리고 실온 자석이 준비되었다.

"미안. 너희도 돕게 했어야 하는데. 집중하다 보니 나도 모르게 다 해 버렸네."

이렇게 말하는 다리의 두 뺨은 색이 더 짙어졌다. 혼자 알아서 다 해 버린 데 대해 진심으로 미안해하는 눈치였다.

"평소에 조지가 거의 아무것도 안 하다 보니 내가……."

트위그는 입을 떡 벌리고 그 자석들을 바라봤다. 트위그의 입이 정말로 잔뜩 벌어졌다. 보통 우리의 과학 시간은 우리가 어떤 초능력을 가졌으면 좋았을지 따위를 이야기하느라* 수업 시간이 끝날 때까지 고작 한 가지 실험을 겨우 해내고 꼭 실험 중간쯤 가서야 처음에 지시 내용을 제대로 안 들은 탓에 몽땅 잘못했다는 사실을 발견하는 식이다.

★ 나는 투명 인간, 트위그는 신체 변형.

트위그가 진지한 얼굴로 고개를 끄덕이며 이렇게 말했다.

"뭐…… 우리가 더 참여했더라면 좋았겠지. 그렇지만 뜨거운 자석 실험 내가 하게 해 주면 네가 그런 거 안 이를게."

다리가 커다란 미소를 짓더니 트위그에게 악수를 청하듯 손을 내밀었다. 나에게도 손을 내밀었고, 그렇게 다리와 악수하며 나는 다리가 우릴 **책임지리라**는 걸 알았다.

아마 우리도 다리를 책임지고 말이다.

트위그는 부젓가락으로 핫플레이트에서 자석을 하나 집으려고 했다. 몇 번 시도한 뒤에야 자석이 집혔지만 일단 집히자 트위그는 신이 나서 소리를 꺅 내뱉고는 와셔 위로 자석을 가져갔다. 우리는 그 자석이 끌어당긴 와셔의 수를 세었는데, 모두 열세 개였다. 다리는 실온에 둔 자석으로 같은 실험을 해서 스물한 개를 들어 올렸다. 내가 집은 차가운 자석에는 스물아홉 개가 붙었다. 트위그가 벌떡 일어나더니 소리쳤다.

"네가 이겼어, 내털리! 내털리 승!"

나는 트위그를 보며 미소를 지었지만, 내 가설이 틀렸고 세상이 그다지 내 예상대로 흘러가지 않는다는 사실에 배 속이 조금 당겼다.

그때 다리가 **어째서** 차가운 자석이 가장 강력한지 설명하기 시작했다. 뜨거운 자석에 무질서한 분자가 생기고 어쩌고 하는 내용이었는데 트위그가 정말로 귀를 기울이는 것처럼 고개를 끄덕였다. 과학 시간의 실험 과제에 집중하는, 정말이지 트위그답지 않은 모습에 나는 두 아이에게서 천천히 시선을 떼고 내 공책에다 눈송이와 꽃을 그리기 시작했다.

차가운 자석이 사실상 가장 자력이 좋다는 것은 재미있는 일이다. 꼭 여러해살이식물이 겨울에 죽은 것처럼 보이지만 사실 그저 다 괜찮아지는 때가 돌아올 때까지 기다리고 있는 것과 비슷하다. 차가움 속에 그런 힘이 있다는 게 어쩌면 그리 놀랄 일이 아닐지도 모른다. 언젠가 자신이 다시 괜찮아지리라는 것을 아는 일이, 그래서 햇빛 속으로 다시 나갈 때까지 기다리고 또 기다리는 일이 때로는 그 무엇보다 강한 일인지도 모른다.

방과 후 트위그와 나는 엄청나게 찬 공기 속에서 몸을 꽁꽁 싸맨 채 자전거를 타고 트위그의 집으로 향했다.

"우리 아무래도 걜 입양해야 할 것 같아."

트위그가 이렇게 말했을 때, 나는 아주 잠깐 우리가 해부한 레날도 얘기인 줄 알았다.

"그러면 앞으로 과학 시간에 실험하느라고 쩔쩔맬 일은 절대 없을 거야. 그냥 앉아 있기만 해도 A를 받을걸."

이 순간 트위그는 내가 아는 트위그인 동시에 내가 모르는 트위그였다. 과제를 안 할 꾀를 내는 그 똑똑한 트위그가 맞긴 하지만, 새로운 사람과 어울리자고 제안하는 낯선 트위그이기도 했다. 내가 알아 온 긴 시간 동안 트위그는 한 번도 그런 적이 없다.★

★ 언젠가 내가 트위그네 집에서 자던 날, 트위그의 엄마는 트위그에게 나만 만나지 말고 좀 더 많은 친구들을 찾으려 노력해 보라고 말했다. 조금은 기분 나쁜 말이었다, 솔직히. 그렇지만 트위그가 재빨리 이렇게 대답해 제 엄마 입을 막았다. "나는 다른 애 필요 없어. 관심 감사합니다, 어머니." 그 뒤로는 한 번도 그 얘기가 다시 나오지 않았고(적어도 내 앞에선 말이다) 나도 그에 관해 트위그에게 묻지 않았다.

나는 어깨를 으쓱하고 말했다.

"좋지. 그런데 걔가 우리 자리에 온 건 조지가 아파서 안 왔기 때문인데."

트위그는 인상을 찌푸리더니 더 빠르게 페달을 밟았고, 우리는 이제 나란히 달리지 않게 되었다.

"쉽게 온 인연, 쉽게 가는 거지!"

트위그는 바삭거리는 가을 공기 속으로 소리쳤다.

12월 1일

과제 18 ~~엄마~~ 100까지 헤아리기

슬퍼하고 있다는 이유로 누군가에게 화날 수도 있을까?

오늘 밤 내가 집에 돌아왔을 때 엄마는 소파에서 TV 요리 프로그램 같은 것을 보고 있었고, 나는 엄마 옆에 앉아서 이번 주 자석 실험 시간에 있었던 일들을 이야기했다. 다리와의 어색한 조우, 새로운 아이와 같이 어울리자는 트위그의 제안. 트위그는 그저 좋은 점수를 받기 위해서 잘 지내고 싶은 거라지만 내가 보기엔 트위그와 다리가 죽이 잘 맞고, 트위그가 다리와 함께하는 것을 좋아하는 것 같다는 얘기까지. 나는 새로운 트위그를 어떻게 받아들여야 할지 알 수 없었다. 트위그의 변화에 내가 왜 기분이 좋지 않은지도 알 수 없었다. 그래서 엄마가 필요했다. 내 머릿속을 정리할 수 있도록 도와줄 누군가가 필요했다.

엄마는 미소를 지으며 고개를 끄덕였지만 정말 듣고 있지는 않다는 걸 나는 알 수 있었다. 아빠는 엄마가 텅 비어 있는 것이 엄마 탓이 아니라고 하고 나도 엄마가 애쓰고 있다는 걸 안다. 하지만 이렇게 곁에 앉아 있는데도 엄마가 내 말을 듣지 않는다고 생각하자 아는 것도 소용이 없어졌다.

"트위그랑 같이 달걀 떨어뜨리기 대회 준비를 하고 있어."

과학에 관한 이야기라면 엄마가 실제로 귀를 기울일지도 모른다는 생각에서 꺼낸 주제였다.

"그런데 달걀이 계속 깨져. 아무래도 우리, 도움이 필요한 것 같아."

엄마는 허공을 멍하니 보다가 마치 느린 화면처럼 나에게로 고개를 돌렸다.

"미안, 못 들었어. 뭐?"

엄마의 눈을 들여다보는 건 우물 속을 들여다보는 것과 같았다. 바닥이 보이지 않는 우물. 엄마를 흔들고 싶었다. 소파에 올라가 방방 뛰고 머리 위로 두 팔을 휘젓고 소리를 내지르고 싶었다.

하지만 나는 바닥이 보이지 않는 엄마의 눈에서 시선을 떼고 이렇게 말했다.

"아냐."

그러고는 거실을 벗어나 내 방으로 들어왔다.

엄마는 나를 잡으려고 하지도 않았다.

나는 내 방문을 조용히 닫았다. 차마 쾅 닫을 수 없었기 때문이다. 그러고는 침대에 누웠다. 나는 하나부터 백까지 세어 보기로 했다. 꼬마 때 내가 성질을 부리면 아빠는 날 내 방으로 데려와서는 침대에 앉히고, 백까지 숫자를 세라고 했다. 다 세고 나면 모든 게 괜찮아질 거라고.

하나.

둘.

셋.

추수감사절에는 엄마가 웃었단 말이다. 할머니를 위해서 웃어 보였다. 그런 게 바로 노력이다. 하지만 나를 위해 노력할 만큼 엄마에게 내가 중요하지는 않은 것이다. 엄마가 여러 날을 침대에서 나와 함께 보내고 나를 다독여 주고 내 곁을 떠나지 않았던, 내가 아팠던 그 겨울이 마음 한구석에서 떠올랐지만 나는 그 생각을 묻어 두고 수를 세었다.

쉰둘까지 세었을 때 나는 한 가지 결심을 세웠다. 엄마가 내 생각을 하지 않는다면 나 역시 엄마 생각을 하지 않을 것이라는 결심. 지금 엄마는 엄마 자신이 아니다. 엄마 몸속에 있는 가짜다.

그 사람이 나는 너무 밉다.

너무 밉다.

너무 밉다.

12월 7일

과제 19 2+1, 다시 말해 그다지 어렵지 않은 산수

트위그는 오늘 문제를 일으켜 교장실에 불려 갔다. 눈속임 사건과 훔친 거북이 사건도 있었던 만큼* 그리 놀랄 일은 아니지만 그래도 짜증 나는 일이다. 트위그는 멈춰야 할 때를 모르는 애다. '안 돼'라는 말을 들으면 오히려 도전 정신이 솟아나는 트위그이니, 선생님들이 트위그 때문에 돌아 버리는 것도 이해가 된다. 나도 가끔은 트위그를 붙잡아 흔들며 **'트위그! 그만 좀 해!'** 하고 외치고 싶어진다. 하지만 물론 그러면 트위그는 그만하기는커녕 하던 걸 더 요란스럽게 할 것이다.

어쨌거나 이번에 트위그가 한 일은 점심시간에 교사 휴게실로 몰래 들어가 식은 커피를 반 주전자쯤 마신 것이다. 이유는 그저 마시면 안 되는 것이기 때문에, 궁금했기 때문에. 그걸 마시고 나서 트위그는 이상해졌다. 평소의 트위그×1,000쯤 되었다고 할까? 교실에 돌아와서는 멈추지 않고 수다를 떨었고 교실 여기저기를 통통 뛰며 돌아다녔다. 결국 교장실에 가서 교장 선생님과 '대화'를 해야 했다. 아마 트위그가 이 학교에 와서 한 백 번째쯤 하는 '대화'였을 것이다. 트위그는 교장실에 가야 하니 기다리지

★ 역시 묻지 말라.

않아도 된다고 말했지만 나는 그냥 기다리겠다고 했다. 곧바로 집에 가고 싶지 않았다.

그런데 다리가 오늘도 사물함 근처에 앉아 있었다. 뭐, 이젠 그러려니 했다. 다리 사물함은 'K'로 시작하는 다리의 성 때문에 정확히 복도 한가운데에 있다. 트위그와 나의 사물함 중간쯤에.

"방과 후에도 학교에 남아 있는 건 한심한 애들이나 하는 건 줄 알았는데."

트위그의 사물함 앞에서 서성거리는 나를 보더니 다리가 말했다.

"내가 언제 '한심한 애들'이라고 했어."

내가 대꾸하자 다리는 그냥 웃었다. 그리고 물었다.

"그럼 왜 집에 안 가는데?"

사물함 열다섯 개쯤을 사이에 두고 대화하기란 좀 어색해서 나는 다리에게로 다가갔다.

"트위그가 교장실에 불려 갔어. 뭐, 그렇다고 진짜 처벌을 받거나 하는 건 아닐 거야. 트위그 부모님이 학교에 기부를 엄청 많이 하셔서 트위그는 뭘 해도 큰 벌을 받진 않아."

여기까지 말하고 나서, 좀 지나치게 많은 걸 말해 버렸다는 생각이 들었다.

다리는 미소를 지었지만 대꾸는 하지 않았다. 다리는 말이 많지 않다. 대신 생각이 많다. 그 많은 생각을 먼저 머릿속에 차곡차곡 쌓아, 준비가 되었을 때만 말하는 것 같다.

"이번에도 상급 대수학이야?"

나는 다리의 무릎 위에 놓인 것을 가리키며 물었다. 고개를 저은 다리가 보여 준 그것은 과학 탐구 일지였다.

"아아."

가까이 다가가니 다리가 그려 둔 도안들이 보였다.

"너 달걀 떨어뜨리기 대회 준비하네."

내가 왜 놀랐는지 모르겠다. 다리가 그 대회에 나가는 건 쉽게 예상할 수 있는 일인데. 닐리 선생님이 그 대회 이야기를 할 때 다리에 관해 무슨 말을 하기도 했고, 가장 똑똑하고 우수한 학생들이 나가는 대회라고도 했다.

다리가 고개를 끄덕이더니 말했다.

"나는 예각이 충격에 미치는 영향을 탐구할 거야. 닐리 선생님께서 이 대회를 우리 과학 탐구 과제의 주제로 삼아도 좋다고 하셨거든."

예각 어쩌고 하는 이야기가 나에게는 외계어나 마찬가지가 아니라는 듯 나는 태연히 대답했다.

"그렇구나. 나도 그 대회 나가."

다리의 미소가 좀 더 환해졌지만 나는 말한 것을 곧바로 후회했다. 우리가 같은 대회에 나간다는 건 다리가 나의 적수나 뭐 그런 것이란 뜻일 테니까. 하지만 잘 모르겠다. 나는 원래 경쟁이란 걸 안 하는 사람이다. 바닥에 자리가 아주 넉넉한데도 다리는 약간 옆으로 옮겨 앉았고, 나는 거기 앉으라는 신호로 받아들였다. 그래서 앉았다.

"설계 아이디어 생각해 본 거 있어?"

다리가 물었다.

"음……."

"말하기 싫으면 안 해도 돼."

다리가 재빨리 덧붙이더니 또 얼굴이 붉어져서 말했다.

"캐물으려던 건 아니었어."

엄마라면 다리의 말에 고개를 설레설레 흔들었을 것이다. '과학자는 질문 던지는 걸 미안해하지 않아. 질문이 우리를 살아 있게 하는걸' 하면서.

"아냐, 괜찮아. 우리도 설계 몇 가지 생각해 놨어. 그냥 아직 완성도가 떨어져."

그러자 다리는 미소를 지으며 말했다.

"네가 원한다면 우리 한 팀 해도 되는데…… 어때?"

나는 상금을 이등분이 아니라 삼등분해야 한다는 생각에 잠시 망설였다. 그런데 그때 자석 실험 생각이 났다. 트위그와 내가 깨뜨린 수많은 달걀도 생각났다.

"왜? 너는 혼자서도 충분히 할 수 있을 텐데."

"아마도."

다리는 솔직 담백하게 대답하며 어깨를 으쓱했다.

거기에 대고 어떻게 대꾸해야 할지 고민하고 있을 때, 계단에서 복도로 트위그가 튀어나왔다. 트위그는 매직펜으로 꾸민 캔버스 운동화를 신은 발로 통통 뛰어 우리에게 왔다. 7학년들의 교실은 학교 맨 꼭대기 층에 있어서 다들 계단 오르길 싫어하는데, 트위그가 그 3층 계단을 오르며 숨차 하는 건 한 번도 본 적이 없는 것 같다.*

★ 8학년은 2층을, 6학년은 1층을 쓴다. 식당체육관강당 옆에 있지 않아도 되니까 3층이 1층보다는 낫다고 하지만 나는 잘 모르겠다. 내 생각엔 그저 갓 입학한 6학년들이 겁먹고 전학 가기를 학교 당국이 원치 않기 때문에 그렇게 배치한 것 같다.

트위그가 다리와 나를 번갈아 보더니 내게 이상한 표정을 지어 보이곤 인사했다.

"안녕."

나는 이유 모를 죄책감을 느끼며 빠르게 일어섰다.

"어떻게 됐어?"

트위그는 뭘 그리 난리냐는 표정을 지었다.

"우리 너터버터Nutter Butter(땅콩 모양에 땅콩버터 맛이 나는 미국 과자 상품명) 교장 선생님★께서는 내가 존경심을 배웠으면 하시고, 심리 상담사에게 상담을 받아 보는 게 좋을 것 같다고 하시네. 여태하고 똑같아."

★ 정확하게는 너트버터(NuttBurter) 교장 선생님이다. 이런 별명을 붙인 우리를 탓할 수 있겠나?

상담사라는 말에 아빠가 생각나면서 배 속이 당겼다.

"트위그, 다리도 달걀 대회 나간대. 우리랑 한 팀 하는 거 어떻겠느냐고 물어보는데."

"우리?"

다리가 이렇게 되묻고는 트위그와 나를 번갈아 보았다. 마치 이보다 더 좋은 소식은 없다는 듯이 싱글거리고 있었다. 이상한 아이다.

"응, **우리**."

트위그가 나와 자신을 손가락으로 가리키며 말했다. 그러고는 위협을 주려 하지만 실상은 졸린 고양이 같은 표정을 또 한 번 다리에게 지어 보였다.

"트위그랑 나랑 달걀 대회 같이 나가거든."

이미 상황을 파악한 듯한 다리에게 내가 설명했다.

"멋지다."

다리는 진심인 듯 미소를 지었다.

"우리 가야 돼."

다리에게, 그리고 나에게 이렇게 말하며 가방끈을 고쳐 멘 트위그는 다른 어떤 말도 없이 자리를 떴다. 그리고 통통거리며 계단을 내려가는 트위그의 발소리만 메아리쳤다.

나는 다리에게 어색하게 손을 흔들고는 트위그한테로 달려갔다. 함께 1층에 도착했을 때 나는 트위그에게 물었다.

"너 괜찮아?"

"이거 뭔데? 나는 너한테 충분히 똑똑한 애가 아니야? 나는 이제 너한테 충분한 팀원이 아니야?"

트위그는 학교 밖으로 나갔고 걸음을 늦추지 않았다.

"**다리가** 먼저 제안한 거야. 나는 아무 대꾸도 안 했어. 그리고 나쁘지 않은 제안이라고 생각했고. 걔랑 팀 해야겠다고 먼저 말한 건 너잖아!"

"그건 수업 때 말이지."

"**이것도** 수업 과제잖아, 기본적으로."

나는 트위그가 왜 이러는지 알 수 없었다. 다리와 함께 실험하고 싶다고 할 때는 언제고 이제는 아니라니.

"이건 다르지. 이건 우리끼리 재미로 하는 거잖아. 우리 둘이."

이제 우리는 자전거가 있는 곳에 도착했고 트위그는 자전거에 올라타 양 발끝으로 땅을 짚었다. 나는 내 자전거 자물쇠를 풀었다.

"걔가 도와주면 우리는 과학 탐구 과제 A 받을걸. 그리고 아마 상금도 탈 거고.”

“돈이 뭐가 중요해?”

앞서 말했듯, 트위그와 나는 가끔씩 완전히 다른 은하에 사는 것 같다.

“**나한텐** 중요해. 그리고 다리랑 같이 해도 재미있을 거야. 장담해.”

트위그는 자기 자전거에서 눈을 떼지 않은 채로 폭풍 같은 한숨을 내쉬었다.

“알았어. 걔 합류하라고 해. 나 이제 집에 가야 해. 엄마가 무슨 슈퍼 모델 친구들을 집에 데려온대.”

트위그는 나를 남겨 두고 페달을 밟았다. 슈퍼 모델 이야기가 거짓말인지 아닌지는 알 수 없었지만, 어느 쪽이건 나는 초대받지 않았다.

어느 쪽이건, 나는 결국 우리 집으로 돌아와야 했다.

집에 도착했을 때 엄마는 방문을 닫은 채로 방 안에 있었고, 그래서 나도 그렇게 했다. 나는 아무 말 없이 아빠를 지나쳐 내 방으로 들어온 뒤 문을 잠갔다. 엄마의 책이 여전히 내 침대에 놓여 있는 게 보여 나는 그 책을 집어 던졌다. 엄마의 책은 벽에 부딪쳤다가 떨어졌다. 바닥을 향해 펼쳐져 책등은 구부러지고 바닥과 만난 부분의 책장들은 구겨졌다. 나는 상관없다고, 그 책은 이제 한 글자도 다시 읽고 싶지 않다고 스스로에게 말했다. 하지만 5분 뒤, 나는 바닥에서 그 책을 집어 들어 구겨진 책장을 펴고 그 단락들을 한 천 번째로 다시 읽었다. 거기 적힌 라틴어 단어들을 마치 비밀의 주문처럼 되뇌었다.

오르키다케아이. 카틀레야. 포르티스.*

* *Orchidaceae* 'Cattleya Fortis'. 난초과 학명에 가상의 종명을 붙인 것으로, '국가표준재배식물목록'의 '한글추천명 명명방법'을 참고해 표기했다.

12월 11일

과제 20 대장님, 대장님, 우리 대장님

닐리 선생님이 평소의 열정을 되찾기까지는 그리 오래 걸리지 않았다. 오늘 선생님은 지난 수업에 이어서 자석 실험을, 다른 말로 "자연의 마법!" 실험을 계속할 것이라고 말했다. 진지하게, 닐리 선생님의 그 열정이 다 어디서 오는 것인지는 몰라도 엄마에게 조금 떼어 줄 수 있으면 좋겠다.

어쨌든 각 조로 나뉘어 나침반을 만들어야 할 때 다리가 나와 트위그가 앉은 자리로 다가왔다. 조지는 이제 다시 학교에 나왔지만 조금의 머뭇거림도 없이 톰 K.와 닉의 조에 합류했다. 마치 지금까지도 내내 그랬던 것처럼. 이 조원 교체를 알아채는 사람은 교실에 우리 말고 없는 것 같았다. 아, 교실 저편에서 인상을 쓴 채 우리를 빤히 쳐다보던 미케일라를 제외하고.

며칠 전처럼 좀 요란스레 반응하리란 내 예상과 달리 트위그는 숨을 한 번 깊게 내쉴 뿐 조용히 있었다. 다리는 한쪽 눈썹을 올리고 트위그를 보았고, 트위그는 어깨를 으쓱했으며, 내가 알아챌 수 없는 어떤 의사소통이 둘 사이에 이루어졌다. 다리는 자리에 앉아 이렇게 쓰기 시작했다.

준비물

- 바늘
- 자석
- 납지(방수, 방습을 위해 밀랍이나 왁스, 파라핀 등을 먹인 종이)
- 대접
- 물

다리는 예상대로 나침반 만들기를 빠르고 정확하게 착착 완수해 나갔고, 트위그는 다리가 적은 것을 공책에 베껴 적으며 흡족한 듯 미소 지었다. 트위그가 다리에게 몸을 기울이니 트위그의 긴 금발 머리가 나와 다리의 공책 사이에 커튼처럼 드리웠다.* 그래서 나는 그냥 남은 자석 몇 개를 가지고 놀았다. 하나를 뒤집어서 식탁 위 다른 모든 자석들을 끌어당겼다가 또 뒤집어 '아니, 됐어, 나한테는 필요 없어' 하듯이 그 자석들을 밀어내 버렸다.

★ 엄밀히 따지면 우리는 실험할 때마다 머리를 묶어야 하는데 트위그는 거의 묶지 않는다. 마지막으로 묶은 게 레날도 때였던 것 같은데, 그때도 개구리 배 속의 무언가가 머리카락에 묻는 것을 피하기 위해서 그런 거였다.

"우리 달걀 떨어뜨리기 대회 나가는 거 말이야, 실행 계획이 필요해."

실험을 완전히 마쳤을 때 다리가 말했다. 나는 그 목소리에, 현실의 소리에 깜짝 놀랐다.

"아, 예, 대장님."

트위그가 비꼬는 투로 대꾸했다. 아직 트위그의 화가 풀리지 않았다는 걸 나는 알았지만 다리는 아마 전혀 눈치채지 못했을 것이다.

그런데 다리가 인상을 쓰더니 말했다.

"우리 중에 내가 대장이 되면 안 될 것 같아."

트위그는 연필을 입술에 대고는 아주 진지하게 맞장구쳤다.

"네 말이 맞아. 너는 너무 범생이야."

다리는 생각해 보더니 말했다.

"그럼 난 작전 분석가를 하면 어때? 난 분석하는 거 좋아해."

트위그가 눈을 가느다랗게 뜨고 다리를 보기에 나는 무언가 못된 말을 할까 봐 걱정되었다. 하지만 트위그는 이렇게 말했다.

"나 최고 보안관 시켜 줘. 그럼 너도 작전 분석가 시켜 줄게. 내가 최고 보안관이 된다는 건 내 말이 법이라는 뜻이고, 너는 실수하면 아웃이라는 뜻이야."

이런 상황에선 대부분의 사람들이 기분 나빠 하거나 뭐 이런 애가 다 있나 하고 반응하겠지만 다리는 이렇게 말했다.

"만나 뵈어 정말 영광입니다, 최고 보안관님."

그러고는 소리 내어 웃으며 트위그와 악수했다. 다리가 참 많이 하는 행동들이다. 웃기, 악수하기.

"그럼 그렇게 하자."

내가 말했다. 나는 화제를 바꾸고 싶었다. 둘이 나를 보는 표정이 마음에 들지 않았다. 마치 나는 시험공부를 안 했는데 나에게서 답을 기다리는 것 같은 표정.

"그래도 앞으론 별명 얘기는 좀 덜 하고, 달걀 보호 장치 만드는 얘기에 좀 더 집중하자."

이렇게 말하는 내 목소리는 트위그와 다리의 가벼운 농담조와 달리 꼭 선인장처럼 뾰족뾰족했고, 아주 잠시, 나는 나 때문에 모든 재미가 증발해 버렸을까 봐 두렵고 걱정되었다.

트위그가 날 보며 두 눈썹을 치켜올렸다가 다리를 흘깃 보았다. 갑자기 그 둘이 한 팀이 된 것 같은 분위기를 어떻게 받아들여야 할지 알 수 없었다. 트위그는 어쩌면 실험도 알아서 다 해 주고 자기와 농담도 잘 주고받는 다리를 나 대신 단짝 친구로 삼을지도 모른다. 하지만 그때, 트위그가 씩 웃더니 말했다.

"우리, 대장 적임자를 찾은 것 같은데."

다리가 하하 웃더니 내게 척 하고 거수경례를 했다. 트위그도 똑같이 했다.

과학실 한가운데서 우는 건 너무 창피한 일이니까 눈물을 터뜨리진 않았지만 나는 꽤 기뻤다. 물그릇에 동동 뜬 작은 납지 뗏목 위에서 나침반이 된 우리의 바늘이 정북향을, 나를 가리켰다.

"내가 잘할 수 있을지 모르겠는데."

내 목소리가 아까보단 덜 진지하게 들리길 바라면서 말했다. 트위그와 다리는 이 일을 놀이로 생각하는데 내가 이상하게 만들고 있다는 생각이 들었다.

하지만 다리는 싱긋 웃었다. 그리고 트위그는 소리 내어 웃더니 이렇게 말했다.

"당연히 잘할 거야."

트위그가 나침반 바늘을 손가락으로 튕겼고, 바늘이 빙글빙글 돌고 또 돌았다.

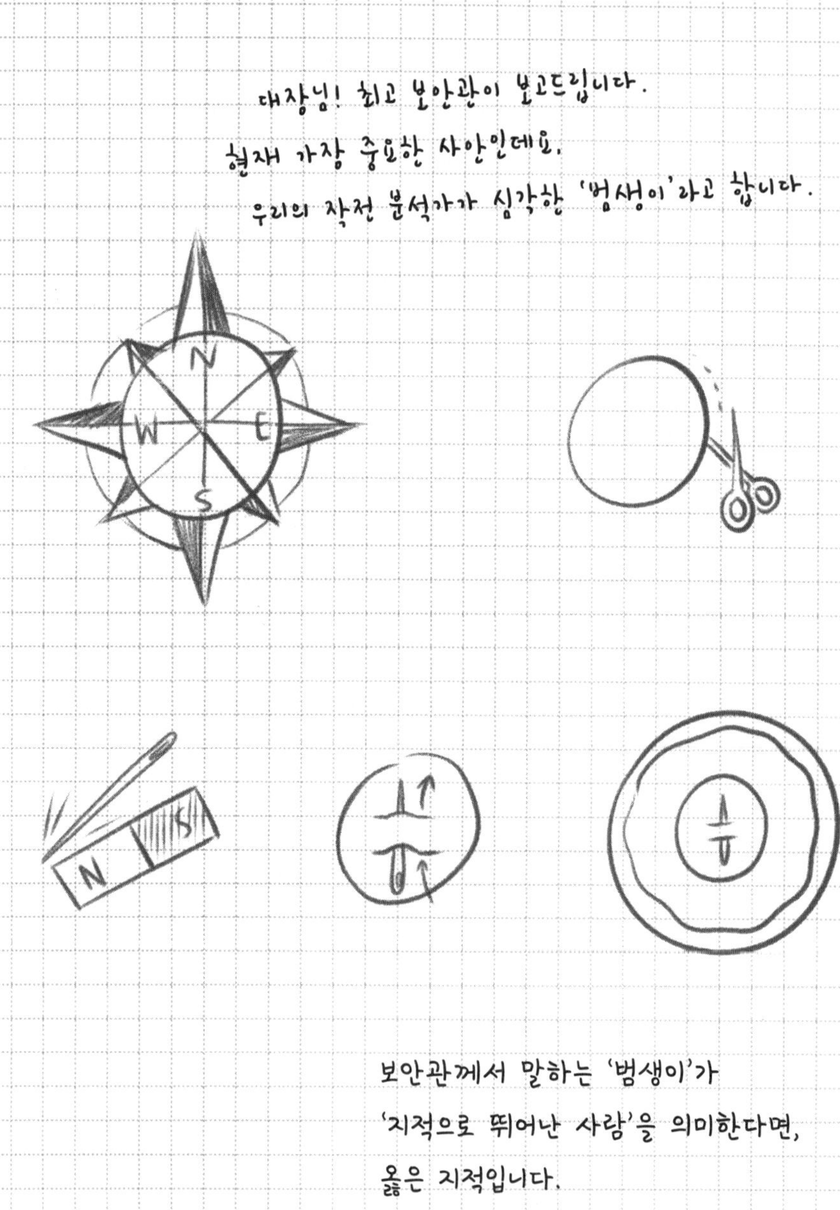

보안관께서 말하는 '범생이'가
'지적으로 뛰어난 사람'을 의미한다면,
옳은 지적입니다.

\- 작전 분석가

12월 13일

과제 21 도리스 박사의 날

음…… 아무래도 아빠가 나에게 '혼자만의 시간'은 그만 주고 **행동에 돌입**하기로 한 것 같다. 아빠는 오늘 방과 후 학교로 나를 데리러 왔다. 그건 무언가 '괜찮지 않다'는 첫 번째 신호다.

"나 트위그랑 자전거 타고 갈 건데."

자전거 타고 귀가할 일을 하루 종일 걱정했으면서도 나는 갑자기 고집을 부렸다. 날씨가 작정한 듯 추워지며 마침내 기온이 영하로 내려갔다. 다들 패딩 점퍼를 꺼내 입고는 겨울이란 것이 실제로 일어나고 있음을 결국 받아들였다.

"자전거는 차 트렁크에 실으면 되잖아."

아빠가 말했다. 이상한 말이지만 진짜 세계에서 아빠를 보니 좀 어색했다. 그때 비로소 우리가 엄마의 슬픔 속에 얼마나 깊이 빨려 들어가 있었는지를 깨달았다. 우리 둘은 똑바로 엄마를 가리키는 두 개의 나침반 바늘이었다. 아빠와 내가 밖에서 무언가를 같이 한 지가 몇 달이 넘었다. 아마 아빠도 그때 그걸 깨닫고 있었던 것 같다. 왜냐하면 내가 조수석에 탔을 때 나를 한 팔로 감싸더니 어색하게 끌어안았기 때문이다.

아빠는 말했다.

"도움 될 거야. 도리스는 정말 실력 있는 상담사야."

이것이 두 번째 위험 신호였다. 도리스라는 이름을 가진 사람이 얽혔다면 뭐든 '괜찮지 않은' 일이 분명했다.* 도리스가 누구냐고 묻지 않았다. 알고 싶지 않아서이기도 했고, 이미 알기 때문이기도 했다.

★ 나만 그런가? 도리스라는 이름을 들으면 곧바로 구내식당의 배식 담당자가 생각나지 않나? 아니면 고양이 스웨터를 뜨는 나이 든 여인이나. 당신 이름이 도리스라면 미안하다. 그냥 뭐…… 그렇다는 거다.

내 두 손바닥에서 땀이 나기 시작했다.

아빠는 차를 타고 가는 내내 나와 별 의미 없는 근황 얘기를 나누려고 노력했다. 그런 것 잘하지도 못하면서 말이다. 그런데 목적지로 가는 길이 엄마가 일했던 랭커스터 대학교로 가는 길과 같았다. 그곳으로 가기 위해서 통과해야 하는 쇠퇴한 지역, 그 낡은 건물들 사이를 지날 때, 차 히터를 빵빵하게 틀어 두었음에도 나는 점퍼를 좀 더 여몄다. 엄마의 연구실에 다시 간다는 생각만 해도 속이 울렁거렸다. 생각하기만 해도 어떤 면에서는 배신인 것 같았다.

하지만 그 낡아 빠진 구역을 벗어난 뒤에 우린 우회전 대신 좌회전을 했다. 그리고 어느 쌀쌀맞아 보이는 콘크리트 건물의 주차장에 도착했다. 그 시점에서 나는 기분이 너무 엉망이라 자전거를 트렁크에서 꺼내 집까지 페달을 밟고 싶었다. 다만 가는 길을 모르고, 너무 멀고, 그랬다간 아빠가 정말로 화를 낼 것이라서 나는 건물 안으로, 도리스 맥케나 박사의 병원 로비로 아빠를 따라 들어갔다.

나에게 미리 말도 하지 않고 나를 상담사에게 데려오는 것은 기본적으로 게릴라 전투**이고 나는 내 자식에게 절대로 이런 매복 공격 같은 것을 하지 않으리라 그 자리에서 결심했다. 나는 결코 자식에게 무엇이 좋은지 내가 제일 잘 아는 것처럼, 자식이 스스로 결정을 내릴 능력이 없는 것처럼 행동하지 않을 것이다.

** 우리는 작년에 학교에서 게릴라 전투와 매복 전술에 관해 배웠다. 물론 게릴라 전투를 '고릴라' 전투라고 바꿔 부르며 재미있다고 낄낄거리는 애들이 있었고 남자애들은 점심시간 내내 고릴라처럼 펄쩍펄쩍 뛰어다니며 머리와 겨드랑이를 긁고 그르릉그르릉 소리를 냈다. 왜냐하면 중학교 남자애들이란 원래 이 행성에서 가장 창피스러운 생명체이기 때문이다.

만화에서 그러듯 아마도 내 귀에서 수증기가 뿜어져 나왔나 보다. 왜냐하면 아빠가 내 기분을 알아채고 더는 나와 대화를 시도하지 않았기 때문이다. 우리는 대기실에 앉았고, 아빠는 어느 병원에나 꼭 있는《내셔널 지오그래픽》지를 한 권 집어 들고는 한쪽 발목을 다른 쪽 무릎에 올리고 마치 아무 문제도 없는 것처럼 읽었다.

나는 가슴 앞으로 팔짱을 꼈고, 아빠는 고개를 돌려 나를 보더니 인상을 찌푸렸다. 어떻게 아빠는 이 상황에서 나를 이해할 수 없다는 표정을 지을 수 있을까?

"내털리?"

나는 아빠를 노려보았다.

아빠는 손으로 얼굴 한쪽을 문지르면서 잔뜩 걱정스러운 표정을 지었다. 자신이 실수했음을 이제 막 깨달은 것처럼.

"내털리, 우리 이 얘기 이미 했잖아. 내가 예약한다고…… 기억하지?"

아빠가 상담사와의 예약을 언급하긴 했어도 실제로 이 일이 일어나리라고 생각하지는 않았다. 설사 그랬다고 해도 이건 부당

한 일 같다. 나 대신 아빠가 결정한 것이니까. 나는 여기 오고 싶지 않았다.

주변을 둘러보니 대기실은 너무 작고 온도는 적정 온도보다 백만 도쯤 높은 것 같다. 내가 머릿속으로 대탈출 계획을 짜고 있을 때 상담실 문이 열렸다.

도리스 박사가 나와서 내 이름을 불렀다. 뿔테 안경, 갈색 머리카락이 눈에 띄는 젊고 예쁜 여자였고 환한 미소를 띤 채 내 이름을 불렀지만, 나는 대답하는 대신 그 사람을 노려보기만 했다. 그러다 **이 사람은** 그냥 자기 일을 하는 것뿐이고 날 억지로 여기 데려온 것도 이 사람이 아니니, 내 따가운 눈총을 받을 이유는 없다는 생각이 들었다. 좀 미안해졌다.

그러나 그때 아빠가 엄지를 척 내밀며 "행운을 빈다, 우리 딸"이라고 말했고, 미안했던 마음은 즉시 증발했다.

도리스 박사의 상담실은 아빠의 상담실과는 다르다. 아빠의 상담실은 연한 크림색이 도는 흰색으로 칠해져 있고 가구도 전부 흰색인데 반해 이 사무실은 색이 다양하다. 모든 것이 선명해 보인다. 선명한 복숭아색 벽, 선명한 파란색 가구, 커다랗고 밝은 창으로 쏟아져 들어오는 선명한 햇살. 커피 테이블에는 루빅스 큐브와 슬링키Slinky(계단을 저절로 내려가는 장난감 코일, 일명 스프링 장난감) 같은 색색의 작은 장난감들이 놓여 있고 창가에는 스무 가지쯤 되는 서로 다른 식물이 각기 다른 색의 꽃을 피운 채 나란히 놓여 있으며, 이 공간 전체에서 풍기는 행복한 정원 같은 분위기 때문에 내가 좀 더 편안한 기분이 드는 것도 사실이었다. 하지만 그 모든 게 나를 좀 더 편안하게 **만들려는** 상담사의 술수 같은 게 아닐까 걱정되기 시작했고, 더는 이곳을 어떻게 받아들여야 할지 알 수가 없었다.

"이렇게 만나서 정말로 반갑다, 내털리. 너에 관해서 멋진 얘기 참 많이 들었어."

아빠가 이미 이 사람에게 내 얘기를 했다는 뜻이다. 분명 '괜찮지 않은' 일이다. 하지만 뭐, 그렇거나 말거나.

"나는 도리스 맥케나 박사야. 그냥 도리스라고 불러도 돼."

그 사람은 친절하고 다정한 미소를 보였지만 나는 상담사가 부리는 술수에 넘어가지 않는다. 나는 마치 우리가 친구라도 되는 것처럼, 내가 내 의지에 반해 억지로 여기 있는 게 아니라 정말 대화를 나누고 싶기라도 한 것처럼 이 사람을 도리스라고 부를 생각이 없었다.

나는 대답 대신 어깨만 대충 으쓱했다.

"요즘 기분은 어떠니?"

나는 대답하고 싶지 않았지만 이미 꽤 무례하게 굴었기 때문에, 아무 말 안 하는 것보다는 나은 "괜찮아요"라는 대답을 했다.

도리스 박사는 마치 내가 더 이야기하기를 기다리는 것처럼 미소 띤 얼굴로 고개를 끄덕였다. 그래서 나는 말했다.

"엄마 얘기는 하고 싶지 않아요."

그 순간 도리스 박사가 나를 보는 눈빛이 어찌나 나를 이해하고 내게 공감하는 것 같던지, 나는 바로 그 자리에서 울 뻔했다. 주위에는 꼭 '울어! 울란 말이야!' 하는 것 같은 티슈 상자들이 잔뜩 놓여 있었다. 하지만 나는 울지 않았다.

"그럼 너는 무슨 얘기가 **하고 싶니**, 내털리?"

그 사람이 마치 우리가 친한 친구이기라도 한 것처럼 한껏 친밀한 말투로 내 이름을 부르는 것이 정말 싫었다.★

★ '실제' 나의 단짝 친구인 트위그는 내 이름을 거의 부르지 않는다. 그냥 '야, 너'라고만 해도 나는 나를 부른다는 걸 알 수 있다. 왜냐하면 트위그가 나 말고 누구에게 말을 하겠는가?

"학교에서 어떤 프로젝트를 진행하고 있어요."

어른들은 대개 학교 이야기를 하면 좋아하니까.

도리스 박사의 미소가 더 커지는 걸 보니, 아무리 아이들과 대화를 나누는 일에 훈련이 된 전문가여도 어른은 어른이라서, '전 학교에서 뭔가 특별한 걸 하고 있답니다'라는 의미가 담긴 내 말에 홀딱 넘어가 버린 게 분명했다.

"어떤 프로젝트인데?"

그래서 나는 달걀 작전과 과학 수업 과제, 다리와 트위그에 관련된 이야기를 다 했다. 하지만 500달러나 그 돈을 어떻게 쓸지에 관한 나의 비밀스러운 계획은 **이야기하지 않았다.**

"트위그랑 다리가 저더러 팀장을 하래요."

나는 이렇게 덧붙인 걸 곧바로 후회했다. 왜냐하면 이 사람이 그 이야기를 잡고 늘어질 테니까. 나는 상담실 바닥에서 땅까지 그대로 구멍을 파기라도 할 것처럼 운동화 앞코를 청록색 러그에 문었다. 도리스 박사는 고개를 기울이고 물었다.

"팀장 맡는 거, 너는 어떻게 느끼는데?"

으으, 꼭 아빠가 할 것 같은 질문이다. 나는 어깨를 으쓱하고 말했다.

"뭐, 괜찮아요."

도리스 박사는 자기 옆 작은 테이블에 공책을 내려놓고는 몸을 숙였다.

"팀을 이끈다는 건 어쩌면 좀 긴장될 수도 있을 것 같은데. 만약 긴장된다고 해도 충분히 이해할 만한 일이야."

아무래도 이 사람은 내게서 엄마 문제에 관한 이야기가 나오지 않으니 여기저기 찔러 보며 다른 문제를 찾으려는 모양이지만, 나한테는 아무런 문제도 없다. 나는 멀쩡하다. 뭐, 물론 좀 긴장되기는 한다. 달걀 떨어뜨리기 대회를 생각할 때마다 배 속에 커다란 자두 씨 같은 게 들어 있는 기분이 들기도 하고, 거기다 대장 역할까지 맡게 되어 더욱 두려워졌다. **더욱 외로워지기도 했고.**

하지만 이런 걸 이 사람에게 말할 생각은 조금도 없었다.

나는 내 신발을 내려다보고 어깨만 으쓱했다.

도리스 박사가 다시 입을 열었을 때는 목소리가 한층 더 부드러웠다.

"달걀 프로젝트, 엄마 아빠한테 얘기해 본 적 있어?"

"달걀 작전이에요."

"아, 그래."

"네, 있어요."

이다음에 내가 답한 지루한 세부 내용은 굳이 여기에 적지 않겠다. 한 시간 정도의 대화가 거의 그쪽으로 흘렀다. 이야기를 계속 우리 엄마 아빠 쪽으로 이끌려 하는 도리스 박사와 계속 그쪽에서 멀어지려 하는 나는 아무런 알맹이도 없는 대화를 그렇게 한참이나 했다.

나는 시계를 보며 카운트다운에 들어갔다. 50분, 40분, 20분,

10분…… 그리고 마지막 5분쯤이 남았을 때, 도리스 박사는 이렇게 말했다.

"오늘은 네가 엄마 얘기를 할 준비가 되지 않았다는 거 알겠다. 나는 그걸 존중해. 그렇지만 다음 주에는 우리, 그 상황을 좀 더 이야기할 수 있으면 좋겠어."

할 수 있는 다른 대답이 없으니 나는 "알았어요"라고 했다.

상담실 밖으로 나가자 아빠가 어땠느냐고 묻지도 않고 나를 끌어안아 나는 남부끄러웠다. 기쁨과 안도감이 아빠에게서 말 그대로 뿜어져 나왔다. 나는 아빠를 사랑하고 아빠가 최선을 다하고 있다는 것을 알지만, 그 상담실에서 나온 순간 아빠에게 벌을 주고 싶었다. 나는 아무 말 없이 아빠의 포옹을 밀어냈고, 집으로 오는 내내 입을 닫고 있었다. 차가 집 앞까지 왔을 때 나는 차 문을 벌컥 열고 내린 뒤 문을 쾅 닫았고, 아빠의 기쁨이 산산이 깨지는 것을 느꼈다.

나도 나를 어찌할 수 없었다. 나는 갑자기 아빠에게 일부러 상처를 주는 끔찍한 인간이 되었고, 내가 그러는 이유를 나도 알 수 없었다.

어쩌면 다음 주 도리스 박사에게 그것을 이야기해 볼 수도 있겠다.

안 할 수도 있고.

이제 여러분 모두가 기다려 온 시간입니다!!

가설을 직접 실험해 볼 차례이지요!

배움을 근거로 한 여러분의 추측은

'위대한 과학적 탐구 과정'에서 살아남을 수 있을까요?

#진실의_시간 #얍! #가자!

12월 16일

과제 22 첫 실험

현실적으로 따져 보니 트위그의 달걀 보호 장치 아이디어는 대부분 실제로 만들 수 없는 것들이었고, 그건 딱히 놀라운 소식이 아니었다. 하지만 트위그는 그중에서 최대한 많은 걸 실제로 만들어서 실험해 봐야 한다고 주장했다. 그러기 위해 다리와 트위그와 나는 어제 방과 후에 학교에 남았고, 꽤 많은 달걀을 깨뜨려 가며 달걀에 이것저것을 붙여 보고 조정했다. 그 끝에 우리는 보호 장치에 감싸인 여섯 개의 달걀을 무사히 완성했고, 내겐 꽤 놀라운 성과였다.

"이게 정말 성공할지는 모르겠어."

나뭇가지에 특대형 마시멜로를 끼워 만든 '마시멜란'을 함께 마무리하면서 다리는 말했다. 마시멜란은 기본적으로 달걀에다 특대형 마시멜로들과 나뭇가지를 붙이고, 심지어 초콜릿바까지 붙인 것이다. 트위그가 커다란 마시멜로 구이를 보고 영감을 받아 생각해 낸 건데, 내 생각엔 트위그가 그때 배고팠던 거다.

"나뭇가지twig가 계속 부러지는데."

나뭇가지 하나가 꺾였을 때 다리가 말했다. 트위그Twig는 마치 그 말에 개인적인 모욕감을 느끼기라도 한 것처럼 졸린 고양이 표정으로 다리를 쳐다보았지만, 다리는 그 이상 아무 말도 하지 않았다.

우리는 그렇게 몇 시간 동안 아이디어들을 실제로 만들어 보느라 엊저녁 늦게야 각자의 집으로 돌아갔다. 하지만 나는 우리가 오늘 아침에도, 토요일이긴 하지만 날이 밝는 대로 일찍 학교에 나와야 한다고 주장했다. 그래서 우리는 계획을 세웠고, 솔직히 나는 그 계획에 좀 설레었다.

1단계: 관찰

달걀 떨어뜨리기 대회까지는 고작 한 달밖에 남지 않았다. 휴일까지 계산하면 남은 시간은 더 적다. 그러니까 실제로 실험을 시작해야 한다.

2단계: 질문

우리의 달걀 구조물을 3층 창문 밖으로 떨어뜨리는 실험은 언제 해 볼 수 있을까?

3단계: 조사

미케일라를 비롯한 교내 배구 대표팀 선수들은 지난 며칠 동안 짜증스러운 사기 충전 특별활동을 했고, 그 덕에 나는 이번 토요일 파운틴중학교에서 배구 시합이 열린다는 걸 안다. 나는 인터넷으로 시합 일정을 다시 한번 확인했다. 그때 학교는 개방되어 있을 것이고, 그건 우리가 쉽게 3층 교실로 잠입할

수 있다는 뜻이다.★

★ 원래 우리는 닐리 선생님에게 월요일 방과 후에 과학실 창문을 쓰게 해 달라고 부탁할 계획이었는데, 트위그가 고개를 젓더니 지혜로운 조언을 던지듯이 말했다. "미리 허락을 구하는 것보다는 저지르고 용서를 구하는 게 나아." 다리는 마른기침을 하고 불편한 표정을 지었지만, 우리는 월요일에 실험할 수 없을 경우를 대비해 토요일 학교 방문 계획을 실행하기로 했다.

4단계: 가설

물론 나는 너무 큰 기대를 품는 대신 '기대를 조절하려' 노력하지만, 우리의 여섯 가지 구조물 중에서 적어도 몇 개는 낙하 후에도 살아남으리라 확신한다. 우리는 아마 그중 어떤 방법이 가장 나은지를 골라야 할 것이다.

5단계: 실행 계획

1) 트위그가 금요일에 우리 집에서 자고 다음 날 아침 아빠에게 우릴 학교까지 태워다 달라고 부탁한다. '우리 학교 대표팀의 배구 시합을 구경하러 가서 우리의 애교심을 보여 줄 것'이라고 하면서 말이다.
2) 학교에서 다리와 합류해, 배구 시합이 시작되고 모두가 거기에 정신이 팔릴 때까지 기다린다. 그러고는 화장실에 가는 척 식당체육관강당★★에서 빠져나온다.
3) 3층으로 살금살금 올라가, 과학실로 들어간다.
4) 창문을 열고 달걀을 떨어뜨린다.
5) 살금살금 1층으로 내려가 어떤 달걀이 깨지지 않았는지를 확인한다.
6) 배구 시합이 끝나기 전에 아무도 눈치채지 못하게 현장을 청소하고 탈출한다.

★★ 공간은 하나인데, 구내식당도 되었다가 체육관도 되었다가 강당도 되었다가 한다.

만약 몇 달 전에 누군가가 나에게 "넌 언젠가 토요일 아침 8시에 학교에 갈 거야"라고 말했다면 난 그 사람이 닐리 선생님만큼이나 별나다고 여기며 웃어 넘겼겠지. 올해는 어째 내 기대를 벗어나는 일들만 일어나는 것 같다.

학부모를 비롯한 수많은 가족들이 우리 학교를 상징하는 빨강과 파랑이 들어간 옷을 입고 1층 체육관으로 향하고 있었다. 트위그와 나는 그들 속으로 스윽 합류했다. 군중 속에 자연스럽게 섞여 들기 위해 빨강과 파랑이 들어간 스웨터를 입기로 했지만, 아니나 다를까 트위그는 그 '섞여 들기'라는 목표를 좀 과하게 추구해서, 그냥 튄다. 한 손에는 빨간 장갑, 다른 손에는 파란 장갑을 꼈고 우리 학교 마스코트를 응원하듯 한쪽 뺨에는 '가자!', 다른 뺨엔 '붉은 판다들!'*이라고 적었다. '붉은 판다들!'은 쓰다 보니 자리가 모자랐는지 반쯤은 비스듬하게 턱으로 향하고 있다.

간단히 말해, 그저 학교를 사랑하는 아이들로 위장하려 한 우리의 계획은 그다지 성공적이지 않았다.

우리는 사람들과 함께 학교로 들어갔고 사람들 눈에 띄지 않도록 뒤로 빠져 천천히 움직였다. 귀에서 내 심장 두들기는 소리가 들렸지만 우리 작전은 성공할 거라고, 괜찮을 거라고 마음을 다독였다. 양쪽 어깨의 가방끈을 고쳐 멜 때 그 속에 든 우리의 달걀들과 그 달걀들이 입고 있는 갑옷의 무게가 느껴졌고, 나는 그것들이 부서지지 않도록 조심스럽게 움직였다.

★ 정확하게 말하면 우리 학교 마스코트는 여우라서 우린 스스로를 '파운틴중학교 여우들'이라고 부르지만, 그 여우가 꼭 붉은 판다처럼 보인다. 물론 우리 대부분은 그냥 어깨를 으쓱하며 그런가 보다 하고 넘어가지만, 트위그는 그냥 넘어가는 게 아니라 오히려 조명을 비춰 대는 애다.

우리의 작전

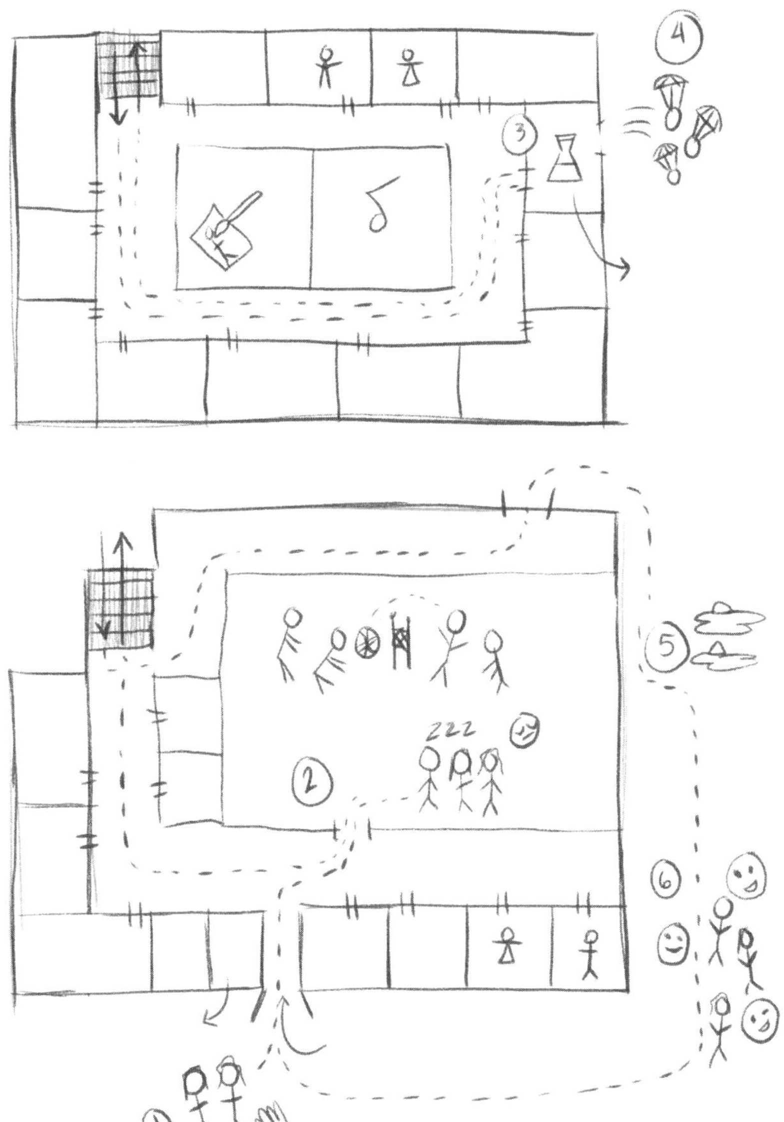

그런데 우리 앞에 있는 사람들 사이로 언뜻 보인 짙은 갈색 곱슬머리의 주인을 나는 곧바로 알아보았다. 멘저 교수가 분명했다. 나는 갑자기 앞을 똑바로 볼 수 없을 것 같았다. 그 사람이 나를 발견하면 다가와서 내게 말을 걸려고 할 것이고, 가식적으로 친절하게 굴며 어쩌면 우리에게 자기 옆에 앉으라고 제안할지도 모르고, 그러면 나는 꼼짝없이 붙들려 배구 시합을 끝까지 봐야 할지 모르니까. 엄마를 해고한 여자 옆에 앉아서. 그러면 모든 작전은 물거품이 된다.

"이쪽으로."

나는 트위그에게 속삭이며 여자 화장실 쪽을 가리켰다.

"아니……."

트위그는 뭔가 말하려 했지만 내가 이미 식당체육관강당 앞에서 행렬 밖으로 빠져나와 버렸다.

나는 사람들 눈에 띄지 않도록 재빨리 달려 모퉁이를 돌았고 트위그를 내 쪽으로 당겼다. 눈에 띄지 않고 빠져나오는 데 성공한 것 같았다.

"왜 그래, 너?"

"그게……."

말이 더 나오지 않았다. 내가 갑자기 두려워진 이유를 설명하려면, 지금껏 트위그에게 말하지 않은 모든 것을 말해야 했다.

트위그는 더 묻지 않았다. 그리고 모퉁이 너머를 살며시 쳐다보다가 이렇게 속삭였다.

"저기 다리 있다."

나도 고개를 빼고 보니, 붐비는 통로 한가운데에 다리가 있었다. 우르르 움직이는 인파 속에서 주변을 두리번거리고 몸을 앞뒤로 흔들거리며 제자리에 서 있는 다리가. 티셔츠(빨강과 파랑이 들어간 티셔츠는 아니었다) 끝자락을 만지작거리는 모습이 너무 긴장되어 보여 차라리 옷에 '전 지금 규칙을 어길 거예요!'라는 문구가 적혀 있는 게 나을 것 같았다.

트위그가 나에게 물었다.

"내가 데려올까?"

"배구 시합 시작할 때까진 기다리는 게 낫겠어."

그러나 내가 말을 끝내기도 전에 이미 트위그는 달려가고 있었고, 끝내 다리의 손목을 잡고는 끌고 왔다. 경기장으로 가던 사람들 몇 명이 이상하다는 눈길로 쳐다보기는 했지만 그뿐이었다.

"우리 본 사람 있을까?"

트위그가 큰 소리로 속삭였다. 보이진 않지만 아마도 트위그 안에 흐르고 있을 짜릿한 전류 때문인지 트위그의 머리카락은 잔뜩 정전기가 올라 보였다.

"없겠지? 우린 비밀 요원 스파이처럼 은밀하게 움직였다고."

"응, 없을 거야."

나는 대답했다. 그 순간 다리는 너무 긴장되어 보이고 트위그는 너무 자신 있어 보여, 지독하게도 반대인 둘의 모습에 나는 웃음이 풋 나왔다.

트위그도 나에게 웃어 보였다.

그때 체육관 안에서 버저가 울렸고 사람들이 조용해졌다. 그러고는 운동화에서 나는 끽, 끽 소리가 경기 시작을 알렸다.

"준비됐어?"

나는 물었다. 둘은 고개를 끄덕였고 나는 앞장서서 계단으로 향했다. 우리는 귀에서 심장 박동을 느끼며 살금살금 계단을 올라갔다. 2층 계단에 도착한 뒤 혹시 교사나 경비원이 있지는 않은지 복도를 재빨리 내다보았다. 물론 없었다. 오늘 학교에서 열리는 행사는 그저 배구 시합일 뿐이니까.

우리가 3층에 다다랐을 때, 다리와 나는 기다리고 트위그가 먼저 달려 나가 복도를 살폈다. 트위그는 복도에서 재주넘기를 하고 레이저 빔 피하는 흉내를 내며 민첩하게 갈지자로 나아갔다. 이 모든 게 트위그에게는 그저 게임인 것 같았다. 몸으로 직접 뛰는 전략적 보드게임. 나는 트위그에게 이 상황을 좀 진지하게 받아들이라고 충고하는 게 좋을지 아니면 내가 좀 더 트위그처럼 되는 게 좋을지 갈등이 되었다.

복도 저편에 다다른 트위그가 말했다.

"우리가 여기 있는 거 누가 알까?"

트위그의 목소리가 메아리쳤다. 다리가 트위그에게 조용히 하라는 손가락 신호를 보내면서도 웃음을 터뜨리지 않으려고 참는 걸 보니, 다리도 나와 비슷하게 갈등 중인 모양이었다.

트위그가 먼저 과학실 앞에 도착했고, 다리와 나도 다가갔다. 다리가 몸을 기울여 문고리를 돌리려는 순간 트위그가 한 팔을 척 내밀며 막았다.

"지문."

트위그가 날카롭게 속삭이더니 손에 장갑을 낀 자신이 대신 문고리를 잡았다.

그러나 문은 꼼짝도 하지 않았다.

트위그가 나를 보고 입술을 깨물었다. 나는 트위그를 밀어내고 지문 따위 신경 쓰지 않은 채 문고리를 잡았다. 문고리는 돌아가지 않았다. 문은 잠겨 있었다. 그러니까 모든 일이 계획대로 풀리지 않고 있다는 게 이로써 확실해졌다.

"내가 발로 차서 열 수 있을 것 같아."

트위그의 말에 다리가 트위그의 어깨를 잡았다가 얼굴이 빨개져서는 손을 떼고 말했다.

"안 돼. 차지 마."

그리고 다리는 고개를 절레절레 저으며 자책했다.

"교실 문 잠기는 걸 미리 생각했어야 하는데 내가 그걸 생각 못 했어."

마치 자신이 이 계획을 혼자 다 짜기라도 한 것처럼 말이다.

"월요일까지 기다려야 되겠다."

다리는 이렇게 말하고 고개를 한 번 끄덕였다. 마치 그게 이미 정해진 일이고, 다른 방법은 없다는 듯이.

내 뇌의 이성적인, 과학적인 부분은 다리에게 동의했다. 물론 우리는 월요일까지 기다리면 된다고. 물론 닐리 선생님은 우리가 방과 후에 과학실 창문에서 달걀 떨어뜨리기 실험을 하도록 허락해 줄 것이라고.

그러나 한편으로 우리는 이미 달걀 구조물들을 가져왔고, 여기까지 왔으며, 아무것도 우리의 계획대로 되고 있지 않다는 것을 생각했다. 그리고 어쩌면 월요일에도 달걀 떨어뜨리기 실험을 허락받지 못할 수 있다는 것을. 달걀 떨어뜨리기 실험을 아예 못 하게 될 수도 있다는 것을.

그러면 우리는 대회에서 우승하지 못할 것이고, 그러면…….

그때 트위그가 내 표정을 확인하더니 곧바로 고개를 저으며 말했다.

"아니야. 나한테 생각이 있어. 다른 방법이 있는 것 같아."

트위그가 우리를 이끌고 복도를 걸어가더니 여자 화장실로 들어갔다. 우리가 바로 따라 들어가지 않자 트위그가 입구에서 고개를 쏙 내밀고 말했다.

"들어와."

나는 다리를 흘깃 보았다. 다리는 "음……" 하며 곤란한 표정을 지었고, 트위그는 못 말린다는 표정으로 말했다.

"아, 들어오라니까. 아무도 없어."

"그래도……."

"자, 봐 봐."

트위그가 다시 화장실로 들어가서 소리를 질렀다.

"저기요! 여기 누구 있어요?"

"트위그, 조용히 해."

나는 거세게 속삭였다. 다리는 여전히 우물쭈물했고, 트위그는 도무지 어이가 없다는 듯이 두 팔을 들어 올리며 말했다.

"쓸데없는 걱정 좀 하지 말라니까."

우리는 트위그를 따라 여자 화장실로 들어갔고 다리는 얼굴이 새빨개져서 바닥만 쳐다보았다.

"좋았어."

트위그는 세면대 옆 창문으로 다가가서는 발끝으로 서서 창문을 밀어 열었다. 교실 창문보다 높은 곳에 난 훨씬 작은 창문이었지만 달걀을 떨어뜨리기에는 충분했다. 나도 발끝으로 서서 바깥을 보고는 안도감을 느끼며 말했다.

"그래, 여기면 되겠다."

"음…… 저기, 여기 그냥 화장실이네."

다리였다. 그 말을 들은 트위그는 다리에게 심각한 문제가 있는 것처럼 가느다란 눈으로 다리를 쳐다보았다. 그럴 만도 했다. 다리는 우리 중 똑똑함 담당 아니었나? 트위그가 천천히 다리에게 대답했다.

"응, 다리. 그냥 화장실이야."

"아니, 그러니까 내 말은……."

다리는 마른기침을 하더니 주위를 둘러보다가 눈을 내리깔고, 또 어쩔 수 없는 듯 두리번거리다가 이렇게 말했다.

"소파가 없어서."

나는 눈을 껌벅거리며 다리를 쳐다보다가 이렇게 물었다.

"**너희** 화장실에는 소파가 있어?"

"아니, 아니. 남자 화장실에는 없지. 그러니까 내 말은…… 다른 남자애들이 그랬거든, 여자……."

자신을 빤히 쳐다보는 우릴 보며 다리는 얼버무렸다.

"아니야, 아무것도."

어색한 몇 초의 정적.

"뭐, 아무튼……."

내가 말을 돌렸다. 그러고는 가방을 벗어 그 안에서 조심스럽게 달걀 구조물을 하나씩 꺼냈다. 감사하게도 모두 무사했다. 나는 말을 이었다.

"이 달걀 여섯 개를 다 떨어뜨려 볼 거야. 과학실 창문에서 했다면 한꺼번에 떨어뜨려 볼 수 있어서 더 좋았겠지만 여기선 그냥 하나씩 떨어뜨려 보자. 그러면 될 거야."

이때 다리가 괜히 마른기침을 하자 트위그는 반쯤 짜증 나고 반쯤 재미있다는 표정으로 한숨을 내쉬더니 물었다.

"이번엔 뭐가 문젠데, 다리?"

다리가 이렇게 불안정해 보이는 건 처음이었다. 다시 셔츠 밑단을 잡아당기기 시작하는 걸 보니 꼭 스스로를 땅속으로 끌어당겨 사라져 버릴 것 같았다. 그때 처음으로, 지금 우리가 누군가에게 들킨다면 가장 타격이 심한 사람은 아마 다리일 것이라는 생각이 들었다.

"다리, 넌 낙하지점에 가서 기다려도 돼. 그러고 싶으면."

다리의 온몸에서 눈에 보이게 긴장이 풀렸다.

"진짜?"

"응. 그게 더 나을 것 같아. 땅에 떨어진 달걀을 치워서 다음 달걀이 떨어질 자리를 마련해 줄 사람이 필요하잖아."

"진짜 그러면 도움 되겠네. 그런데 나는 너희만 남겨 두고 가기가 그래서……."

이미 문 쪽으로 조금씩 발걸음을 옮기면서 생각해 보더니 다리가 말했다.

그때 트위그가 가방에서 종이 타월 한 뭉치와 비닐봉지 하나를 꺼내 다리에게 건네면서 말했다.

"괜찮아. 네가 청소 담당자가 돼 줘. 그리고 아마 그게 가장 위험한 일일 거야. 누구한테 들킨다면 달걀 더미랑 같이 서 있는 건 너잖아.”

나는 그 생각을 미처 하지 못했고, 그 말이 맞을지 모른다는 걱정이 들었다. 하지만 다리는 고개를 끄덕이고는 청소 도구를 받아서 아무 말 없이 화장실에서 뛰어나갔다.

다리가 아래층에 도착하기를 기다리는 동안 트위그와 나는 보호 장치에 둘러싸인 달걀을 하나씩 꺼내서 창가에 올려놓았다. 달걀들은 자신들의 운명을 받아들일 준비를 하고서 나란히 앉아 있었다.

솔직히 말해 좀 우스워 보이기도 했지만, 그리고 얼마나 잘 버틸지 알 수 없었지만 그런 생각을 할 때가 아니었다. 머릿속에서 그런 의심을 전부 밀어냈다. 아래층의 다리가 준비를 마쳤을 때 나는 마시멜로 구이에서 영감을 받아 만든 마시멜란을 집어 들었다. 초콜릿과 마시멜로가 약간 녹아서 내 손에 끈적하게 붙었다.

트위그가 양쪽 눈썹을 올리며 말했다.

“첫 번째 낙하네. 우리 기념사라도 한마디 해야 하나?”

나는 웃음을 터뜨렸지만 답은 피했다. 이걸 그리 큰일로 만들고 싶지 않았다. 이 모든 게 무슨 의미인지를 너무 심각하게 생각하고 싶지 않았다. 그냥 달걀을 떨어뜨려 보고, 어떤 게 살아남는지 확인하고, 다시 괜찮아지고 싶었다. 트위그가 말했다.

“작은 마시멜란이여, 꿋꿋하길. 그리고 안전하게 비행하길.”

나는 마시멜란을 창밖으로 내밀고 물었다.

“준비됐어?”

트위그가 씩 웃으며 대답했다.

“준비됐어.”

아래에 있는 다리는 뒤로 한 발짝 물러서서 엄지손가락을 내밀어 보였다. 나는 마시멜란을 떨어뜨렸다.

우리는 마시멜란이 무사한지 아닌지 볼 수 없었다. 우리에겐 그저 다리가 다음 달걀을 위해서 그것을 옆으로 쓸어 놓는 것만 보였다. 그저 점처럼만 보이는 달걀이 어떻게 되었는지 모른 채 그 위에 있는 기분이 묘했다. 무엇이든 가능할 것 같았다.

"멋졌어!"

트위그가 내 등을 찰싹 때리며 말했다.

떨리는 두 손을 주머니에 넣어 버리고, 나는 트위그에게 다음 달걀을 고르라고 했다. 트위그는 솜에 감싼 달걀, 솜 천국의 달걀을 골랐다.

"다리가 좀 이상한 짓을 하네."

창밖으로 달걀을 내민 채 떨어뜨릴 준비를 하던 트위그가 말했다. 트위그 옆에 기대어 나도 내려다보니 다리가 두 팔을 허공에다 마구 휘젓고 있었다.

하지만 트위그는 그저 다리의 별난 행동쯤으로 생각했는지 한숨을 쉬고 고개를 젓더니 내게 물었다.

"준비됐어?"

"잠깐만."

내가 다시 창밖을 내려다보니 다리가 어쩔 줄 몰라 하며 뛰어다니고 있었다.

"뭔가 문제가 있는……."

내 말이 끝나기 전에 아래층에서 버저가 울렸고, 커다란 정문이 열리는 소리와 학부모들의 말소리가 들려왔다. 나는 경악하여 트위그를 보았다.

"시합! 방금 결판이 난 거야. 다들 집에 가려나 봐!"

"벌써?"

트위그도 나를 빤히 마주 보았다. 여전히 솜 천국의 달걀을 꽉 쥐고 창밖으로 한 팔을 내민 채로.

"괜찮아, 괜찮아. 다들 앞문으로 나갈 거고 굳이 학교 뒤쪽으로 올 사람은 없어. 우린 그냥 빨리 내려가서 치우고 누가 보기 전에 나가기만 하면 돼."

트위그보다 나 자신에게 하는 말에 더 가까웠다. 트위그가 고개를 끄덕이고 말했다.

"그래, 알았어. 가자."

그때였다. 트위그가 아무런 말이나 경고도 없이 한 팔로 창틀을 쓸어, 거기 있던 달걀들을 한꺼번에 밖으로 밀어 버린 것은.

나는 입을 떡 벌린 채 무모하고 터무니없는 나의 단짝 친구를 바라보았다. 함께한 여러 해 동안 트위그는 설명할 수 없는 일들을 꽤 했지만 이건 완전히 새로운 차원이었다.

"트위그…… 도대체 왜 **그런** 거야?"

트위그는 눈이 커다래서는 고개를 저었다.

"증거를 없앤 거야!"

"증거를 **없앤** 게 아니라 사방에다 뿌린 거지!"

"난 그냥…… 몰라! 너무 당황해서 그랬어!"

이러고 있을 시간이 없었다. 나는 트위그의 팔목을 잡고 함께 화장실에서 뛰어나왔다.

"작전 중단! 작전 중단!"

3층부터 1층까지 계단을 날듯이 내려가면서 트위그는 마구 외쳤고 나는 좀 조용히 하라고 했다. 우리는 뒷문을 달려 나가 다리에게로 갔다.

"아악. **안 돼**."

다리를 가까이에서 보자마자 트위그가 말했다. 솜 천국의 달걀이 다리의 머리에 맞고 깨져서 얼굴 옆으로 흘러내리고 있었다. 이마, 그러니까 머리카락이 난 곳 바로 아래의 한 자리가 붉은색으로 둥글게 부어 있었다.

"달걀 전부 깨졌어."

다리는 달걀의 흔적들을 내밀어 보이며 알려 주었다. 떨어진 것들의 자취를 되는대로 비닐봉지에 쓸어 담았는데, 봉지 바닥에 난 구멍으로 노란 달걀 물이 뚝뚝 떨어지고 있었다.

트위그도 나도 정확히 어떤 말을 해야 할지 몰라 그저 잠시 동안 가만히 서서 다리의 머리카락에 붙은 달걀과 솜 조각들만 쳐다보았다.

범죄 현장에서 어서 달아나야 했지만 눈앞에 분명히 보이는 일에 관해 아무 말 하지 않고 내달릴 수가 없었다. 그러면 안 될 것 같았다.

"너 괜찮아?"

다리가 들고 있던 엉망진창 비닐봉지를 가져오며 내가 물었다. 트위그는 다리의 머리카락에서 달걀 껍데기를 떼어 내기 시작하면서 말했다.

"내가 네 머리를 치다니…… 그것도 '달걀'로!"

트위그의 손길이 닿자 다리의 얼굴 나머지 부분도 부어 있던 이마처럼 빨갛게 변했다. 다리가 목을 가다듬었다.

"뭐……."

다리의 목소리가 갈라졌다. 다리는 한 번 더 목을 가다듬고 말했다.

"뭐…… 좋은 소식은 달걀 몇 개는 꽤 잘 버텼다는 거야. 기대했던 것보다는 훨씬 나았어. 내가 좀 손보면 개중 몇 가지 아이디어는 쓸 만해질 거야. 이번에는 진짜 말이 되게 만들 수 있을 것 같아."

다리가 아직 자신의 머리를 만지작거리고 있는 트위그를 흘깃 보더니 이렇게 덧붙였다.

"너 기분 나쁘라고 한 말은 아니고."

방금 엄청나게 어색한 순간을 유발하고 바로 다음 순간엔 모욕을 당한 당사자가 아닌 것처럼 트위그는 한 발 물러나서 어깨를 으쓱하고 말했다.

"좋아, 작전 분석가. 네 말대로 해 보자."

작전이 쫄딱 망했는데도 둘의 이야기를 들으니 희망이 생겼다. 긴장이 풀리면서 한결 좋고 안전한 기분을 느끼려는데, 뒷문이 열리더니 배구 팀 여자애들이 우르르 나왔다.

미케일라와 내가 정확히 같은 순간에 서로의 눈을 보았고, 미케일라가 제이니에게 뭔가 말하는 것을 보자마자 나는 얼른 고개를 돌렸다.

"음…… 우리 가자."

나는 트위그와 다리에게 말했다. 트위그와 다리는 **둘 다** 노른자 범벅이 된 채로, 이리 다가오는 미케일라를 보았다. 트위그는 짜증이 날 때의 습관대로 턱을 내밀었다. 다리는 미케일라가 우리의 행동을 학교에 일러서 처벌을 받게 될 거라는 생각을 했는지, 두려움에 두 눈이 휘둥그레졌다.

우리가 3층 화장실에 있었다는 것은 미케일라가 알 수 없다. 적어도 **증명할** 수는 없다. 하지만 그때 나는 미케일라의 눈으로 우리를 보았다. 실패한 실험. 엉망진창. 엄청나게 한심한 꼴을 한 우리를.

우리 앞에 온 미케일라가 팔짱을 끼고 물었다.

"너희 뭐 해?"

우리 반에서 키가 제일 큰 미케일라는 마치 자신이 세상의 여왕인 것처럼 우리를 말 안 듣는 백성 보듯 내려다보았다.

"너랑 상관없는 일이야."

트위그가 말했다. 미케일라와 내가 한때 친구였다는 사실도 이상하지만, 더 이상한 건 **트위그**와 미케일라가 한때 친구였다는 사실이다. 둘은 기본적으로 극과 극이다. 서로를 밀어내는 자석이나 다름없다.★

"그냥 과제하고 있었어. 학교 과제."

나는 말했다. 엄밀히 따지면 거짓말은 아니었지만 내 심장이 귀에서 요란하게 뛰었다. 도무지 알 수 없는 노릇이지만 나는 미케일라를 대할 때마다 너무 긴장이 되고, 그게 너무 싫다.

★ 이것 봐라. 내가 과학 수업을 듣긴 듣는다는 증거다.

미케일라가 무슨 말을, 아마 듣기 싫은 어떤 말을 내뱉을 것이라 생각한 그때, 제이니가 미케일라의 곁으로 다가와 물었다.

"무슨 일이야?"

제이니는 혼란스러운 표정이었다. 미케일라의 친구란 것, 또 배구를 한다는 것 말고는 내가 제이니에 관해 아무것도 모른다는 사실을 깨달았다.

"아무것도 아니야."

미케일라는 말했다. 그리고 꽤 오랫동안 나를 응시하더니 "**알게 뭐야**" 하며 돌아섰고, 제이니와 함께 그 멋진 척하는 걸음걸이로 멀어졌다.

"쟤는 뭐가 **문제**냐?"

열 받은 트위그가 물었다. 다리가 마치 트위그를 토닥거릴 것처럼 한 손을 들었다가 그 손을 자기 주머니에 찔러 넣었다. 그러고는 중얼거렸다.

"미안."

'미안'이라니. 다들 미케일라와 마주친 일로 멍한 상태이기는 해도, 머리를 맞은 건 본인인데 그 일로 사과한 거라면 다리의 머리는 심각하게 이상해진 것이다.

"네 잘못 아니야."

당연해서 할 필요도 없는 말이지만 나는 했다.

"달걀 얘기가 아니라, 너희랑 위에 같이 있어야 했는데 안 그래서. 내가 우물쭈물하다가 여기 내려와서 시간을 너무 많이 낭비했어. 팀으로 같이 있어야 했는데."

그 일을 왜 그렇게 크게 생각하는지 나는 알 수 없었다. 다리가 여기 내려와 있었던 건 사실 적절한 선택이었다. 하지만 그때 트위그가 마치 TV 드라마에 나오는 아빠라도 된 것처럼 한 팔을 다리의 어깨에 두르더니 말했다.

"걱정 마, 인마."

다리는 고개를 숙여 얼굴을 감췄지만, 나는 완전히 감추기 직전 다리 얼굴에 떠오른 얼빠진 미소를 보았다. 다리는 달걀 범벅이 된 채로도 트위그 곁에서는 미소를 참을 수 없는 것이다.

물론 트위그는 아무것도 몰랐다.

"우리가 다음에 또 여자 화장실에 들어가면 그땐 옆에 딱 붙어 있어."

나는 트위그가 다른 뜻도 담아서 하는 말이길 바랐지만, 트위그니까 가능성은 반반이었다. 다리는 약간 숨 막히는 소리와 비슷한 불편한 웃음을 웃었다.

"고마워, 얘들아."

내가 불쑥 말해 버렸다. 나는 이제 미케일라나 실패한 작전 따위는 신경도 쓰이지 않았다. 내 곁에는 노른자 범벅도 마다하지 않는 친구들이, 이렇게 되고도 그만두지 않는 친구들이 있으니까.

"그냥…… 달걀 팀의 일원이 돼 줘서 고마워."

그러자 다리가 이마에서 노른자를 닦아 내고는 씩 웃었다. 그러고는 손등을 위로 해서 한쪽 손을 내밀고는 "달걀 팀"이라고 말했다.

난 처음에 얘가 뭘 하는지 몰라 어리둥절하게 쳐다보았는데 트위그는 바로 이해했다. 자기 손을 다리 손 위에 겹쳐 얹고는 나를 보았다.

"너도, 내털리."

그래서 나도 두 사람의 손 위에 내 손을 올렸다. 우리 손에는 모두 노란 달걀이 잔뜩 묻어 있었고, 우리의 달걀 보호 장치 중 어느 것에도 반짝이를 넣은 기억이 없는데 어째서인지 트위그의 손에는 반짝이까지 잔뜩 묻어 있었다.*

★ 트위그는 우리가 뭘 할 때마다 꼭 어딘가에 '서프라이즈 반짝이'를 넣어 두곤 한다. 트위그는 그게 아주 재미있다고 생각하는데, 초등학교 2학년 교실에 앉아 본 사람이라면 누구나 반짝이가 장난이 아니라는 걸 알 것이다. 씻기가 얼마나 힘든지.

다리가 셋을 거꾸로 센 다음 우리는 동시에 외쳤다.

"달걀 팀!"

우리의 이런 행동이 좀 우습고 민망한 것 같기도 해서, 머릿속 한구석에선 미케일라가 이미 이 소리를 못 들을 만큼 멀리 갔으면 좋겠다는 생각도 들었다. 하지만 사실 그런 것은 하나도 중요하지 않았다. 왜냐하면 얘들이 내 친구들이고, 우리가 우리 팀이니까. 그리고 그때 난, 우리에게도 정말 가능성이 있다는 것을 알았다.

12월 18일

과제 23 #닐리_선생님의_눈의_날

트위그와 다리와 나는 달걀 떨어뜨리기에 관해 의논하면서 나머지 주말을 보냈고 주중에도 의논은 이어졌다. 수요일만 빼고. 수요일은 이제 공식적으로 도리스 박사의 날이 되었다, 안타깝게도.

다리는 트위그의 제멋대로인 아이디어들을 기반으로 새로운 설계도와 구조를 그려 보기 시작했고, 그중 가장 괜찮은 두 가지를 주말에 직접 만들어 실험해 보기로 했다.

나는 오늘 과학 시간에 새로운 설계 아이디어들을 그려 보고 엄마와 내가 떠날 여행을 꿈꿔 볼 수 있기를 바랐지만, 닐리 선생님이 우리를 놀라게 했다.

겨울방학이 오기 전 마지막 주라는 이유로, 그리고 오늘 첫눈이 왔다는 이유로 선생님은 **실제로** 지구에서 가장 멋진 선생님이 되어, 수업하는 대신 우릴 밖에서 놀게 해 주었다.★

★ 아, 선생님은 굳이 그것을 #닐리_선생님의_눈의_날이라고 부르자는 그리 멋지지 않은 제안을 하기는 했다. 뭐, 그래도…….

원래 오늘은 자석과 전류 단원을 마무리하기로 되어 있었지만, 사실 거의 한 달 내내 그 단원의 진도를 나가고 나니 더 배울 게 별로 남지 않기도 했다.

그래도 '교육적'인 시간이 되도록, 선생님은 우리를 밖으로 풀어 주기 전 20분 동안 눈에 관한 과학적 사실들을 알려 주었다.(낮은 기온, 언 물, 얼음, 우박, 눈, 아, 예, 어쩌고저쩌고.)

눈 내리는 날이니 당연히 무척 추워서 우리는 코트와 목도리로 몸을 꽁꽁 감쌌다. 미케일라는 자신이 **말 그대로** 동상에 걸릴 것이라고 어찌나 끝없이 불평을 해 대는지, 선생님은 나가 놀기 싫은 사람은 얼마든지 교실에 남아서 '아주 재미있는' 과학 문제지를 풀어도 좋다고 했다. 선생님은 그 과학 문제지를 일종의 벌로 생각한 것도 아니고, 진심으로 그게 나가 노는 것만큼 재미있으리라 생각했다.

그리고 그렇게, 그 월요일의 마지막 수업인 7학년 과학 시간은 학교 뒤 운동장에 나가 노는 시간이 되었다. 처음에는 다들 뭘 해야 할지 몰랐다. 엄밀히 말하면 우리 모두가 서로 친구 사이는 아니고, 초등학교 2학년도 아니라서 즉흥적으로 잡기 놀이를 하며 뛰어다닐 것도 아니었기 때문이다. 그리고 닐리 선생님이 우리를 쳐다보고 서 있어서 조금 더 어색하기도 했다.

그때 톰 K.가 눈덩이 하나를 던졌다. 톰 K.가 원래 그런 애이기 때문이다.** 그 눈덩이는 빠르게 날아가 닉 헤너의 얼굴을 정통으로 맞혔다. 닉이 한때는 작은 일로도 울고불고 야단을 부리던 아이였기 때문에, 그리고 닉이 이젠 그런 시절을 졸업했는지 아닌지 알 수가 없었기 때문에 다들 조금 숨죽이고 있었다.

★★ 참고로 톰 K.는 작년 '고릴라 전투' 난리의 시발점이 된 장본인이기도 하다.

하지만 닉이 웃기 시작하더니 저도 눈덩이를 뭉쳐 던졌고, 그게 조지에게 맞았고, 그때부터 모두가 서로에게 눈덩이를 던지기 시작했다. 심지어 미케일라와 제이니도 눈싸움에 동참했는데, 좀 하는가 싶더니 벤치에 앉아 구경만 했다. '즐거움'을 안 좋아한다거나 뭐 그런 거겠지.

트위그가 나를 공격해서 눈 위로 쓰러뜨렸다. 나는 일어나려고 꿈틀거렸지만, 트위그가 몸무게로 짓눌러 결국 "항복! 항복!" 하고 외쳤다. 트위그가 나에게서 물러나 벌렁 눕더니 팔다리를 휘저어 눈밭에 천사 모양을 만들었다. 눈싸움이 벌어지는 한가운데서. 그리고 물론 나도 드러누워 하나 만들었다. 이날은 아주 많은 나쁜 날들 가운데 낀 아름답고 좋은 하루여서 나는 웃지 않으면 울 것 같았다. 그리고 뭐가 씌었는지는 모르겠지만 나는 소리 내어 웃기 시작했고, 웃음을 멈출 수 없었다.

다리가 눈을 한 아름 안고 달려와서 우리를 내려다보았다.

"안 돼!"

나는 소리치고 일어나려고 버둥거렸다. 하지만 다리는 트위그와 내가 꿈틀꿈틀 피하기 전에 우리 위로 눈을 쏟았다.

"다리, 너 이 범생이!"

트위그는 이렇게 외쳤지만 다정한 말투였다. 믿기지 않을지 모르겠지만 말이다. 다리는 추워서 붉어진 두 뺨에 잔뜩 미소를 띠고 있었다. 교실 밖에 있는, 숙제를 하는 게 아니라 신나게 놀고 있는 다리의 모습을 보는 건 기분 좋은 일이었다.

트위그는 바닥으로 손을 뻗어서, 물론 눈덩이를 만들기는 귀찮으니까, 눈을 한 움큼 집어 다리에게 던지기 시작했다. 조지가 던진 눈덩이도 다리의 뒤통수에 맞았지만 다리는 신경 쓰지 않았다. 행복+어색+긴장+웃음, 거기다 트위그를 쳐다보느라 정신이 없어서 말이다. 다리는 갑자기 질주하여 달아났고, 트위그는 넘어지기도 하고 손에 눈을 가득 쥐기도 하며 뒤쫓아 달렸다.

갑자기 나는 사람들이 나누는 농담에 혼자서만 끼지 못한 것처럼 어색한 기분이 들었다. 손이나 다리나 내 몸 전체를 어떻게 움직여야 할지 모르겠어서 닐리 선생님 옆으로 가서 섰다.

"재미있는 시간 보내고 있니, 내털리?"

선생님이 물었다. 나는 두툼한 흰색 코트와 까만 모자 차림으로 그렇게 서 있는 모습이 눈사람 같다고 말하고 싶었지만, 물론 선생님이니까 하지 않았다. 대신 고개를 끄덕였다. 그리고 물었다.

"선생님은요?"

선생님은 소리 내어 웃더니 마치 내 말에 놀란 것처럼 나를 보았다.

"그러고 있다. 정말로."

이미 앞서 남자아이들이 선생님을 공격했지만 선생님은 그 애들에게 눈덩이를 하나도 던지지 않았다. 아마도 어른이라 그러고 싶은 기분이 들지 않아서, 그리고 고소를 당하고 싶지 않아서일 것이다.

"선생님, 감사합니다."

내가 말했다. 이번엔 말해야 해서라거나 할 말이 없어서가 아니었다. 진심이었다. 정말로 진심이었다.

12월 19일

과제 24 아빠의 작전

아빠는 오늘 아침 일찍 일어났다.

"옷 입어."

아빠가 꼭 정신 빠진 사람처럼 싱글싱글 웃으며 말했다.

"우리 15분 뒤에 출발이야."

나는 눈에서 잠의 부스러기들을 잡아뗀 다음 겨우 "알았어" 하고 중얼거렸다.

"아, 그리고 말이야, 너 오늘 학교 안 간다."

아빠가 하는 말에 잠이 확 달아난 나는 침대에서 똑바로 일어나 앉았다.

"무슨 말이야?"

내가 도리스 박사의 병원에 갔다 와서 성질을 부린 뒤로 아빠와 나는 사실상 대화를 하지 않았다. 아빠는 지금 우리 사이가 나아질 기회를 포장지에 싸서 내게 내밀고 있는 것이나 다름없었다. 말은 그저 이렇게만 했지만.

"일어나서 옷 입어. 우리 재미있는 데 갈 거야."

내 휴대전화 화면을 흘깃 보고 나서야 나는 모든 게 이해되었

★ 트위그한테서 문자가 와 있었다. '눈 온다 아아아아아아아!' 뒤에 눈송이 그림 잔뜩.

다.★ 이제 보니 #닐리_선생님의_눈의_날 이후 우리는 진짜 눈의 날, 폭설로 인한 휴일을 맞이한 것이었다. 이런 날은 눈 오는 날 중에서 가장 좋은 종류이기도 한데, 일기예보에서는 하나같이 거대한 눈 폭풍을 예보했지만 실제로 그렇게까지 눈이 많이 오지는 않은, 그러나 여전히 눈으로 뭔가를 할 수 있을 정도로는 눈이 쌓인 날이다.

아빠는 히터 때문에 창에 하얗게 김이 서린 차 안에서 나를 기다리고 있었지만 조수석엔 엄마가 앉아 있지 않았다. 이제 엄마의 부재가 더는 놀랄 일이 아닐 법도 한데 나는 아직도 놀란다, 매번. 나는 엄마 자리인 조수석에 타면서, 마치 엄마의 영혼을 털어 내기라도 하듯이 손으로 그 가죽 의자를 쓸었다.

아빠가 운전을 시작하고 폭설 휴일 이야기를 꺼냈을 때 나는 놀라는 척했다. 아주 잠깐의 두려운 순간 동안 나는 아빠가 도리스 박사의 상담실로 나를 데려가려는 줄 알았다. 지난 주 상담에선 도리스 박사가 부린 상담사의 술수들을 대부분 잘 피했지만 언제까지 내가 엄마 이야기를 피할 수 있을지 알 수 없다.

하지만 그때 차가 도리스 박사의 병원으로 향하지 않는다는 것을 깨달았다. 어쨌거나 모험이 되어야 할 여정이기도 하다. 아빠는 우리가 재미있는 데 간다고 했으니까.

"어디 가는 거야?"

나는 물었다.

아빠가 '깜짝 놀랄 일이 있지롱' 하고 말하는 듯한 특유의 미소를 지었고, 나는 나도 모르게 아빠가 나를 데려갈 수 있는 멋진 장소들의 목록을 꼽아 보았다.*

"우리 크리스마스 쇼핑 간다!"

"으응……."

나는 실망하지 않으려고 노력했지만 실패했다. 아빠는 **스스로** 실망스러운 표정을 짓고 있다는 걸 깨달았다. 우리 둘 중 누구도 원한 바가 아니지만 아빠와의 드라이브 전체가 아주 실망스러운 일처럼 느껴졌다. 아빠는 말했다.

"에이, 재미있을 거야. 우리 뭔가 재미있는 걸 같이 한 지 한참 됐잖아."

뭔가 재미있는 걸 같이 하고 싶은 게 아빠 뜻이었다면 나는 할 수 있는 일들을 아예 목록으로 만들어 아빠에게 줄 수 있었다.** 아빠에게 뭔가 재미있는 일이란 게 고작 필요한 걸 사러 쇼핑몰에 가는 것이라면 그건 우리 삶이 그동안 꽤나 슬퍼졌다는 뜻이다.

하지만 아빠는 희망적인 표정이었다. 무척이나 슬프면서도 또 무척이나 희망적인 표정. 그리고 아빠는 노력하고 있었다. 그래서 나는 말했다.

"재미있을 것 같네."

나는 그 말을 사실로 만들기로 했다. 실제로 충분히 간절하게 원하면 때로는 이루어지기도 하니까.

물론 크리스마스가 일주일도 남지 않아 쇼핑몰은 방문하기에 매우 즐겁지 않은 장소가 되어 있었다. 특히 눈 오는 휴일을 보낼 방법으로 다른 사람들도 모두 같은 생각을 한 모양이어서 더 그랬

★ 가장 덜 신나는 일부터 가장 신나는 일까지 순서대로 영화관, 수족관, 수목원, 식스 플래그스(Six Flags) 놀이공원, 디즈니랜드.

★★ 위의 메모를 참고할 것.

다. 하지만 우리는 전쟁터로 향하는 전사들이 되어 쇼핑몰 방문을 놀이로 만들기로 했다.

"손잡아."

함께 차에서 내린 뒤 아빠가 진지한 척하면서 한 손을 내밀었다. 나는 진짜 창피하기도 하고, 우리 학교 다니는 누가 볼까 봐 속으로 걱정도 하면서 아빠 손을 잡았다. 하지만 사실을 말하자면 좀 좋았다. 엄마나 아빠의 손을 마지막으로 잡은 게 언제였는지 기억할 수도 없었고, 그냥 장난치려는 것뿐이라 해도 기분 좋은 일이었다.

쇼핑몰 복판에 다다르자 사람들이 너무 빽빽하게 모여 있었다. 유모차를 끄는 사람들 무리가 인파를 갈랐고, 그때 나는 아빠와 잡은 손을 놓쳤다.

"아빠, 그냥 가! 아빠라도 살아!"

나는 한 손을 뻗고 다른 손으로는 가슴을 움켜쥐면서 말했다. 아빠는 웃음을 터뜨리곤 내게 다가와서 나를 꽉 안았다. 사람들이 빤히 쳐다보았지만 나는 신경 쓰지 않았다. 그러기엔 너무 행복했다. 그 후 우리는 본격적으로 목적 달성을 해야 했고, 할머니에게 선물할 고급 접시를 거의 한 시간 만에 골랐다.

그릇 가게에서 나올 때 아빠는 물었다.

"엄마한테는 크리스마스 선물로 뭐 사 줄까?"

아빠는 아무렇지 않다는 듯 말하려 한 것 같지만 뜻대로 되지 않았다. 그럴 수밖에. 예전에는 엄마가 좋아하지 않는 게 없어서 엄마 선물은 고르기 힘들었다. 이제는 엄마가 좋아하는 것이 아무것도 없어서 고르기가 힘들다.

“나는 엄마 선물 사 주기 싫어.”

이 말이 내 입에서 그냥 튀어나와 버렸다. 아빠 이마에 주름이 졌고, 나는 아빠가 그 순간에 ‘상담사 아빠’로 변신하고 있다는 것을 느낄 수 있었다. 5, 4, 3…….

“아니면…….”

내가 먼저 운을 뗐고, 아빠의 두 눈에 다시 그 희망적인 표정이 어렸다.

“아니면 엄마한테 식물을 하나 더 사 줘도 좋을 것 같고.”

하나의 위기를 피하니 또 다른 위기가 다가왔다. 아빠가 그 ‘행복하고 싶은’ 미소를 힘껏 지은 것이다.

“그거 좋겠는데.”

아빠는 마치 엄마가 마음을 쓰기라도 할 것처럼 말했다. 마치 엄마가 이미 있던 식물들을 다 죽이지 않은 것처럼 말했다.

나는 고개를 끄덕이고는 어색하게 주위를 둘러보았다. 우리는 지금 그릇 가게 앞에서, 쇼핑몰 한가운데에 서서 이러고 있으니 말이다.

“알았어, 그럼 모종 가게 가자.”

나는 말했다. 그리고 인파를 헤치며 모종 가게로 향했다. 엄마랑 워낙 많이 와서 그 식물들에게 가는 길이 머릿속에 지도로 자리 잡았을 정도다. 수많은 사람들로 정신없이 붐볐지만 나는 아빠가 나를 잘 따라오고 있는지 돌아보지도 않았다. 나는 점점 나를 웅크리고 있었다. 동면하는 풀처럼 나를 닫고 있었다. 그때 누군가가 내 이름을 외쳤고, 잠깐 만에 나는 누구의 목소리인지를 알아들었고, 그리고…… **그리고**.

"존! 내털리!"

그 목소리가 한 번 더 들려왔을 때 돌아보니 멘저 교수가 어깨로 사람들 사이를 비집으며, 시선을 나에게 고정한 채 다가오고 있었다. 평소처럼 청바지와 까만 셔츠 차림에, 늘어뜨린 갈색 물결 머리가 어깨를 감싸고 있었다. 그 모습이 너무나 친숙해서 내 마음이 열렸다. 그러나 그 사람이 우리 가족에게 한 짓이 기억나 내 마음은 다시 쾅 닫혔다.

그 찰나 동안 내가 느낀 반가움이 엄마에 대한 배신처럼 느껴졌다. 나는 손톱이 손바닥으로 파고들도록 두 주먹을 꽉 쥐었다.

나는 이내 자기 엄마 뒤를 따라오는 미케일라를 발견했다. 놀랍지도 않았다. 내 운이야 뭐 늘 이 모양이지. 아무래도 내가 미케일라를 까맣게 잊어버리고 사는 일 자체가 불가능하게 되어 있는 것만 같다.

"데이나! 미케일라!"

아빠가 두 사람의 이름을 불렀다. '우리 가족 아닌 사람'들과 이야기할 때 쓰는 한두 음 내리깐 목소리로.

"존, 잘 지내셨어요?"

미케일라가 어른인 척하는 말투로 아빠에게 인사했다. 나에게는 본 척도 하지 않았다. 나 역시 미케일라를 본 척하지 않았다. 미케일라가 이유도 없으면서 괜히 우리에게 다가와 말을 걸었던 지난주 그 이상한 순간이 아예 없던 일 같았다.

세 사람은 인파와 크리스마스와 날씨와 학교 등에 관한 소소한 대화에 돌입했고 그들의 말소리는 내게 작은 빗방울 떨어지는 소리처럼 들렸다. '조심해, 곧 큰비가 쏟아질 거야'라고 경고하는 가랑비처럼.

그러다 마침내, 멘저 교수가 몸을 숙이고 양 미간을 모은 채 물었다.

"앨리스는 좀 어때요?"

마치 우리 엄마에게 마음을 쓰는 것처럼. 마치 자기 잘못이 아닌 것처럼.

"다들 앨리스를 그리워해요."

그 순간 이 사람에게 느낀 것보다 더 큰 미움을 나는 다른 사람에게 느껴 본 적이 없다. 크리스마스 인파가 이 사람을 집어삼켜 우리 가족에게서 멀리멀리 떨어뜨려 놓길 바랐다.

아빠는 주저했고, 나는 아빠 입에서 나오는 그 이야기를 차마 들을 수 없었다. 여기서, 미케일라와 멘저 교수 앞에서 그 이야기를 하는 것은 도저히 견딜 수 없었다.

"모종 가게에 먼저 가 있을게."

나는 아빠가 엄마 이야기를 주저하는 그 짧은 사이에 그 누구도 쳐다보지 않은 채 이렇게 말했다. 그리고 아빠가 대답하기도 전에 그 자리에서 벗어났다.

나는 식물들이 있는 곳으로 빠르게 나아갔다. 마치 존재하지 않는 존재처럼, 유령처럼 군중을 스쳐 지나갔다. 그리고 아마도 크리스마스 선물로 식물을 사는 사람은 많지 않은 모양이었다. 모종 가게는 조용하고 거의 텅 비어 있었기 때문이다. 나는 진열된 식물들에 관해 적힌 모든 설명을 읽었다. 그게 생각하기보다 나았기 때문이다. 하지만 눈이 움직이고 뇌가 단어들을 삼켜도 소화는 하지 않는, 일종의 가짜 읽기를 하고 있었다.

동백나무 '코리안 파이어'*Camellia japonica* 'Korean Fire'를 보기 전까지는 말이다. '겨울에도 잘 버티고 심지어 눈이 올 때도 꽃이 핀다. 이 튼튼한 식물은 거의 모든 환경에서 살아남는다.'

한국의 불. 조그만 빨간 꽃이 대단하게 화려하지는 않지만(파란 난초 꽃에는 비교도 안 되지만) 딱 적당한 것 같았다. 우리의 기적의 식물은 (아직은) 가질 수 없지만, 적어도 겨울을 살아남는 식물, 계속 나아가는 식물은 가질 수 있다.

아빠가 도착했을 때 우리는 그 나무를 샀다. 아빠는 그 나무의 이름을 읽더니 마치 뭐라고 해야 할지 모르는 것처럼 입을 열었다가 그냥 닫았다. 그러다가…….

"내털리, 우리 아무래도 얘기를……."

"지금은 좀 안 하면 안 돼?"

입술이 일자가 되었지만 아빠는 고개를 끄덕였다. 가끔 아빠가 이렇게 조용해지는 것이 상담사의 술수라는 것을 나는 안다. 내가 못 견디고 입을 열어 그 침묵을 진실로 채우도록 유도하는 것. 하지만 이때 아빠는 그저 더는 할 말이 없었던 거다.

우리는 이야기를 하지 않았다. 우리는 손을 잡지 않았다. 우리는 그냥 집으로 갔다.

12월 20일

과제 25 관찰, 2라운드

오늘은 눈보라가 실제로 불어닥쳤고, 그래서 폭설 휴일이 하루 더 이어졌다. 그런데도 나는 도리스 박사를 만나러 가야 했다. 아빠는 그 무엇도, 눈보라조차도 '정신 건강'을 위한 자신의 노력을 막을 수 없다고 생각하는 것이다.

어쨌든, 아무래도 해시태그며 실험 등등으로 어느새 닐리 선생님에게 세뇌되어 버린 것인지, 나는 도리스 박사와 상담하는 내내 과학 탐구 과정을 생각했다. 도리스 박사가 이야기하면 들으려고 노력은 했지만(정말로 노력했다) 마음속으로 자꾸만 도리스 박사를 과학 탐구의 대상으로 보게 되는 것이다.

"오늘은 네 어머니 이야기를 좀 했으면 좋겠어."

이때 내 뇌는 내게 "관찰 단계!"라고 말하는 것이다.

- 도리스 박사는 새빨간 립스틱을 발랐다.
- 오는 길에 눈이 엄청나게 와서 아빠 차 와이퍼는 과로를 했는데, 도리스 박사 방의 창문은 눈 때문에 아예 흰 벽처럼 보인다.

- 눈 때문에 도로가 차단되어서 아빠랑 여기서 꼼짝 못 하게 되면 어떡하지?
- 도리스 박사가 "무슨 생각 하니, 내털리?"라고 묻는다.
- 내 두 손이 탁자 위의 슬링키를 집어 들었고, 나는 마치 내 두 손이 내 것이 아니기라도 한 것처럼, 용수철이 왔다 갔다 하는 것을 지켜보고 있다.
- 이 사무실 식물들, 물을 좀 줘야겠다.
- 도리스 박사가 같은 질문을 또 한다. 이번에는 조심스럽게 다른 표현으로. 왜냐하면 아, 내가 대답하는 것을 깜빡 잊었기 때문이다.
- 나는 "아무 생각도 안 해요"라고 대답한다.
- 밖에서 바람이 울고 있다.

도리스 박사는 내가 상담에 집중하지 않아 걱정된다고 말했다. 하지만 나는 그저 내 과학 탐구 과정에서 생겨나는 질문들에 대답하려 애쓰고 있을 뿐이었다. 질문: 나는 도리스 박사에게 질문을 몇 개나 들을 수 있을까?★ 이 실험이 성공하려면 자연히 도리스 박사를 말하게 만들어야 하기 때문에, 나는 많은 말을 할 수 없었다. 닐리 선생님이 자랑스러워할 것이다. 아빠는 그다지.

★ 그때까지 스물세 개였다. 도리스 박사, 가슴에 과학 탐구 정신을 품은 사람이다.

"좋아."

상담 시간이 절반쯤 지났을 때 도리스 박사가 말했다. 아마도 짜증이 났을 것이다. 아마도 짜증을 숨기려 애쓰고 있었을 것이다.

"네가 엄마 얘기를 하는 게 아직 편안하지 않다면 오늘 안 해도 돼. 네가 나누고 싶은 얘기를 뭐든 나눠 보자. 마음속에 뭐가 있니, 내털리?"

이게 질문 24번이었다. 상상의 점수판에 질문 수를 기록하느라 바쁜 것, 그게 내 마음속이었다.

하지만 내가 비밀스럽게 하고 있는 것은 아빠가 미케일라와 멘저 교수에게 우리의 '상황'을 이야기했으리라는 생각이었다. 아빠가 그 이야기를 어떤 식으로 했는지 나는 알 수 없고, 다른 사람들이 엄마의 일을 아는 것이 싫다는 생각. 지금의 상황에 관한 이야기를 들으면 사람들은 엄마를 함부로 평가할 것 같고, 나는 엄마가 사람들에게, 특히 그 미케일라 모녀에게 그런 평가를 받는 것이 싫었다. 어쩌면 나는 엄마가 창피했는지도 모른다, 나도 모르게.

나는 미케일라에 대해 무뎌지고 싶었다. 그 아이를 아예 내 관심 밖으로 몰아내 버리고 싶었다. 하지만 그러려고 해도 우리가 더 어릴 때 연구실이나 수목원에서 일하는 우리의 엄마들 곁에서 함께 놀던 기억이 다시금 떠오른다. 우리는 양치식물과 나뭇가지를 모아서 우리만의 '과학 실험'을 했고, 그 실험으로 우리가 만들어 내는 것들은 항상 대단한 치료제였다. 딸꾹질을 멈춰 주는 치료제! 숙제 치료제! 자러 가지 않아도 되게 해 주는 치료제!

슬픔 치료제.

물론 우리의 치료제는 언제나 효과가 좋았는데, 효과가 없을 수도 있다는 가능성을 아예 고려하지 않았기 때문이다. 우리는 마법을 지닌 존재들이었다. 그 누구도 우릴 막을 수 없었다. 우리는 과학자들이었다.

하지만 지금 미케일라는 학교에서 인기 많은 아이들 중 하나고 나는 아니다. 미케일라는 예전의 우리를 기억조차 못 하는 것 같다. 어느 시점부터인가 미케일라가 변했다. 사악해졌다. 그리고 멘저 교수 역시 사악한 사람일 것이다. 아니라면 우리 엄마를 해고하지 않았겠지.

하지만 재미있게도, 지금 우리 온실에 있는 코발트블루 난초를 나에게 준 사람 역시 멘저 교수다. 멘저 교수는 엄마와 함께 그 연구실에서 코발트블루 난초가 어떻게 코발트와 알루미늄에 노출되고도 살아남았는지를 밝혀내고, 그 결과를 다른 식물, 나아가 식물 이상의 것들에도 적용하기 위해 연구하고 있었다.

나는 초등학교 4학년이었다. 미케일라가 더는 나와 친구가 아니기 시작한 때이자 내가 연구실에서 엄마를 졸졸 따라다니며 엄마의 연구를 지켜보고 머리카락을 틀어 올린 채 아주 진지하게 내 작문 공책에다 내 관찰을 기록하던 때.

"예쁘다."

보호 유리 너머 그 아름다운 난초를 보면서 내가 말했다. 그 종이 같은 잎들을 내 공책에다 묘사해 보려고, 여느 난초처럼 보이다가도 빛을 받으면 눈이 아릴 정도로 푸르러지는 그 꽃을 글로 표현해 보려 애쓰고 있었다. 그 앞에 서서 글자를 휘갈겨 쓰면서 나만의 코발트블루 난초가 있었으면 좋겠다고 생각하고 있었다. 그런데 그때 마치 내 마음을 읽은 것처럼 멘저 교수가 캐비닛에서 씨앗 하나를 꺼냈다. 오직 나에게 주려고.

나는 엄마가 멘저 교수를 말릴 줄 알았다. 평소에 그 난초가 얼마나 여린 줄 아느냐는 이야기, 얼마나 희귀하고 소중한지 아느냐는 이야기를 늘 했으니까. 하지만 엄마는 말리지 않았다. 그냥 멘저 교수에게 미소를 지었고, 두 사람 사이에 내가 이해할 수 없는 무언가가 오고 갔으며, 그렇게 엄마와 나는 우리의 온실에서 그 아름다운, 마법 같은 식물을 키울 수 있게 되었다. 그때 씨앗을 건네며 멘저 교수는 이렇게 말했다.

"자, 너한테 주는 기적의 식물이야, 내털리. 네가 연구해 봐. 자라는 걸 지켜봐."

그렇게 해서 우리 품엔 그 난초가 있었다. 그러나 없어졌다. 엄마가 죽게 두었다.

도리스 박사가 또 무슨 질문을 했고, 나는 제대로 듣지 못했지만 그냥 고개를 끄덕이며 속으로 세었다, '질문 25번'. 그러고는 다른 생각은 하고 싶지 않아서 되뇌었다. 25번, 25번, 25번. 내가 탐구하여 얻은 것을 잃고 싶지 않아서이기도 했다. 반복해서 생각하지 않으면, 꼭 붙들고 머릿속에서 자꾸 되뇌지 않으면 결국 답을 잊어버리게 된다. 영원히 잃고 만다.

"음……."

도리스 박사는 얼굴을 찌푸렸다. 하지만 그 눈 속에 슬픔과 희망, 그리고 또 다른 무언가가 있었다.

"이제 마무리할 시간이다, 내털리. 오늘은 이만하고 가서 내가 말한 거 생각해 볼래?"

나는 고개를 끄덕였다. '질문 26번.'

병원에서 나와 집으로 차를 몰면서 아빠는 라디오를 줄이고 내게 물었다.

"오늘 상담은 어땠어?"

아빠의 목소리가 지나치게 순진해서 나 역시 그만큼 순진하게 대답했다.

"잘 진행됐어."

내 목소리가 마치 눈보라 속 반짝임과 햇살 같았다.

아빠는 그 답에 넘어가지 않았다.

"내털리, 네가 이 상담을 달가워하지 않는 거 알아. 그래도 나는 네가 마음을 좀 열었으면 좋겠다."

'마음을 좀 열었으면'이라는 말과 함께 머릿속에 떠오른 것은 아빠가 내 가슴을 뜯어 내장이 다 드러나는 장면이었다. 마치 실험실 탁자 위의 죽은 개구리처럼. 나도 모르게 몸을 움찔했다.

세상이 눈으로 새하얘진 지금은 도로만 쳐다보아야 하지만, 아빠는 걱정스러운 눈으로 나를 살폈다. 그리고 다시 도로를 바라보며 말했다.

"그동안 네가 많이 힘들었을 거야. 우리 모두에게 힘든 날들이었지. 그래도 나는 네가 너 자신을 표현하는 것이 중요하다고 생각해."

마음을 열 사람, 자신을 표현할 사람은 내가 아니라 **엄마**라고 말할 뻔했다. 하지만 아빠의 '거의 울 것 같은데 안 울려고 노력하는 표정'을 너무 자주 본 요즘, 그 표정을 또 보고 싶지는 않았다. 그래서 이렇게 말했다.

"노력해 볼게. 약속해."

아마 진심으로 한 약속이었을 것이다. 상담이 싫은 것은 변함없지만, 한편으론 아빠 말도 일리가 있다고 생각했기 때문이다.

한편으론 거의 마음을 열고 싶었다.

그리고 내가 이 모든 마음을 그다지 **표현하지** 못했는데도, 아빠는 나를 바라보고 미소를 지었다.

12월 23일

과제 26 달걀, 작전 투입

전 과목 선생님들 가운데 오직 닐리 선생님만이 겨울방학 숙제를 내 주었는데, 그 '숙제'란 그저 과학 탐구 과정에서 진행할 실험에 관해 계속 **생각해 보기**이다. 이런 숙제는 대체로 **아무것도 안 하기**와 다를 바 없지만, 다리와 트위그와 나는 1월 13일에 열리는 달걀 떨어뜨리기 대회 덕분에 그 숙제를 정말로 한다. 우리의 작전 분석가(다리)는 트위그가 낸 아이디어 중 몇 가지를 가지고 실현 가능한 방식으로 다시 설계했고, 방학을 인도에서 보낼 다리가 인도로 떠나기 전인 오늘, 그중에서 두 가지 장치를 실제로 만들어 실험해 보기로 했다.

겨울방학 때는 학교 문을 닫아 두기 때문에 우리 중 누군가의 집에서 모여야 했다. 그리고 다리의 부모님이 다리의 새 친구들을 만나고 싶어 하고, 다리가 한다는 학교 과제가 뭔지도 알고 싶어 한다는 이유로 우리는 다리의 집에서 만났다. 이유가 충분히 이해되기는 하지만 나는 기분이 묘했다. 왜냐하면 우리 아빠는 학교와 관련된 일이라면 내가 뭘 하든 신경을 쓰지 않고, 트위그의 부모님은 트위그가 하는 모든 일에 아예 신경을 쓰지 않기 때문이다.

그러다 보니 이렇게 부모가 자식의 일에 관여하기도 한다는 걸 난 거의 잊고 있었다.

다리네 집까지 자전거를 타고 가기엔 너무 추워서 아빠가 트위그와 나를 차로 데려다주었다. 아빠는 매우 책임감 있는 부모가 되어 다리의 부모님인 커푸어 부부와 인사도 나누기로 했다. 도착하자 다리네 부모님이 입구에 나와 우리를 맞아 주었고, 그 뒤로 집 안에서 서성거리는 다리가 보였다. 그분들은 사랑에 푹 빠져 있는 부부였다. 다리 아버지는, 아마 자신도 모르게 그러는 듯한데, 말할 때 다리 어머니의 등에 계속 손을 대고 있었다. 우리 엄마 아빠가 그런 행동을 할 때 나는 창피해하곤 했는데, 이제 그게 좀 그리워졌다.

마음이 술렁이고 초조해지기 시작해 나는 생각을 멈추고 대화에 귀를 기울여 보았지만, 학교와 날씨 같은 지루한 이야기뿐이었다. 트위그와 나는 어른들을 뒤로하고 다리에게로 향했다.

"이만 들어갈게요, 영진."

어른들 옆으로 돌아 들어가면서 트위그가 말했다.

"그리고 커푸어 아저씨, 아주머니, 지금은 성밖에 모르지만 이름도 금방 익힐게요."

커푸어 부부는 똑같이 무슨 말인지 이해되지 않는 듯한 표정으로 트위그를 쳐다보았고, 우리 아빠는 그저 한숨을 쉬었다.

다리네 거실로 들어간 순간, 트위그는 멈추어 서서 휘둥그런 눈으로 말했다.

"여기, 진짜, **멋지다**."

정말 그랬다. 거실의 벽을 거의 남는 자리 없이 덮고 있는 것은 가족사진들, 그리고 사람과 풍경과 동물 등등 세상 거의 모든 것을 담고 있는 선명하고 색이 다채로운 그림들이었다.

"음, 우리 엄마 아빠가 그림 그리시거든."

다리가 헛기침을 하고는 말했다. 목소리에 자랑스러움도, 그리고 불편함도 있었다.

"우리 가족 중에 그림 잘 그리는 사람이 정말 많아. 그래서 계속 나한테도 미술 수업을 시켰는데…… 나는 그다지 잘 그리지 못했어."

다리가 어깨를 으쓱했다. 마음 편하지 않은 일이었다는 게 내게도 느껴졌다. 그 순간 내가 다리에 관해 모르는 것이 무척 많다는 것을 깨달았다. 어쩌면 그동안 나도 모르게 학교 교사를 보는 것과 비슷한 눈으로 다리를 보았는지도 모른다. 마치 학교나 달걀 떨어뜨리기 대회와 관련해서만 존재하는 사람처럼 다리를 보았는지도 모른다.

어쩌면 트위그 이후로 새 친구를 사귀지 않은 나는 친구가 되는 게 어떤 일인지를 잊었던 게 아닐까?

다리는 우리를 거실 밖으로 이끌고 나가 계단을 올라가다가 뒤를 돌아보며 내게 말했다.

"너희 아버지 동양인이신 줄 몰랐어."

다리 역시 나에 관해 모르는 면이 많은 모양이었다.

"아빤 절반만 한국인이야. 우리 할아버지가 이탈리아인이었는데 나는 못 뵀어."

"너는 네가 한국계라는 사실에 관해서 평소에 전혀 얘기를 안 하는구나."

다리의 말을 들으니 내가 그러는 게 좀 이상한 일 같았다. 어쩐지 내가 잘못한 것 같았다.

다리네 집에 들어와 있으면 다리네 가족들이 인도인으로서의 정체성을 자랑스러워한다는 걸 느낄 수밖에 없다. 놀라웠지만, 어쩌면 짐작 가능한 일이었을 것이다. 다리가 평소에 인도인인 것을 결코 부끄러워하지 않으니 말이다. 오히려 인도인으로서의 삶에 관해 학교에서 이야기를 많이 한다. 다리의 어머니는 인도 전통 의상인 사리를 입고 있고, 다리네 집 부엌에서는 내가 한 번도 맛본 적 없는 음식들의 냄새가 나고, 다리의 집 전체가 인도에 있는 가족들(숙모들, 숙부들, 사촌들 그리고 이미 성인인 다리의 두 형) 사진으로 꾸며져 있다.

그런 걸 보니 뭐랄까, 우리 가족이 한국인으로 사는 걸 잘 못한다는 생각이 들었다. 아니, 내가 못한다는 생각이. 솔직히 말하면 나는 할머니를 만날 때나 누군가가 얘기를 꺼낼 때 말고는 내 일부가 한국인이라는 걸 거의 잊고 산다. 대부분의 사람들은 나를 볼 때 내가 4분의 1은 한국인이라는 것을 알아채지 못한다. 가끔 내 인종이 뭔지 궁금해하는 사람이 있기는 해도 나는 대체로 무시해 버리고 만다.

그렇게 하는 게 결코 잘못된 일처럼 느껴지지 않았다. 여태까지는 말이다.

집 안 탐방의 종착지인 다리의 방은 인도와 미국이 섞인 공간이었다. 발리우드 영화 포스터와 야구 포스터들이 서로 가장자리를 맞대고 붙어 있는 곳. 내 방도 꼭 이렇게, 내 모든 정체성이 골고루 반영되어 있었으면 좋겠다는 바람이 생겼다. 그리고 다음에 할머니를 만나면 한국에 관해 질문하겠다고 나 자신과 약속했다.

"달걀은 내 방 창문에서 떨어뜨리면 돼."

트위그와 나는 창가로 다가가 다리가 설치해 놓은 것을 내다보았다. 우리 바로 아래, 그러니까 다리네 집 뒷마당에 다리가 깔아 놓은 거대한 방수포가 있었다. 다리는 달걀의 낙하 순간을 영상으로 찍을 수 있는 카메라도 설치해 놓았다. 우리가 그 순간을 돌려 보면서 관찰할 수 있도록 말이다.

"우아…… 너 장난 아니다."

그리고 그 말로는 충분한 것 같지 않아서 나는 덧붙였다.

"좋은 쪽으로 말이야."

다리는 미소를 지었다. 그러고는 우리를 뒷마당으로 데리고 내려가 준비한 것을 좀 더 보여 주었다. 야외 탁자에 이미 오늘의 준비물을 전부 배열해 놓았고, 트위그의 아이디어 중 가장 좋은 것 두 가지를 발전시킨 현실적이고 상세한 도안도 그려 두었다.

도안을 집어 든 트위그가 하 하고 웃더니 말했다.

"야, 그런데 **얼굴** 어디 갔어? 얼굴이 없으면 얘네가 어떤 심정인지 어떻게 알아?"

트위그의 말이 농담인지 아닌지 알려 달라는 듯 다리가 나를 보았다. 다리는 어떤 식으로든 트위그의 기분을 건드리는 일을 악몽으로 여기는 게 분명했다.

"음, 글쎄…… 네가 그린 도안에 인간적인 면이 많기는 했지. 그런데……."

"우린 네 도안 마음에 들어, 다리."

다리의 어색한 대답이 길어지기 전에 내가 끼어들었다. 그리고 덧붙였다.

"그리고 너 이제 보니까 그림도 잘 그리는데? 적어도 '과학적'으로는 아주 잘 그려."

다리가 싱긋 웃더니 고개를 숙이고 솜덩이를 집었다. 다리가 솜을 갈랐고, 트위그와 나도 합류해 솜 천국의 달걀에 쓸 흰 구름들을 만들었다. 그런 다음 나뭇가지와 마시멜로를 잘라 마시멜란을 만들고 있을 때, 커푸어 아주머니가 머그잔에 핫초코를 담아 마당으로 나왔다.

"너희 정말 들어올 생각은 없니? 다리야시 친구들을 만나서 정말 좋은데."

아주머니는 우리를 잠시 내려다보다가 다시 안으로 들어갔다.

다리의 어머니는 우리가 추운 날 밖에서 작업하는 게 마음에 걸렸던 모양이지만,* 우리는 작전 수행 중이었다. 멈출 뜻이 없었고 핫초코를 마시러 집 안에 들어갈 생각도 없었다. 대신 다리네 야외 탁자에 둘러앉아 머그잔으로 손을 덥혔다. 트위그는 마시멜란 재료 중에서 커다란 마시멜로 하나를 집어 자기 머그잔에 넣었고, 다리와 나도 따라 했다. 다리 어머니가 부엌 창으로 우리를 바라보았고, 다리는 고개를 숙여 머그잔을 들여다보며 미소를 지었다.

"나한테 드디어 친구가 생겨서 우리 엄마가 진짜 좋아해."

다리의 말에 트위그는 어색하게 웃었다. 그도 그럴 것이, 친구 없었단 말을 이렇게 솔직하게 해 버리는 사람이 어디 있나?

★ 아마 우리가 달걀 보호 장치를 만들기 위해 장갑을 벗어야 했고, 다리와 나는 불평하지 않았지만 트위그가 계속 "손가락 얼어서 떨어질 것 같아"라고 외친 탓에 더욱 걱정되었을 것이다. 겨울치고는 따뜻한 날이었고(7°C) 눈도 다 녹은 상태였다.

'솜 천국의 달걀'

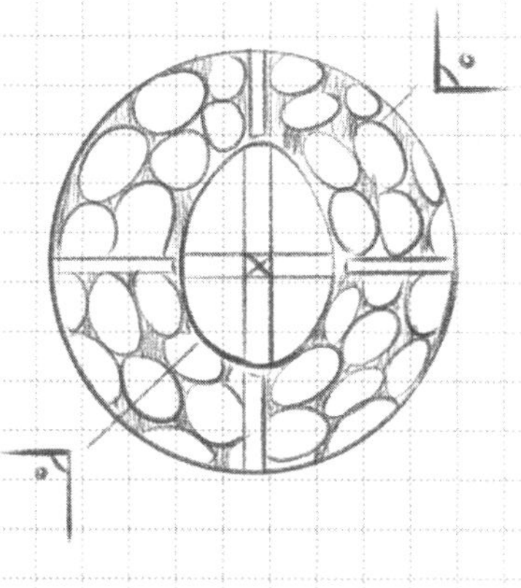

'마시멜란'

"몇 년 전에 처음 이사 왔을 때, 엄마 아빠가 랭커스터초등학교 선생님들 한 분 한 분 다 만나서 나 친구 사귀는 것 좀 도와 달라고 부탁하고 그러셨어."

다리는 그냥 지나간 재미있는 추억이란 듯이, 하나도 부끄럽지 않은 것처럼 말했다. 나는 이제 그 얘긴 그만했으면 하는 마음이었지만 다리는 계속했다.

"사실…… 내가 달걀 떨어뜨리기 대회 나가는 이유 중에 그것도 있었어. 닐리 선생님께서 다른 애들이랑 팀으로 나가 보는 게 어떻겠느냐고 하셨거든. 물론 나는 너무 긴장해서 누구한테도 부탁을 못 했지. 그런데 너희가 너희 팀에 날 초대해 줬어."

다리 네가 너를 우리 팀에 **스스로** 초대한 거라고 지적하기엔 아무래도 적당한 때가 아니었다.

다리는 희망을 담은 얼굴로 웃었다. 보통 어색한 상황에서 말을 시작하는 건 트위그였기 때문에 나는 트위그를 슬쩍 보았지만, 트위그는 얼굴이 붉어져서는 마시멜로만 뜯고 있었다. 나는 헛기침을 하고 말했다.

"네가 합류해서 나도 기뻐. 너 없었으면 이거 못 했을 거야."

다리가 사려 깊고 정교하게 뒷마당에 준비해 놓은 것들을 둘러보며 새삼 **정말** 그렇단 게 실감이 났다. 하지만 그렇다고 해도 하기 좀 민망한 말이었다.

우리는 각자의 핫초코를 후루룩거리고 헛기침을 하고 어디든 서로의 얼굴이 아닌 곳에 눈을 두면서 몇 분을 버텼다.

핫초코를 다 마신 나는 컵을 옆으로 밀어 두고 말했다.

"마시멜란 마무리할 준비 됐어?"

둘 다 새로운 화제에 안도한 표정이었다. 트위그는 장난스러운 거수경례로 답했다.

드디어 마시멜란까지 완성되었고, 우리의 달걀들을 떨어뜨려 볼 시간이 왔다.

솜 천국의 달걀이 첫 번째 주자였다.

그리고 우리가 마주한 진실은, 그것이 깨졌다는 것이다. 빠르게 일어난 일이었다. 떨어지고, 철퍽! 떨어지고철퍽!

첫 낙하 실험이 실패한 뒤, 우리는 마당의 카메라 앞에 둘러서서 녹화된 영상을 보았다. 처음으로 그날의 날씨가 너무 춥다고 느끼며 나는 두 팔로 몸을 감쌌다.

우리의 달걀이 깨지는 모습을 슬로모션으로 보았다. **떨어지고오오오철퍼어어억**은 그렇게 될 것을 이미 다 알고서 희망 없는 기다림 끝에 보려니 훨씬 나빴다.

“솜이 충격을 흡수하기에 충분한 두께가 아니었어.”

다리가 녹화 영상을 멈추고 화면을 가리키며 우리가 잘못한 것들을 빠짐없이 설명해 주었다.

“이론적으로는 솜을 한 겹 더해서 여기 밀도를 높여 주면 되는데, 우선 마시멜란을 떨어뜨려서 결과를 확인하고 난 다음에 생각해 보자.”

트위그는 ‘알았어, 알았어, 더 말해 줘’라고 하듯 고개를 끄덕였지만, 나는 다리의 말을 듣고 있지 않았다. 화면 속, 철퍽 깨지기 직전에 정지된 달걀을, 깨질 수 있지만 아직 깨지지 않은 그 달걀을 뚫어져라 보고 있었다.

지금까지 이 달걀 떨어뜨리기 대회는 내게 중요한 것이기는 해도 멀게 느껴졌다. 실험한 달걀이 깨져도 그다지 신경이 쓰이지 않았다. 다시 해 볼 시간이 아직 많이 남아 있었으니까.

하지만 오늘은 꼭 우리의 마지막 기회처럼 느껴졌다. 그리고 달걀이 둘 다 깨진다면…….

"마시멜란도 얼른 해 보자."

나는 이렇게 말함으로써 생각을 멈추었다.

내 목소리에서 갑자기 느껴지는 두려움에 놀란 듯 다리가 카메라에서 시선을 떼고 나를 보았다. 하지만 트위그는 '해 보자'는 제안이면 언제나 벌떡 일어섰다.

"좋았어."

트위그가 탁자로 달려가 마시멜란을 집어 들었다. 우리는 우리의 그 마지막 희망을 다리의 방으로 가지고 올라갔고, 트위그가 그것을 창밖으로 한껏 높이 들어 올렸다.

"우리의 달걀이 해낼 거라고 믿어 준 모든 분들께 감사드리고 싶습니다."

트위그가 마치 대단한 상을 타기라도 한 것처럼 보이지 않는 관객들에게 소감을 말하기 시작했고, 이유는 모르겠지만 영국식 억양을 흉내 내고 있었다.

"달걀 떨어뜨리기 분야의 대스타가 되어도 저희는 그 소중한 사람들을 꼭 기억하겠습니다."

다리는 미소를 지었지만 나는 트위그에게 조금 짜증이 났다. 아직도 장난스럽게 굴고 있는 것에. 농담할 시간은 이미 지나갔다는 사실을 모르는 것에. 지금은 완전히 진지한 순간이었다.

내가 손을 뻗어 트위그를 붙잡고 물었다.

"내가 떨어뜨리면 안 돼?"

내가 바란 것보다 더 날카로운 목소리가 나왔다. 그제야 내 기분이 바뀐 것을 알아차린 트위그가 미간을 찌푸렸지만, 물러서서 내게 마시멜란을 내밀었다. 그리고 그저 약간의 혼란스러움이 담긴 목소리로 말했다.

"물론이죠, 대장."

나는 숨을 참고 마시멜란을 놓았다.

떨어지고

떨어지고

떨어지고

마시멜란이 땅에 부딪히는 소리가 들렸다. 하지만 철퍽 소리는 나지 않았다.

우리는 꽤 오랫동안 서로를 쳐다보기만 했다. '확인해 볼 용기 있어?'

다리가 달걀을 확인하러 계단을 뛰어 내려갔다. 우리의 차분하고 학구적인 다리가 마치 환자에게 달려가는 의사처럼 우리의 달걀에게로 달려갔다.

트위그와 나도 다리의 분석 결과를 기다리며 뒤따라 숨차게 달리는데, 다리가 소리쳤다.

"살아 있어!"

그 순간 트위그는 마치 우리가 달걀 떨어뜨리기 올림픽에서 메달이라도 딴 것처럼 비명을 지르고 펄쩍펄쩍 뛰면서 이렇게 외쳤다.

"됐어! 이거야! 우리 이겨!"

흥분한 트위그를 보며 웃음을 터뜨린 다리는 이내 행복한 놀라움이 떠오른 얼굴로 트위그를 빤히 보았다. 그렇게까지 신나 하는 사람을 난생 처음 보는 것처럼.

나도 웃고 환호했다. 바로 내가 바라던 결과고, 우리 중에서도 가장 기뻐해야 할 사람이 나일 테니까. 하지만 어떤 이유에서인지 그 행복이 내 속에서 끈적끈적하게 변했다. 어쩌면 우리는 정말로 우승할 것이고 엄마와 나는 뉴멕시코로 가서 그 파란 꽃의 기적에 물들 것이고 그리고…… 그리고 모든 것이 다시 괜찮아질 것이다. 하지만 그렇게 되지 않으면…… 그러면 어떻게 해야 하지?

12월 25일

과제 27 부서진 크리스마스

오늘 아침, 일찍 잠에서 깬 나는 엄마 아빠의 방으로 달려가 두 사람을 흔들어 깨웠다. 크리스마스마다 내가 하는 일이다.

두 사람은 졸려 보였고, 나는 마음이 들뜨고 부푼 나머지 그 이상은 생각하지 못했다. 크리스마스라는 행복에 젖어 오늘이 엄마에게 '나쁜 날'이라는 것을 깨닫지 못했다. 아빠가 10분만 달라고 했다. 10분만 기다리면 아래층으로 내려가겠다고. 하지만 결국 20분을 기다린 끝에 아빠만 내려왔다. 그때 나는 엄마가 내려오지 않으리란 걸 알았다.

"저 선물들 좀 봐."

아빠가 우리의 크리스마스트리를 가리키며 말했다.

"우리 저거 풀어 볼까? 엄마한테는 이따가 보여 주고."

아빠 말투는 **항상** 그렇듯 옛 왈츠처럼 부드럽고 리드미컬했지만 그 속에서 불쑥 날카롭게 치미는 분노가 들렸다.

솔직히 나에겐 다른 어떤 것보다 무서운 일이었다. 이 상황이 우리에게 찾아온 후로 죽, 아빠는 한 번도 엄마에게 화를 낸 적이 없었기 때문이다. 슬펐고 피곤했고 아마 가끔씩 나한테는 화가 좀 났겠지만, 결코 엄마 때문에 화난 적은 없는 아빠였다.

"자, 자, 내털리, 신나지 않아? 크리스마스야!"

소파 내 옆자리에 앉으며 말하는 아빠 목소리에 조금 전의 화는 남아 있지 않았지만, 이미 선명하게 들은 것은 잊을 수 없었다. 나는 고개를 저은 뒤 아빠가 아닌 다른 곳을 보았다.

"신나지 않아."

나는 **내** 목소리 속의 화를 숨기지 않았다.

아빠가 내쉬는 한숨이 아주 나이 든 사람의 한숨 같았다. 전에는 한 번도 엄마 아빠가 **나이 들었다**고 생각한 적이 없다. 물론 부모니까 나보다 나이가 많기는 하지만, **나이 든 사람들**이라고는 생각하지 않았다. 갑자기 나는 아빠한테도 화가 났다. 아빠는 상담사다. 상담으로 사람들을 돕는 일이 아빠 직업이니까 기본적으로 엄마를 돕는 건 아빠 책임이다. 그것조차 못하면 아빠는 도대체 뭘 잘하지?

무슨 생각이었는지는 모르겠지만 내가 다음으로 한 행동은 부엌으로 달려가서 달걀 상자를 집어 드는 것이었다. 아빠가 나를 말리기도 전에 나는 그걸 들고 우리의 온실로 갔고, 달걀을 하나하나 꺼내 죽은 식물들을 향해 던져 버렸다. 나는 그 달걀들이 터지고, 걸쭉한 노른자 덩어리가 흙 속으로 스며드는 것을 쳐다보았다. 행복한 크리스마스 리본을 달고 포장된 채 구석에 놓여 있던 내 작은 '한국의 불'에다가도 던졌지만 맞지 않았다.

갑자기 더는 서 있을 힘조차 없어졌다. 나는 잡고 있던 달걀을 놓아 버렸고, 달걀은 내 발치에 퍽 하고 떨어져 깨졌고, 모든 기운이 내 다리에서 땅으로 빠져나갔다. 어느새 나는 달걀이 묻는 것 따위는 신경도 쓰지 않고 흙바닥에 앉아 있었다. 아빠도 달걀이 묻는 것 따위는 신경 쓰지 않았기에 내 옆에 앉았다. 태양등에 데워진 온실 바닥은 따뜻했고, 우리는 그렇게 가만히 앉아 있었다.

내 짐작과는 달리 한참이 지나도 아빠가 상담사 역할을 시도하지 않자, 나는 상자에 남은 마지막 달걀을 아빠에게 건넸다. 아빠는 받아 든 달걀을 들어 올려 빤히 빛에 비추어 보았다. 그게 낯설고 알 수 없는 물체라도 되는 것처럼. 아빠는 길을 잃은 얼굴이었다. '아빠가 저 달걀을 던지면 어쩌지' 하는 생각이 들었다. 왜냐하면, 그땐 우리 꼴이 어떻겠는가? 둘 다 온실 바닥에 주저앉아 온실을 엉망으로 만들고. 청소할 사람도 없고.

아빠는 오랫동안 그 달걀을 들고 있다가 다시 상자에 넣어 두었다.

그리고 어쩌면 아빠가 그렇게 한 것이 달걀을 던져 버린 것보다 더 나빴던 것 같다.

12월 25일

과제 28 트위그의 웃음

아래층에서 아빠가 전화로 누군가에게 여기 와 줄 수 있느냐고 묻는 게 들렸다. 나는 그 상대가 도리스 박사라고 생각했다. 크리스마스 응급 왕진 같은 걸 오는 건지도 모르겠다고 말이다. 우리 할머니일 리는 없었다. 남자친구 진 아저씨와 함께 캘리포니아에서 크리스마스를 보낸다고 했으니까.

나는 도리스 박사를 정말로 보고 싶지 않았기 때문에 설사 화장실이 급해도 방에서 나가지 않기로 결정했다. 상담을 당하고 싶지 않았다. 그런데 얼마 후 내 방문을 두드리는 소리가 났을 때, 문 밖에서 나를 부르는 사람은 도리스 박사가 아니었다.

어떻게 된 건지(크리스마스의 기적인지) 트위그였다.

"문 열어 줘!"

내 방 나무문에서 지나치게 요란한, 트위그 특유의 문 두들기는 소리가 쾅쾅 났다. 나는 침대에서 벌떡 일어나 문을 열었다. 다 빠져나간 것 같던 기운이, 노른자가 다시 내 안에 있었다. 순록 스웨터와 조그만 크리스마스트리들이 그려진 청바지를 입고 서 있는 트위그를 보자마자, 나는 끌어안고 울기 시작했다. 돌아보면 좀 부끄러운 일이었지만 그 순간에는 크리스마스 날 내 방 앞에 서 있는 내 단짝 친구 말고는 아무것도 중요하지 않았다.

"왜 왔어? 너희 가족이랑 안 있고."

나 자신을 어느 정도 통제할 수 있게 되었을 때, 나는 물었다. 트위그가 눈물 흘리는 나를 바라보면서 입을 열었다가 닫았다. 트위그가 할 말을 찾지 못하는 건 내가 처음 보는 모습이었다. 하지만 트위그도 내가 우는 모습은 처음 보았을 것이다.

트위그는 숨을 크게 들이쉬더니 내 침대로 가서 풀썩 앉아 말했다.

"아침엔 엄마랑 같이 있었어. 오후에 엄마는 일하러 나갔고."

트위그는 아빠에 관해선 말하지 않았다.

한때 우리는 서로에게 모든 것을 이야기하는 친구였다. 그 모든 것이 **아무것도 아닐** 때에도 이야기했다. 하지만 이제 변했다. 우리 중 누가 먼저 문을 닫았는지 모른다.

트위그는 불편한지 내 침대 옆을 발꿈치로 툭툭 치고 손가락으로는 내 이불을 두들긴다. 트위그의 온몸이 초조함으로 가득해 보였다.

나는 우리의 패턴을 깨 버렸다. 우리의 패턴대로라면 나는 트위그의 이야기를 듣고 나서 곧바로 아무런 관계없는 이야기를 꺼내야 했다. 트위그 아빠에 관한 질문이 말해지지 않은 채로 우리 사이를 무겁게 떠다니지 않도록. 하지만 나는 트위그 옆에 앉아서 이렇게 묻고 말았다.

"오늘 아빠랑은 얘기했어?"

트위그는 고개를 저으며 입술을 깨물었고 우리는 오랫동안 조용했다.

"이따가 밤에 전화할 거라고 아빠한테 문자 왔어."

"분명 전화하실 거야."

나는 거짓말했다. 트위그의 아빠에 대해선 잘 모르지만 그가 트위그를 자주 실망시킨다는 것은 나도 안다. 트위그는 대답 대신 어깨를 으쓱했다. 트위그가 어깨를 으쓱하는 건 무언가가 중요한 일인데도 아닌 척하는 거다.

트위그는 화제를 바꾸었다.

"아무튼, 난 너한테 크리스마스 선물 주러 온 거야. 난 너희 아빠가 나 싫어하시는 줄 알았거든. 근데 내가 여기 들러도 되냐고 하니까 너무 좋아하시는 거야. 꼭 우시는 줄 알았어."

트위그는 내가 상황을 좀 더 설명해 주길 기대하는 눈빛으로 나를 보았다. 하지만 내가 대답하지 않자 한숨을 쉬고는 주머니에서 작은 상자를 꺼냈다.

"지금 열어 봐."

나는 트위그에게서 상자를 건네받았다. 신문지로 엉성하게 포장되어 있었다. 트위그가 엘렌에게 엄마의 반짝거리는 선물 포장지로 포장해 달라고 부탁하지 않고 직접 쌌다는 뜻이다. 안에 무엇이 들었을지는 이미 알고 있었다. 매년 같은 선물이니까. 아니나 다를까 그 속에는 조그만 유리 입상이 들어 있었다. 나는 그것을 집어 들었다. 트위그는 엄마와 프랑스에 갈 때마다 이 조그만 장식용 인형들을 사 가지고 온다. 어떤 이유에서인지 이것을 무척이나 좋아한다. 이렇게나 부서지기 쉬운 것은 무엇이건 트위그답지 않은 것 같은데도 말이다.

올해 트위그가 고른 것은 조그만 초록색 개구리였다.

"레날도를 기리는 의미에서."

트위그의 말에 나는 미소를 지었다. 아직도 가슴이 아팠지만 기분이 조금 가벼워졌다.

"고마워."

나는 그 유리 개구리를 내 책상 위에 올려놓고 트위그를 위해 준비한 내 선물을 꺼냈다. 어느 중고품 가게에서 발견한 옛날 보드게임이다, 물론.

나는 트위그가 당장 뜯어보길 기대했다. 보통 선물을 받으면 마구 펼쳐 보는 아이니까. 하지만 트위그가 선물을 옆에 놓고는 완전히 나에게로 몸을 돌려, 침대 위에 양반다리를 하고 앉았다.

"내털리, 나…… 나 하고 싶은 말이 있었는데……."

트위그는 숨을 깊이 들이쉬었다가 내쉬고 말을 이었다.

"우리 사이에 뭔가 문제가 있다는 거 알고 있는데, 그게 내가 뭔가 잘못해서인지 아니면 네가 그냥 나한테 진절머리 난 건지, 아니면 항상 보드게임만 하는 게 싫어서 그런 건지 모르겠어. 네가 보드게임 더는 하기 싫다면 이제 아예 안 해도 돼. 나는 그거 혼자 해도 되고 어쩌면 엘렌이랑 할 수도 있고, 그런데……."

"트위그."

나는 트위그를 멈추려고 이름을 불렀지만 트위그는 한번 발동이 걸리면 멈출 수가 없다.

"그런데 만약 내가 한 어떤 행동 때문에 네가 화난 거면, 정말 정말 미안해. 그때 다리네 집에서 나 때문에 너 짜증 났던 거 알아. 그래도 마시멜란이 살아남았잖아. 그러니까…… 괜찮지? 뭔가 문제가 있다는 거 알아. 사람들은 내가 그런 걸 못 느낄 거라고 생각하는데, 나 느껴. 그리고 그냥……."

트위그는 커다란 눈으로 나를 보며 고요함을 더 채울 말을 찾아 입을 열었다가 그냥 닫았다.

"트위그."

내가 말했다.

"너 때문에 그런 게 아니야."

트위그는 어쩌면 이렇게나 옳으면서 동시에 이렇게나 틀릴 수 있을까? 진절머리 난 것, 당연히 아니다. 트위그는 내 단짝 친구다. 다만 트위그는 트위그니까, 나는 트위그가 나머지 세상의 일들은 안중에 없으리라고 짐작했던 것이다.

"우리 엄마가 오늘 방 밖으로 아예 안 나왔어."

나는 마음이 바뀌기 전에 진실을 내뱉어 버렸다. 트위그의 두 눈썹이 모였고 트위그의 두 눈에 연민이 가득했다.

"아아……."

"크리스마스인데도 엄마는 안 나왔어."

내가 되풀이해 말한 것이 트위그를 위해서인지 나를 위해서인지 모르겠다.

"내털리."

트위그가 내뱉는 내 이름을 들으며 나는 여태 트위그를 얼마나 불공정하게 판단해 왔는지 깨달았다. 이렇게 지금 내가 하고 싶은 말이 뭔지 아는 트위그를.

그리고 트위그의 얼굴을 계속 보고 있으면 울게 되리라는 것을 안 나는 침대에 누워 트위그의 무릎에 내 머리를 올려놓았다.

트위그는 아무 말 하지 않았지만 '등을 기어오르는 거미' 노래를 부르면서 내 척추를 긁고 두드리고 했다. 그러다 투명 달걀을 내 머리에 대고 깼을 땐 우리 둘 다 웃음이 튀어나왔다가 다시 진지해졌다.

"그리고 우리 집에 있는 달걀을 내가 다 깨 버렸어."

"흠…… 그거 우리가 쓸 수도 있었는데."

트위그의 이 대답에 웃음이 나서 나는 스스로에게 놀랐고, 트위그는 아무 말 하지 않았다. 나는 트위그의 침묵을 더 얘기하라는 격려로 받아들였다. 말들이 내 목 안에 끈적끈적하게 붙어 버리기 전에 꺼내 놓기로 했다.

"우리 엄마, 우울증이야."

우울증이란 말이 내 입에서 나오니 기분이 이상했다. 한 번도 뱉어 본 적 없는데, 말하고 보니 이 모든 문제가 지나치게 단순한 것처럼 들렸다.

트위그가 잠시 굳은 채로 뭐라고 해야 할지 고민하는 것이 느껴졌다. 그리고 나는 너무 많은 진실을 말한 게 아닐까, 나 때문에 트위그가 겁먹고 물러서는 게 아닐까 걱정이 되었다. 하지만 그때 트위그가 부드러워지며 말했다.

"그래서 그동안 네가 슬펐구나."

이 말을 듣기 전까지 나는 내가 얼마나 슬펐는지 자각하지 못했다. 그래서 그 순간 마음속 무언가가 갈라져 열리며 울기 시작했다.

"미안."

나는 왜 하는지도 모른 채 사과했다. 트위그는 대답하지 않고 계속 내 머리에다 투명 달걀을 깨고 손끝으로 머리카락에 달걀 물을 흘렸다.

트위그가 날 위로하다니, 트위그가. 기분이 좀 이상해진 나는 일어나 앉았고, 트위그를 침대 위로 벌렁 자빠뜨렸다.

"야!"

트위그는 외쳤지만 다시 일어나진 않았다. 내가 그 곁에 붙어 누우니 이제 우리 둘 다 누워 있었고, 나는 기분이 나아졌다. 우리가 다시 내털리와 트위그로 돌아온 것 같았다.

나는 말했다.

"우리가 이기면 그 상금 가지고 엄마를 뉴멕시코에 보내 주려고 했어. 거기 가면, 그래서 엄마가 그 꽃들을 보면……."

한편으로는 또 울 것 같아서, 다른 한편으로는 그 말을 끝까지 하기가 너무 부끄러워서 나는 입을 다물었다.

"무슨 꽃?"

트위그가 물었다. 그래서 나는 트위그에게 그 코발트블루 난초 이야기를 했다. 그 꽃의 과학과 마법에 관해서, 멘저 교수와 그 연구실에 관해서, 엄마와 내가 우리만의 코발트블루 난초를 키운 것과 엄마가 그것을 죽게 한 것, 그리고 내가 품었던 비밀스러운 희망에 관해서 이야기했다. 엄마를 그 기적의 꽃들에게로 데려가 구해 내겠다는 내 꿈을 이야기했다.

"우리 할 수 있어."

트위그가 말했다. 그러고는 더 큰 소리로 다시 선언했다.

"우리 그거 우승한다고."

나에게서 전혀 나 같지 않을 정도로 크고 긴 한숨이 나왔다.

하지만 새로운 기운과 목적의식으로 부풀어 오른 트위그는 일어나 앉았다.

"그 '내털리 한숨' 나한테는 안 통해. 우리 진짜 이긴다니까. 우린 우승하고 너는 뉴멕시코로 갈 거야. 그래서 그 파란 꽃 한 송이, 아니, **스무 송이**는 구해 올 거야. 그래서 너희 온실을 그 꽃으로 가득 채울 거야."

"트위그."

나는 조심스럽게 일어났다. 무언가에 꽂힌 트위그에게는 야생 곰이라고 생각하고 접근해야 한다. 천천히 다가가 부드럽게 달래듯 말해야 한다.★

★ 야생 곰에게는 그렇게 접근해야 한다고 생각하기는 하는데, 내가 진짜 캠핑을 해 보거나 그런 것은 아니다. 트위그와 나는 5학년 때 한 달 동안 걸스카우트를 했지만 그뿐이다. 나는 지겨워졌고 트위그는 배지를 얻는 데 계속 실패했다.

"진정해. 그래, 네 말대로 우리가 우승할 수도 있지. 하지만 못 할 수도 있잖아."

이건 아빠가 종종 하는 이야기다. '기대를 잘 조절하는 일'이 중요하다며.

"그리고 우승한다고 해도, 우리 엄마가 가고 싶지 않다고 할 수도 있어. 지금 우리 엄마는 세상에 원하는 게 아무것도 없는 사람 같아."

나는 말을 하고 바로 후회했다. 어째서인지 그 말을 한 것이 엄마에 대한 배신 같았다. 말을 해서 진실이 되어 버린 것 같았다.

"당연히 가고 싶어 하실 거야."

계획의 설렘으로 가만히 있지 못하는 트위그가 왼쪽 오른쪽으로 자꾸 몸을 흔들며 말했다.

"네가 오로지 엄마를 위해서 그 대회 나갔다는 걸 아시면 당연히 가실 거야. 게임에서 이기려면 큰 수를 둬야 할 때가 있잖아. 때로는 누군가한테 내가 얼마나 사랑하는지를 보여 주어야 할 때가 있어. 그러면 그 사람도 나를 사랑하게 되는 거야. 우린 할 수 있어, 내털리!"

트위그는 이제 진짜 흥분하고 있었다.

"그리고 만약에, 만약에 **정말로** 가고 싶어 하시지 않아도, **우리**는 갈 수 있잖아. 우리가 뉴멕시코까지 날아가서 나초를 가져오는 거야!"

"난초."

"그래, 난초!"

"트위그."

나는 이제 천천히, 목소리에 경고를 담아 말했다.

"그렇게는 못 해, 당연히."

"그래, 알아. 못 해."

트위그가 이렇게 말하며 내게 찡긋 윙크를 했다.

"아니, 진짜 못 한다니까, 트위그."

"안다니까, 글쎄."

트위그는 또 찡긋. 나는 이제 웃음을 내뱉으며 말했다.

"나 진지하다니까!"

하지만 웃느라 내 목소리는 전혀 진지하게 들리지 않았다. 트위그가 침대에서 벌떡 일어나 외쳤다.

"달걀 작전은 **사실** 비밀 작전인 거야!"

튀어나올 듯 커다랗게 뜬 두 눈과 엉망인 머리, 트위그는 걷잡을 수 없이 흥분했다.

"달걀 작전은 사실 **비밀 나초 작전**인 거야!"

"아니라고!"

나는 너무 웃어서 배가 아팠다. 어떤 음식을 너무 오래 안 먹다가 다시 먹으면 배 속이 죄어 오는 것과 비슷했다. 내게는 웃음이 그런 게 돼 있었다.

"너 그렇게 웃을 때 진짜 웃겨."

트위그가 이렇게 말하곤 저도 웃었다.

"꼭 작은 달팽이 같다니까."

트위그는 나를 흉내 내느라고 모로 누워서 몸을 말았는데, 어떻게 봐도 달팽이로는 안 보였다.

트위그가 새끼손가락을 내밀었다.

"내가 약속해. 우리 이길 거야."

나는 이 순간이 너무 좋았기 때문에, 그리고 갑자기 이상하게 굴면서 새끼손가락을 거절해 이 순간을 망치고 싶지 않았기 때문에, 트위그와 새끼손가락을 걸고 알았다고 했다.

하지만 그런 다음 내 머릿속에 떠오른 어떤 생각을 떨쳐 낼 수가 없어서 나는 더 이상하게 굴었다.

"트위그, 내가 보기엔 다리가 너 좋아해."

트위그가 완전히 분홍색이 되더니 배를 깔고 누워 베개에 얼굴을 묻었다. 베개에 막힌 목소리로 물었다.

"진짜 그런 것 같아?"

나는 트위그의 이런 모습을 처음 보았지만, 다시 뭔가 재미있는 화제로 얘기하는 게 기분 좋았다.

"티 많이 나는데."

내 말에 트위그가 베개에서 고개를 들고는 나를 보았다.

"나 걔한테 줄 크리스마스 선물도 준비했어. 그런데 줘야 할지 모르겠어."

다리 선물을 생각조차 하지 않았던 나는 놀라지 않은 척하려고 애썼다.

"걔 건 플라밍고야."

그리고 나는 솔직해져 버린 내 입에 다시 예전의 필터를 씌우는 걸 그만 잊었던 것 같다. 별생각 하지 않고 이렇게 물었으니까 말이다.

"걔 다리가 되게 가늘어서?"

잠시 트위그는 입을 벌리고 경악한 표정으로 나를 쳐다보다가, 천장을 향해 뒤집어 눕고는 배로 웃는 웃음을 깔깔 웃기 시작했다.

그리고 그런 웃음은 전염성이 있기 때문에 나도 다시 웃기 시작했다.

마침내 트위그는 집에 가야 했다. 트위그의 아빠에게서 전화가 왔고, 그래서 트위그는 아빠와 제대로 이야기를 나누게 된 것이다. 마치 더할 나위 없는 크리스마스 선물을 받은 것처럼 전화기를 쳐다보던 트위그 표정을 보면서, 나는 트위그가 되도록 빨리 집에 가고 싶어 한다는 것을 알았다.

나는 내 선물을 건넸고 트위그가 나를 세게 안았다. 그리고 귀에 대고 말했다.

"손가락 걸고 한 약속 기억해."

트위그가 돌아간 뒤에 몹시 주저하면서도 희망을 품은 듯한 모습으로 아빠가 내 방으로 왔고, 나는 달려가 아빠를 안았다.

"고마워, 아빠."

나는 아빠의 가슴에다 대고 말했다. 우리는 그렇게 포옹한 채 잠시 있었고, 아빠가 나를 너무 꽉 안아 숨을 쉬기가 어려웠다. 상관없었다. 나는 꼭 붙들었다.

1월 1일

과제 29 떡과 복

새해 하루 전, 나는 크리스마스 때만큼은 아니지만 꽤 일찍 일어났다.

아빠가 부엌에서 스크램블드에그를 만드느라 프라이팬을 휘젓고 있었다. 옆에는 새로 산 달걀이 상자째 놓여 있었다. 무사한, 깨지지 않은 달걀들이.

"새해 이브 아침이네."

아빠가 인사했다. 나는 식탁 앞에 앉았고, 아빠는 접시 두 개에다 스크램블드에그를 담아 식탁에 내려놓고 내 옆자리에 앉았다.

"이 달걀, 뭔가 의미가 담긴 거야?"

나는 물었다. 아빠가 크리스마스 이후로 달걀 요리를 한 건 처음이었다.

"상담사의 술수 같은 거야?"

이를테면 아빠는 내게 '자, 보렴, 깨진 달걀로도 얼마나 좋은 걸 만들 수 있는지!' 하고 말하고 싶기라도 한 건가?

"그냥 아침밥인데."

나는 아빠 말을 믿기로 했다. 달걀은 그냥 달걀이라 치고 '그냥 아침밥'을 한입 먹었다.

아빠가 '가짜' 행복한 목소리로 말했다.

"네가 크리스마스 때 엄마 주려고 산 꽃, 아직 온실에 있더라. 오늘 엄마한테 주면 좋지 않겠어? 새해 선물로!"

나는 갑자기 속이 울렁거렸고 배 속의 달걀이 이상해졌다. 아빠도 눈치챈 것인지 아빠만의 걱정스러운 눈빛을 띠기 시작했다.

"뭐, 나중에."

내가 말했다. 그리고 아빠가 뭔가 다른 얘길 하려고 입을 열었을 때 나는 빠르게, 내 머릿속에 제일 먼저 떠오르는 말로 막았다.

"나는 올해 할머니 떡(dduk) 만들고 싶어."

그 말에 아빠는 그대로 멈추었다. 아빠는 포크를 내려놓았고, 목을 가다듬으면서도 바로 대답을 하진 않았다.

하지만 사실 지금까지는 해마다 엄마가 할머니의 떡을 만들었다. 그 쫄깃한 간식을 먹는 것이(복과 장수 등을 기원하는 의미에서) 우리 가족의 새해 전통이었지만, 아빠는 한 번도 떡을 만든 적이 없었다.

5년쯤 전에 엄마는 새해에 '모찌'라는 음식을 만드는 일본의 전통을 발견했다. 엄마는 아빠에게 읽고 있던 『외국 음식!』 요리책을 가져가 한쪽을 가리켰다.

"우리는 복을 계속 놓쳤던 거네! 복 받기 싫어하는 사람이 어디 있어? 어머님하고 이거 만들자!"

아빠는 엄마의 열의를 재미있어하며 웃었다.

"우리 어머니는 일본 분이 아니라 한국 분이셔. 아시아라고 해서 다 같은 게 아니거든."

아빠는 기꺼이 자기 역할을 했다. 차분한 쪽. 엄마의 이상한 흥분을 가라앉히는 쪽. 하지만 엄마는 할머니에게 전화해 그것을 제안했고 할머니는 대찬성을 하며 이렇게 말했다.

"복 받길 바라는 건 어느 나라나 다 똑같지. 그런데 우리는 모찌가 아니라 **한국** 음식인 떡을 만들자."

할머니가 엄마에게 요리법을 보내 주었고 엄마는 그것을 미국식으로 좀 바꾸었다. 하지만 엄마는 해마다 떡을 만들 때면 할머니에게 전화를 걸어 재료와 계량 이야기, 살아가는 이야기를 나누었다.

우리 가족에게 복이 필요하다면 그건 바로 지금이었다. 달걀 떨어뜨리기 대회에서 우승하려면 마시멜란은, 그리고 **나는** 받을 수 있는 모든 도움을 받아야 했다.

그러니까 만일 엄마가 올해의 복을 불러오는 데 관심이 없다면 내가 하리라 결심했다.

아빠가 다 먹은 접시를 밀어 놓은 후, 억지 미소를 지으며 대답했다.

"할머니께 만드는 법 여쭤 볼게. 정말 만들고 싶어?"

내가 그렇다고 대답하면 아빠는 그저 내 말을 따를 것을 알았지만, 아빠가 불편해 보여 마음에 걸렸다. 그래도 나는 그렇다고, 만들고 싶다고 대답했다. 우리는 아시아 식료품을 파는 슈퍼마켓까지 아빠의 차를 타고 가서 팥과 참기름을 샀다. 떡 만들기를 시작하기도 전에 찹쌀가루가 부엌 안 사방에 하얗게 내려앉았다. 아빠가 할머니와 영상통화를 하자는 생각을 해냈고, 기술과 친하지 않은 노년의 할머니는 "어떻게 해야 카메라가 날 보게 할 수 있어?" 같은 질문들을 한참 했다.

아빠와 할머니가 각자의 전화기를 만지며 기술적 문제를 해결하는 사이에 내가 떡 반죽을 했다. 찹쌀가루와 설탕과 물을 달콤하고 쫄깃한 복의 덩어리로 만들기 위해 팔 근육을 써서 휘저었다. 그리고 할머니가 마침내 휴대전화로 영상통화를 하는 법을 터득했을 때, 아빠는 할머니가 나를 볼 수 있도록 전화기를 내 쪽으로 돌려 들었다.

"세고 있어?"

연결 상태가 또렷하지 않아 지지직거리는 잡음과 함께 할머니가 말했다.

"수를 세면서 저어. 100번 저으면 제일 좋지."

그래서 나는 100번을 저었다. 아빠가 본인이 하겠다고 제안했을 때에도, 내 팔이 복에 겨워 욱신거릴 때에도 계속 저었다.

"*이쁘다*, 우리 손녀."

할머니의 한국말을 듣자, 다리네 집에서 나 자신과 한 약속이 떠올랐다.

"할머니."

나는 떡 반죽 그릇에서 물러나서 아픈 팔을 주무르며 말했다. 아빠가 전화기를 들고 있었기 때문에, 할머니와 아빠에게 동시에 말하는 게 아닌데도 꼭 그런 것 같았다.

"한국 꽃 중에서 '코리안 파이어'라는 꽃 아세요?"

할머니는 잠시 대답을 하지 않았다. 나는 할머니가 내 말을 못 들은 줄 알았으나 실은 잠시 전송이 끊긴 것이었다.

"꽃? 한국에 불이?"

"아니요, 그게 꽃 이름이에요."

흘깃 본 아빠 얼굴에 불편함이 담겨 있었지만, 나는 그냥 이야기하기로 했다. 아빠뿐 아니라 내 일부에 관한 일이기도 하니까. 나는 좀 더 온전한 내가 되고 싶으니까.

"눈 올 때도 피는 꽃이래요. 다른 식물은 자라지 못할 때도요."

할머니가 고개를 끄덕이고는 말했다.

"한국 사람들이 그래. 아주 힘든 상황에서도 계속 나아가지. 내가 너희 아빠 미국 데려와 키우면서 단둘이 살 때도 그랬어."

잠깐 동안 나는 스스로에 관해 조사하여 얻어 낸 작은 정보의 조각들을 모아 그걸 분석하려는 과학자가 된 기분이 들었다. 저화질의 휴대전화 화면 속 네모 픽셀들로 이루어진 할머니를 보며 내가 말했다.

"고마워요, *할머니.*"

그러고 나서 아빠를 흘깃 보았는데, 나와 눈이 마주친 아빠는 어색하거나 불편한 얼굴이 아니라 이해가 잘 안 되는 것 같은 표정을 짓고 있었다. 마치 *할머니*라는 한국말을 처음 듣기라도 하는 것처럼.

부모들이란 참 이상하다.

나는 할머니에게 작별 인사를 하고 다시 떡 만들기를 계속했다. 마침내 아빠와 나는 작은 공 모양의 떡을 빚었다. 다 끝났을 무렵, 말랑말랑하고 손가락 자국이 가득 난 맛있는 덩어리들이 쟁반에 가득했다. 엄마가 만든 것과는 비교가 되지 않지만 그래도 복을 불러오긴 마찬가지일 테다.

속에 넣는 팥에 비해 겉을 감싸는 쫄깃한 떡 반죽을 좀 많이 만들었다. 그래서 나는 그 남은 반죽을 밀어서 기다란 끈처럼 만들었다. 그걸 아빠의 윗입술에다 붙여서 울퉁불퉁 말도 안 되는 분홍색 콧수염을 만들어 주었다. 나는 웃었고, 아빠는 기분 좋기도 하고 '내 딸 어디 문제 있는 거 아닌가' 걱정되기도 하는 것 같은 얼굴로 나를 보았다.

가장 좋았던 건 이때 엄마가 아래층으로 내려와서 아빠의 떡 콧수염을 보고 미소를 지었고, 그에 아빠가 '진짜' 미소를 지었고, 그 바람에 떡이 아빠 얼굴에서 떨어졌다는 것이다.

"복을 만들었네."

엄마가 우리에게로 다가오며 말했다. 엄마는 부엌 조리대에 기대어 팔짱을 꼈다.

"내털리가 하자고 한 거야."

아빠가 아주 행복하고도 자랑스러운 목소리로 말했다. 내가 한 것이라곤 사실 해마다 하던 것을 올해도 하자고 제안한 것뿐인데도 말이다.

"그렇게 잘 만들진 못했어."

내가 말했다. 그 점이 좀 긴장되었다. 떡이 제대로 만들어지지 않았으면 엄마가 아빠와 나에게 실망할지도 모른다는 생각이 들었다.

엄마가 쟁반에서 떡 하나를 들어 올려 한입 베어 물었다.

주먹을 꾹 쥐는 바람에 내 손바닥이 손톱에 눌렸다. 나는 맛이 없을까 봐, 그래서 전혀 복을 불러오지 못할까 봐 긴장하며 기다렸다.

하지만 이내 엄마가 그 먼 데서 짓는 것 같은 미소를 지으며 말했다.

"꽤 잘했네."

나는 예전의 엄마 미소를 떠올려 보려 했다. 윗입술이 조금 올라가서 잇몸이 드러나는, 꼭 **웃지 않고는 못 배겨서 웃는 것 같은** 그 미소를 말이다. 하지만 이제는 잘 그려지지 않는다.

하지만 어떤 미소건 간에 엄마는 미소를 지었고, 그것으로도 충분했다. 어쩌면 충분함 이상일 것이다. 내 머리의 똑똑한 부분은 떡이 불러온 복을 다 밀어내지 말라며 나를 말렸지만, 나는 참지 못하고 반죽 만들기에서부터 할머니와의 영상 통화까지, 떡 만들기의 모든 과정을 엄마에게 이야기했다. 엄마는 귀를 기울였고 모든 적절한 부분에서 웃었다.(먼 데서 귀 기울이고, 먼 데서 웃는 것 같기는 했어도.) 우리는 떡을 다 먹었다. 왜냐하면 우리가 받을 수 있는 복은 다 받아야 했기 때문이다.

그리고 내 생각에 우리는 복을 받았다. 엄마가 함께 있었고 우리는 행복했으니까. 내 배 속에 가득히, 빵빵하게 들어와 앉은 그 복과 그 모든 좋은 것들을 느끼며, 나는 우리가 대회에서 이길 거라고 확신했다. 나에게는 트위그가 있고, 나에게는 다리가 있고, 나는 떡을 먹었고, 나는 복을 받았으니까 할 수 있다는 믿음이 들었다.

1월 3일

과제 30 마음을 열다

새 학기는 월요일에나 시작되지만 오늘 도리스 박사와 상담이 잡혀 있는 탓에 공식적으로 방학이 끝난 것처럼 느껴졌다. 노는 시간 끝! 상담 시간 시작!

다만 오늘 상담은 아주 좋았다. 그걸 인정하는 건 기분이 좀 이상한 일이지만.

나는 대단했던 새해 떡 만들기를 시작으로 도리스 박사에게 많은 것을 자세하게 이야기했다. 아빠가 권유한 대로 정말 '마음을 열고', '나 자신을 표현'했다. 하면 행복해지는 이야기라서 하기 쉬웠던 것 같다. 도리스 박사가 내버려 두기만 했다면 나는 떡 만든 이야기를 하고 또 할 수 있었다.

하지만 도리스 박사는 크리스마스 이야기도 나누고 싶어 했다. 처음에 나는 '즐겁고 행복한 가족'이 된 기분에서 벗어나고 싶지 않아 주저했는데, 도리스 박사가 계속 이런 말을 했다.

"나한테는 얘기해도 괜찮아, 내털리. 여기는 안전지대라고 생각해."

이제껏 도리스 박사와의 상담은 언제나 나 자신에게 '조용히 해, 내털리. 아무 말 하지 마, 내털리' 하고 되뇌는 시간이었다. 숨을 참고 상담실 안에서 시들어 가는 꽃잎의 수를 세고 창밖의 눈을 쳐다볼지언정 이야기는 할 마음이 없었다.

진짜 이야기는 한마디도 할 마음이 없었지만 침묵을 견디기가 버거워지고 크리스마스에 일어난 모든 일들이 내 머릿속에서 쿵쿵거리기 시작했다. 그러자 나는 그게 상담사의 술수인 걸 알면서도 더는 입을 다물고 있지 못했다.

나는 엄마가 방에서 나오지 않은 데서부터 달걀까지, 그날 일을 다 얘기하고 나서는 이렇게 말했다.

"엄마 주려고 선물을 샀는데, 별로여서 안 줬어요."

"별로라니 무슨 뜻이야?"

괜히 말한 것 같다는 생각이 퍼뜩 들어 입술을 깨물었다.

"식물을 사는 게 아니었어요. 엄마가 식물 전문가니까요, 내가 아니라."

왜 그렇게 말했는지 모르겠다. 도리스 박사는 내가 더 말하기를 기다렸지만 나는 입을 다물었다.

"어머니께서 겪고 계신 일은 말이야, 네 탓이 아니야, 내털리."

상담사의 말처럼 들리지 않았다. 그저 어떤 친절한 사람이 말해 주는 진실 같았다.

"왜 전부 다시 괜찮아질 순 없는 걸까요?"

이 말이 내 허락도 없이 내 입에서 툭 튀어나왔다. 이걸 내 과학 탐구 과정의 질문으로 정했더라면 아마 그 탐구에는 시간이 한참 걸렸을 것이다.

"넌 괜찮을 거야."

이번에도 도리스 박사는 그저 친절한 사람처럼, 진실을 일러 주는 것처럼 말했다. 그리고 끔찍한 짧은 순간, 차라리 도리스 박사가 엄마였으면 좋겠다는 생각이 들었다. 그러고는 죄책감이 들었다. 어쩌면 엄마가 더는 나를 사랑하지 않는 이유는, 더는 날 위해 노력하지 않는 이유는 그것인지도 모른다. 내가 엄마를 충분히 사랑하지 않기 때문에. **내가** 충분하지 않기 때문에.

상담 시간이 끝나기 전에 도리스 박사는 엄마와 있었던 일 가운데 내가 가장 좋아하는 일을 얘기해 달라고 했다. 나는 하나만 꼽을 수 없다는 것을 깨달았다. 왜냐하면 우리 엄마는 좋은 엄마고 나는 우리 엄마를 사랑하고, 사실 정말로 우리 엄마 대신 다른 엄마를 원한 적은 결코 없기 때문이다. 결국 나는 초등학교 4학년 때 엄마가 학교 수업이 끝나지 않았는데도 나를 데리러 왔던 일을 이야기했다. 그 주에 트위그는 파리에 가 있었고 미케일라도 그 얼마 전부터 더는 나와 밥을 먹지 않아, 내가 점심을 혼자 먹을 때였다. 나는 엄마에게 울면서 외롭다고 말했고, 엄마는 그 주 끝 무렵에 우리 가족에게 위급한 일이 생겼다며 교무실에 전화했다.

처음에 나는 엄마가 뭘 하고 있는지 깨닫지 못했다. 점심시간에 교장실로 불려 간 나는 20분 동안 무엇인지도 모르는 집안의 위급한 일을 걱정하며 앉아 있었다.

내가 잔뜩 겁에 질려 있을 때 엄마는 학교에 도착했고, 나를 서둘러 차에 밀어 넣은 뒤에 이렇게 말했다.

"우리 수목원 간다."

나는 엄마가 정신이 나간 줄 알았다.

"무슨 위급한 일인데?"

아마도 우리 가족이 위험에 처했다는 사실을 엄마가 잊어버린 것 같아 일깨워 주려고 내가 물었다. 하지만 엄마는 손을 내저으며 웃었다.

"위급한 일 없어. 그냥 네가 하루 쉬면 좋을 것 같아서. 내가 제일 좋아하는 딸이 보고 싶기도 했고."

내 기억 속 엄마는 햇살과 상쾌한 공기로 이루어져 있다.

수목원으로 가서 엄마는 눈에 보이는 식물을 하나하나 모두 설명해 주었고, 뭐든 흥미진진하게 만드는 엄마의 능력 덕분에 난 한순간도 지루하지 않았다.

"이건 버드나무야."

엄마가 굵고 키 큰 나무의 몸통을 어루만지며 말했다.

"여신 나무지. 아주 오랜 세월 동안 이 나무껍질을 약으로 썼어. 그래서 '자연의 아스피린'이라고 부르기도 해."

허브가 있는 곳을 지나갈 때 엄마는 세이지 앞에 무릎을 꿇고 앉아서 그 은빛 도는 녹색 잎사귀들을 만졌다.

"가장 현명한 허브야."

엄마가 윙크를 하며 말했다.

"이걸 먹으면 뇌 기능이 좋아지거든."

잎과 나무와 꽃 사이를 거닐면서 나는 마음에 드는 것들을 골라 보았고[★] 엄마는 내가 고른 것마다 잘 골랐다고 했다. 길 끝에 이르러서 숲 한가운데의 거대한 통나무에 앉았을 때, 엄마는 나를 당겨 앉히고는 코발트블루 난초 이야기를 해 주었다.

★ 라벤더와 참새발고사리, 향기제비꽃이었다.

엄마는 그 이야기를 마치 전설이나 신화처럼 들려주었다.

“불가능한 일을 이루어 낸 꽃이야. 화학물질과 독소들을 만나서도 살아남아서, 죽음을 무언가 아름다운 것으로 바꾸어 버렸어. 그 기적의 들판은, 내털리, 세상에서 가장 행복한 장소야.”

그 난초 이야기를 하면서 엄마는 내가 전에는 한 번도 본 적 없을 정도로 설레어 했다. 엄마는 그 난초를 연구한다는 것을 그때 처음으로 내게 이야기했고, 이미 엄마 책에서 읽은 내용인데도 엄마한테 직접 들었을 때에야 비로소 나는 그 문장들의 의미를 완전히 이해했다. 엄마가 열정을 품은 마법을.

“우리가 이 난초로 할 수 있는 것들을 상상해 봐. 우리한텐 독성 물질을 만나도 계속 자라날 수 있는 꽃이 있는 거야. 그 치유 능력을 인간 세포에 적용하는 방법을 찾을 수 있다면, 그건 기적 이상일 거야.”

엄마의 이야기 속에서 그 꽃은 점점 더 마법 같아져, 나는 라벤더나 참새발고사리는 다 잊어버렸다. 코발트블루 난초는 세상에서 내가 가장 좋아하는 꽃이 되었다. 그리고 이날은 내가 가장 좋아하는 날이 되었다.

그로부터 2주 뒤, 멘저 교수가 나에게 코발트블루 난초의 씨앗을 주었을 때 엄마와 나는 그것을 아주 조심스럽게, 완벽한 환경에 함께 심었다. 오직 우리를 위해 피어나도록. 우리 삶의 모든 독소를 흡수하고 우리를 구하도록.

내가 이야기를 마쳤을 때 도리스 박사는 얼굴에 미소를 띠고 말했다.

“참 아름다운 이야기다.”

나는 그 '참 아름다운 이야기'가 전부인 것처럼 미소를 짓고 고개를 끄덕였다. 나는 그날을 기억하는 동안 자꾸 들뜨는 마음을 숨기려 노력했다. 적신호★를 내보이고 싶지 않았기 때문이다. 하지만 내 마음은 희망으로 부풀어 있었다.

★ 아마 상담사들이 세상에서 가장 좋아하는 용어가 아닐까? 이 사람들은 세상 어디에서나 적신호를 발견한다. 내가 좀 아는데, 말도 마라.

나는 내 기대를 '조절'해 왔다. 하지만 이제 나는 복을 잔뜩 받았고 엄마가 다시 웃었고 우리는 거의 행복하고 완벽한 가족이었다.

나는 이 대회에서 이길 수 있다. **이길 것이다.** 그래서 마침내, 몇 달 동안의 어둠을 뒤로하고 엄마와 나는 또 한 송이의 꽃을 키울 것이다. 그 마법을 다시 기를 것이다.

1월 8일

과제 31 움직이는 물체의 힘

준비물

- 와셔 3개
- 끈 3개
- 가위
- 테이프

실험 순서

1. 세 개의 끈을 각각 다른 길이로 자른다. 짧은 끈, 중간 길이의 끈, 긴 끈.
2. 끈 끝에다 와셔 하나를 묶고, 다른 쪽 끝은 탁자에다 테이프로 붙인다.
3. 와셔를 책상 높이로 들어 올렸다가 떨어뜨린다.
4. 와셔가 왔다 갔다 하는 횟수를 센다.

결과

- 다리의 긴 줄: 16회 흔들림.

추 실험

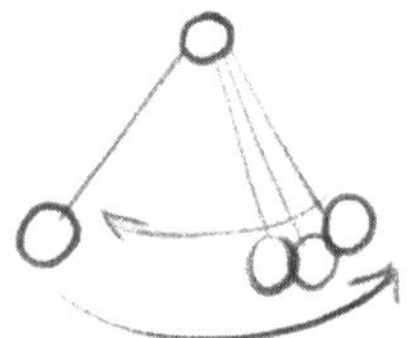

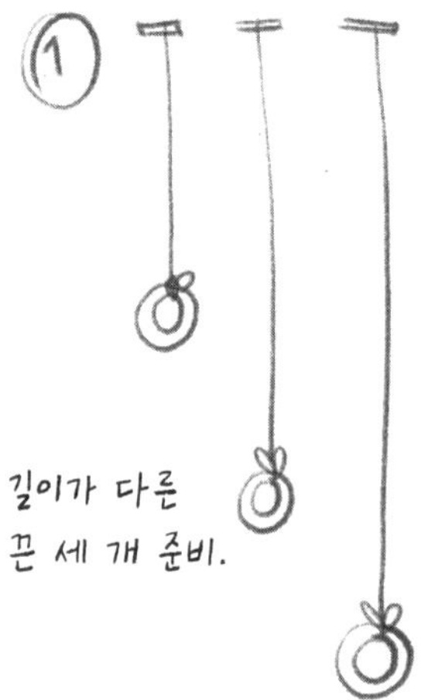

길이가 다른
끈 세 개 준비.

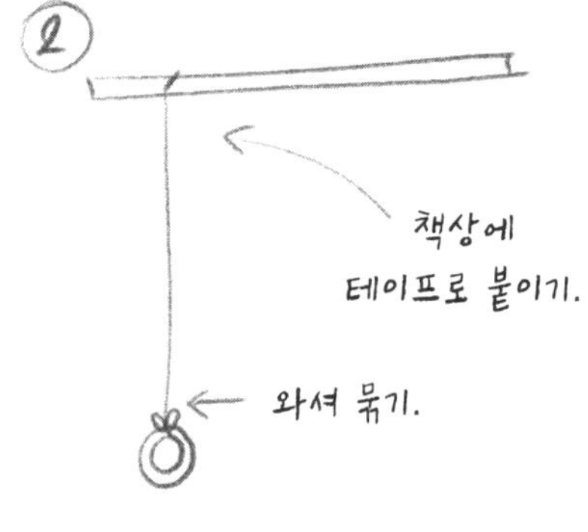

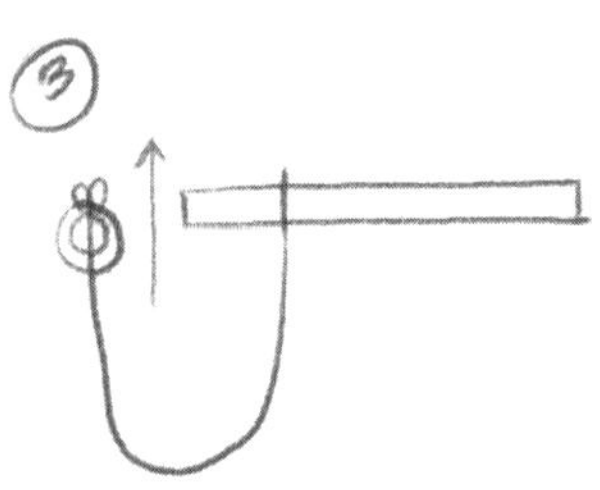

위치에너지:
모든 것이 가능해 보이는
숨죽인 순간.

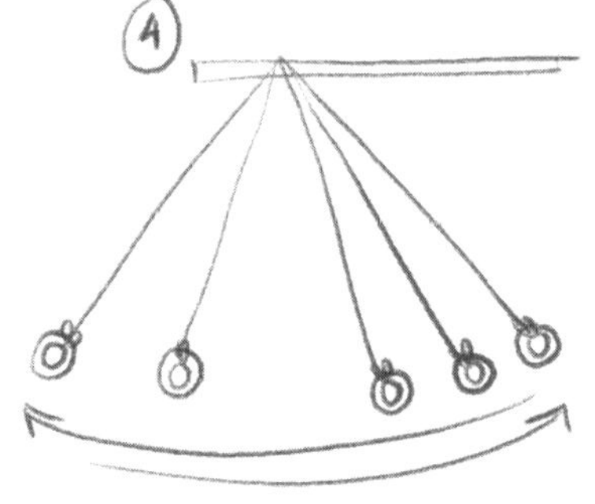

운동에너지:
움직이는 물체가 가지는
멈출 수 없을 것 같은 힘.

- 트위그의 중간 줄: 23회 흔들림.
- 내털리의 짧은 줄:

개학 첫날인 오늘, 닐리 선생님은 우리에게 에너지를 불어넣겠다는 결심에 찬 것 같았다.* 이전에 우리가 죽은 개구리와 자석을 향한 닐리 선생님의 사랑이 참 크다고 느꼈다면, 오늘 우리가 경험한 닐리 선생님의 사랑은 완전히 새로운 차원이었다. 교실로 걸어 들어가니 화이트보드에 아주 커다란 글씨로 **#뉴턴의_운동**이라고 적혀 있었다.** 〈사물의 운동〉이라는 이상한 유튜브 노래가 스피커에서 흘러나오고 있었다. 선생님에게 아첨하기를 좋아하는 미케일라마저도 할 말을 잃었다.

★ 그러니까 우리에게 '운동에너지'를 불어넣으려고 했다는 말이다.

★★ 뉴턴은 자신의 유명한 법칙들에 해시태그가 달린 것을 자랑스러워할까, 불안해할까?

교실 저편에서 트위그는 닐리 선생님이 틀어 놓은 별난 음악에 맞춰서 투명 기타를 연주하기 시작했다. 이내 다리가 합류해, 아마 자신이 생각해 낼 수 있는 가장 폼 나는 악기가 피아노여서인지, 투명 피아노를 쳤다. 교실에 있는 모든 아이들의 시선이 이 둘, 그중에서도 특히 평소 수업 시간에 매우 진지했던 다리를 향했다. 그리고 나는 7학년에서 가장 이상한 아이들과 친구인 것이 창피하기도, 자랑스럽기도 했다.

닐리 선생님이 둘의 합주를 보더니 웃음 지으며 박자에 맞추어 손뼉을 쳤고, 음악이 끝나자 오늘의 주제인 와셔*** 추 실험을 소

★★★ 아마도 과학 교사들이 세상에서 가장 좋아하는 것 아닐까 싶다.

개했다. 다리와 트위그와 나는 뒤쪽 우리 자리에서 실험 준비를 했다. 다리는 실험을 준비하는 동안 인도에 다녀온 이야기를 들려주었다. 물론 다리는 이야기를 하면서도 추 실험을 충분히 마칠 수 있는 애지만, 트위그와 나는 준비 도중에 일찌감치 포기하고는 다리의 형들이 다리에게 스케이트보드 타는 법을 가르쳐 주려 했다는 이야기에 귀를 기울였다.*

다리의 이야기를 들으면서 나는 우리 가족이, 정확하게는 엄마가 생각났다. 그리고 며칠 전에 했던 우리의 달걀 떨어뜨리기 실험과 그 실험이 중요한 이유가 떠오르며 머리가 좀 빙빙 돌기 시작했다.

★ 스케이트보드 이야기라고 하면 꽤 재미있을 것 같지만 이야기하는 사람이 다리라는 것을 명심해야 한다. 다리는 스케이트보드도 과학과 연관 지어 '가속도'니 뭐니 하는 범생이 같은 이야기로 만드는 능력이 있으니 말이다.

"아, 그런데 말이야."

다리가 내 마음을 읽었는지, 아니면 내가 딴생각하는 것을 알아챘는지 나를 보면서 말했다.

"내가 마시멜란을 조금 더 연구하다가 마지막으로 살짝 손봤어. 저번에 실험한 높이는 실제로 떨어뜨리는 높이가 아니었잖아. 그래서 각도를 살짝 조정했어."

"손봤다고?"

빙빙 도는 느낌이 더 심해졌다.

"별것 아니야. 딱 보면 눈치도 못 챌 정도로 작은 부분이야. 달걀이 충격을 좀 더 잘 견딜 수 있을 거야."

그때 트위그가 지나치게 힘이 들어간 말투로 말했다.

"우린 이거 우승할 거야. 다리는 능력자야."

다리는 우리가 말하지 않는 것이 무엇인지 알아내려는 듯 우리를 번갈아 보았다. 다행히 우릴 구한 건 때마침 손뼉을 치며 이렇게 말한 닐리 선생님이었다.

“5분 남았습니다!”

다리가 몸이 조금 들썩일 정도로 놀라더니 끝내지 못한 우리의 추 실험을 충격받은 얼굴로 내려다보았다. 아무래도 수업 시간에 딴짓하는 데 익숙하지 않은 모양이었다. 다리는 세 개의 추 실험을 모두 해내기 위해 빠르게 움직였다.

“잘했어, 우리.”

트위그가 이렇게 말하고는 자신의 와셔를 집었다가 떨어뜨렸고, 우리 모두는 그것이 왔다 갔다, 왔다 갔다 하는 모습을 마치 최면에 빠지듯 바라보았다.

“스물세 번 흔들렸어.”

추가 멈추자 트위그가 말했고 우리는 그 수를 기록했다. 다음은 다리의 차례로, 추는 총 열여섯 번 흔들렸다.

그리고 오늘 내가 뭔가를 배우긴 했다는 걸 증명하기 위해 말하자면, 추의 과학적 원리는 이것이다. 물체가 일단 움직이면 그 에너지를 다른 물체로 옮기거나 또는 영원히 움직인다. 물리학의 법칙에 따르면, 우리의 추가 만약 진공 환경 속에 있었다면 왔다 갔다 하기를 결코 멈추지 않았을 것이다.

문제는 지구에 중력과 대기, 그리고 온갖 끈적거리고 까다로운 방해물들이 있다는 것. 그래서 추는 점점 느려지다가 결국에는 멈춘다. 그러니까 기본적으로 현실에서는 이론과 똑같이 이루어지는 일이 없다는 것이다.

내 추를 미처 실험하지 못하고 수업이 끝났다. 다리가 헉 하고 놀라더니 말했다.

"이건 내가 집에서 실험해 와야겠다."

그러나 정확히 동시에 트위그가 말했다.

"우리 이 결과는 지어내야겠다."

"미안, 얘들아."

나는 그리 미안하지 않은데도 이렇게 말했다. 그리고 트위그와 다리가 탁자를 정리하고 자기 책상으로 돌아갈 때 나는 몰래 내 추를 실험해 보았다. 짧은 끈에 매달린 내 추가 빠르게 흔들렸다. 왔다 갔다, 왔다 갔다 흔들리는 모습이 마치 어디로 갈지를 모르는 것처럼 걷잡을 수 없고 흥분되어 보였다. 나는 그 움직임이 느려지기 전에 와셔를 손에 쥐었다. 흔들린 횟수를 못 세어도 상관없었다. 그것이 멈추는 모습을 보고 싶지 않았다.

7단계

결과

여러분이 열심히 한 노력들이 결실을 맺었습니다!

이제 그 보상을 수확하세요!

실험의 결과를 기록하세요.

그리고 기억하세요.

#과학과_삶에는_패자가_없습니다.

1월 13일

과제 32 날아라, 작은 마시멜란!

달걀 떨어뜨리기 대회 날 아침, 아빠가 오후 근무를 준비하는 동안 나는 엄마 아빠 방의 문 앞에 서 있었다.

들어갈까 했지만 들어가지 않았다. 그리고 엄마는 나오지 않았다.

이 대회가 얼마나 중요한지가, 우승이 얼마나 필요한지가 그 어느 때보다 분명하게 와닿았다. 나는 방으로 들어가 오늘이 얼마나 중요한 날인지를 엄마에게 이야기하고 싶었다. 엄마가 이해하고 느끼길 바랐다. 하지만 문고리를 돌릴 수 없었다.

사무실에서 나온 아빠가 엄마 아빠 방 앞에 서 있는 나를 발견했다.

"내털리."

아빠는 당장에라도 나와 '상담사로서의 대화'를 시도할 태세였지만, 내가 시계를 가리키며 말했다.

"우리 늦겠다."

그러고는 차에 먼저 올라타 아빠를 기다렸다. 마침내 집을 나선 우리는 트위그를 데리러 갔고, 뒷좌석으로 훅 들어온 트위그가 이렇게 인사했다.

"우리 오늘 **작살**냅니다."

아빠가 트위그의 단어 선택에 관해 한마디 할까 말까 고민하듯 백미러로 트위그를 흘깃 보았다. 그때 트위그는 내가 앉은 조수석으로 몸을 기울이고는 귀를 간질이는 숨결을 내뱉으며 말했다, 거의 속삭이듯이.

"나 믿어. 우리 우승할 거야. 느낌이 와."

그 말에 난 설렘으로 배가 당겼다. '너무 큰 기대 품지 않기'를 실천하려 여전히 애쓰고 있긴 했지만, 어쩔 수 없었다. 그렇게 **될 것 같았다.** 그냥 우리 주위의 공기가 그렇게 말하는 것 같았다.

마침내 대회 장소에 도착해 보니 그곳은(내가 화려한 무도회장 같은 것을 기대했는지는 모르겠지만) 오래된 3층짜리 건물이었다. 2층과 3층에는 서로 관계없는 이런저런 사무실들이 있었지만, 1층은 전체가 한때 도서관이었다. 물론 지금은 이 지역 과학 관련 행사들을 진행하는 행사장으로 사용되고 있고.*

아빠가 주차하는 동안 트위그와 나는 지붕을, 우리 미시멜란이 오를 시험대를 올려다보았다.

"나는 너희가 참 자랑스럽다."

아빠가 말했다. 그리고 나는 내가 이 대회에 나가는 이유를 아빠가 전혀 모른다는 사실에 처음으로 거의 죄책감을 느낄 뻔했다.

나는 그 생각을 하지 않으려고 애썼고, 우리 셋은 안으로 들어갔다.

★ 혹시 그 변화에는 어떤 중요한 상징성이 있을까? 이를테면 '책들은 이만 물러가, 과학이 미래니까!' 하는 의미라거나.

"여기 냄새 난다."

트위그가 말했다.

"꼭 젖은 카펫 냄새 같아. 그런데 더 독해. 산처럼 쌓인 젖은 카펫 냄새."

"으으."

"그래."

트위그는 자신의 묘사에 만족하는 미소를 지었다. 아빠는 우리 둘의 어깨에 손을 하나씩 얹고는 말했다.

"그렇게 심하진 않은데."

하지만 그렇게 말하는 아빠도 얼굴을 찌푸리고 있었다.

"그래요, 영진."

트위그의 대답에 아빠의 주름이 깊어졌다.

겹겹이 늘어선 책장들로 층 전체가 여전히 도서관의 모습을 하고 있었지만 그 책장들은 비어 있었다. 그래서 우리가 말을 하면 그 소리가 책들의 영혼과 만나 진동하고 콘크리트 바닥을 따라 울렸다.

그곳은 이미 아이들과 부모들로 가득했다. 나는 여태까지 다른 참가자들에 관해서는 한 번도 생각해 보지 않았음을 깨달았다. 우리 달걀만 잘 준비하면 그걸로 끝이라고, 상금은 우리 거라고 생각했다. 배 속에서 긴장감이 거품처럼 부풀어 올랐다. 나는 두 손을 코트 주머니에 넣고 걱정을 꾹 밀어 넣었다.

마이크 스탠드 하나가 실내의 한구석에 준비되어 있었지만, 우리는 뭘 어떻게 하라는 안내를 전혀 받지 못했고 책임자도 보이지 않았다. 버려진 도서관은 너무 시끄럽고 너무 더웠다.

이미 와 있어야 할 다리가 보이지 않는 채로 1분, 또 1분, 시간이 흘러가자 내 마음에 어쩔 줄 모르는 두려움이 일기 시작했다. 다리에게 마시멜란을 맡기는 게 아니었는데……. 다리가 가지고 있겠다고 했고, 나는 안 된다고 하지 않았고, 이제 만일 다리가 나타나지 않으면 우리는 대회에 참가할 수 없고, 그러면 나는 상금을 탈 수가 없고, 그러…….

열린 문으로 다리가 들어왔다. 다리의 부모님도 뒤따라 들어왔다.

"여기 냄새가 이상한데."

다리가 다가와 말했다. 그래서 물론 트위그는 조금 전에 한 것과 똑같이, 토씨 하나 빼지 않고 냄새를 묘사했다. 둘은 여기에 사실상 카펫이 전혀 없는데도 왜 젖은 카펫 냄새가 나는가에 관한 토론에 돌입했는데 내가 끊었다.

"마시멜란 가져왔어?"

물론 가지고 왔다. 다리는 똑똑한 애고 달걀 떨어뜨리기 대회에 달걀을 가져오지 않는다는 것은 그다지 똑똑한 행동이 아니니까. 그 질문은 다리와 트위그의 관심을 다시 중요한 곳으로 돌려놓았다. 다리가 말했다.

"어젯밤에 살짝 더 손봤어. 안쪽의 각도를 줄여 주면 달걀이 더 큰 충격을 감당할 수 있을 거라고 판단했어."

나는 다리가 그만 좀 손보는 게 나았을 거라는 생각이 들었지만 숨을 깊이 쉬자고 속으로 말했다. 트위그 말이 맞을 거라고, 우리 반에서 가장 똑똑한 다리가 알아서 잘했을 것이라고 마음을 다독였다.

그 후 15분 사이에 정말로 많은 사람들이 도착해 대회장은 더욱 덥고 더욱 습하고 더욱 냄새 나는 공간이 되었다. 그사이 도착한 닐리 선생님은 우리를 발견하고는 다른 팀들 사이를 이리저리 지나오며 두 팔을 흔들었다.

"야, 신나는 날인걸!"

선생님이 우리 아빠, 다리네 부모님과 인사를 나눈 다음에 우리에게 말했다. 트위그는 선생님에게 알렸다.

"저희 이길 거예요."

"당연하지. 너희는 나의 과학 탐구자들인데!"

이번에도 선생님의 말이 진담인지 농담인지 판단할 수 없었다.

"제가 최고 보안관이고 다리가 작전 분석가예요."

트위그가 그저 사실을 전하듯 말했고, 나는 그 직함 이야기는 그만했으면 좋겠다고 생각했다. 어차피 장난으로 만든 것이었으니까. 그런데 선생님은 미소를 지으며 말했다.

"아, 그렇구나. 모든 팀에는 최고 보안관과 작전 분석가가 필요한 법이지."

닐리 선생님은 나를 보며 활짝 웃었고, 아빠는 내 한쪽 어깨를 꽉 쥐었고, 나는 사라지고 싶어졌다.

"네가 팀을 이끌어서 기쁘다, 내털리."

닐리 선생님이 말했다.

"이 세 아이가 제가 가르치는 가장 우수한 학생들이에요."

엄마 아빠들에게는 이렇게 말했다. 확실히 사실이 아니었지만 선생님의 친절한 의도만은 고마웠다.

선생님은 잠시 우리의 엄마 아빠들과 이야기를 나누며, 자신이 제약 연구 일을 접고 교사가 된 이야기를 들려주었다. 그러고는 다른 과학 교사들에게 가서 그들과 소통했다. 선생님을 보고 있으니, 우리가 아는 별난 사람 그대로지만 **우리의** 선생님은 아닌 채로 거기에 있는 모습에 기분이 좀 이상해지면서, 갑자기 화가 났다. 선생님은 우리 선생님이어야 하고 오직 그렇기만 해야 하는데, 지금은 친구도 있고 무슨 제약 분야에서 일한 과거도 있는 **어떤 사람**이라니.

선생님은 이중 인생을 살고 있고, 어쩌면 우리가 아는 닐리 선생님은 완전히 진짜가 아닐지도 모른다.

그러고는 내가 얼마나 말도 안 되는 생각을 하고 있는지를 깨달았다. 숨을 몇 번 크게 들이쉬었다 내쉬면서 마음을 진정시키려 애썼다.

마침내 안경을 쓴 키 큰 여성이 마이크 앞에 섰다. 드디어 책임자가 나타나 우리에게 지시를 하려는 모양이었다.

"랭커스터의 자라나는 과학 인재 여러분, 환영합니다! 저는 샬레인이라고 해요."

샬레인은 한 열 살쯤 더 많고 조금 더 남부 사람 분위기가 나는 도리스 박사 같았는데, 이런 비교가 떠오르자 어쩐지 몸이 근질거리도록 불편했다.

"달걀 떨어뜨리기 대회를 아주 열심히 준비하셨을 텐데요, 제일 먼저 이 말씀부터 드리고 싶습니다. 여러분 모두가 승자예요!"

다리는 고개를 끄덕끄덕했지만 트위그는 나를 보고 꼭 닐리 선생님처럼 말하는 것이 어이없다는 표정을 지었다. 그리고 자기 가슴을 가리켰다가 내 가슴을 가리키고는 입 모양으로 '승자'라고 말했다.

샬레인은 다른 다섯 명의 심사위원을 소개했지만 나는 내 경쟁자들의 달걀을 흘끔거리느라 거기에 신경 쓸 여력이 없었다. 대부분은 그리 독창적이지 않은, 달걀 상자의 변형이었다. 확실히 우리 마시멜란은 가장 설계가 잘된 것 중 하나였다.

다른 팀들의 달걀을 보고 나서 나는 기분이 나아졌다. 샬레인과 다른 심사위원들이 대회를 시작하려고 준비할 때 트위그와 다리, 나는 우리의 보호자들을 팽개쳐 두고 돌아다니면서 조금 더 가까이서 다른 팀들의 달걀을 구경했다.

"마지막으로 손봤다는 거 진짜 잘했네, 다리."

트위그가 다리의 손에 들린 마시멜란을 감탄하는 눈으로 보면서 말했다. 다리가 얼굴을 붉히며 말했다.

"고마워. 그런데 이 마시멜란이라는 멋진 아이디어를 낸 건 바로 너야."

나는 한숨을 쉬었고(쉬지 않을 수 없었다) 두 아이는 얼굴이 빨개졌으며, 우리 셋 다 몇 초쯤 어디로 사라졌다 왔으면 싶었다.

도서관을 둘러보는 우리를 적갈색 머리의 쌍둥이 남자애들이 멈추어 세웠다. 그중 한 명이 말했다.

"진짜 **창의적**이네."

밸리호프중학교의 심벌이 수놓인 스웨터를 맞춰 입은 두 아이가 우리에게 말을 걸고 있다는 걸 나는 한 박자 늦게 알아챘다.

"나라면 마시멜로는 생각도 못 했을 거야. 진짜 **귀엽다**."

다른 쌍둥이가 말했다. 자음은 강하게, 모음은 부드럽게 이어 발음하는 밸리호프 애들 특유의 고상한 말투로 얘기하니 진심인지 비꼬는 건지 알 수가 없었다. 다리는 반사적으로 예의 바르게 대답했다.

“고마워. 너희가 설계한 것도 영리해 보이네.”

둘 중 형으로 보이는 애가 들고 있는 그 팀의 달걀을 내려다보는 순간, 내 심장이 멈추더니 목구멍까지 올라왔다. 이 아이들은 달걀을 솜으로 감싸고는 그것을 시리얼로 가득한 지퍼백에 넣었다.

트위그가 다리에게 실망스럽다는 눈길을 보내더니 앞으로 나서서 말했다.

“시리얼을 쓰는 건 한심한 생각이야. 우리 마시멜란이 너네 달걀 이겨.”

형으로 보이는 애가 “마시멜란?” 하고 되물었고, 동생으로 보이는 애는 잠시 긴장하더니 “제일 설계가 잘된 달걀이 이기겠지” 하고 말했다. 쌍둥이는 자신들의 달걀을 들고 자리를 떠 버렸다.

“너 방금 봤어? 방금 봤어?”

못 봤을 리 없는 다리에게 트위그가 물었다. 다리는 중얼중얼 뭐라고 대답했지만 나는 트위그의 손을 끌며 말했다.

“트위그, 그만해.”

트위그는 인상을 쓰긴 했지만 웬일인지 내 말을 들었다.

솔직히 나는 그때까지 엄마가 제안한 시리얼 아이디어를 잊고 있었다. 잊은 게 아니었다면 적어도 내가 말하지 않는 모든 것들과 함께 깊숙이 묻어 두었다. 나는 트위그를 쳐다보면서도 트위그의 말에는 귀를 닫은 채로 잠시 거기에 그냥 서 있었다. 엄마가 우리를 도와주었더라면, 엄마가 행복했고 진짜 자신이었고 실험 아이디어로 가득했더라면 우리는 어떤 달걀 보호 장치를 만들었을까? 하지만 그랬더라면 아마 나는 이 대회에 나오지도 않았을 것이다.

나는 시리얼을 잊으려고 애썼다. 마시멜란이 이길 것이고, 결국에 중요한 것은 그것뿐이니까.

심사위원들이 참가 순서를 뽑는 큰 그릇을 돌렸고, 우리 팀 순서는 대장인 내가 뽑았다. 16번이었다. 1과 6이라는 숫자에서 아직도 매직펜 냄새가 났고, 나는 그 종이를 네모로 접어 손에 쥐었다. 스무 팀 가운데 우리 차례는 거의 끝이었다.

달걀은 건물 지붕에서 주차장의 지정된 위치로 떨어뜨려야 했다. 그래서 순서를 뽑은 뒤 다들 다시 입고 여미고 감싸며 밖으로 나갈 채비를 했다. 어느새 모두 주차장에 서서 장갑 낀 두 손에 호호 입김을 불고 있었다. 심사위원들이 모든 참가 팀의 달걀을 건물 꼭대기로 가져갔고, '션'이라는 이름표를 단 곱슬머리의 젊은 심사위원 한 명은 "깨졌습니다" 또는 "안 깨졌습니다"로 떨어진 달걀의 상태를 발표하기 위해 아래에 남았다. 몇몇 참가자가 그와 대화를 시도했지만 나는 그 소리에 귀 기울이지 않고 제자리에서 동동거리며 추위와 초조함과 싸웠다.

"우리 괜찮을 거야."

트위그가 더없이 차분하게 말했다. 그러자 초초함으로 떨려 보이는 다리가 두 손을 쥐었다 폈다 하며 말했다.

"우리 집보다 훨씬 높은 데서 떨어뜨리는데."

"우리 달걀은 강해."

트위그가 이렇게 말했을 때 샬레인이 첫 번째 달걀의 낙하를 알렸고, 곧이어 그 달걀이 지붕 끝에서 떨어졌다.

깨졌다. 그리고 나는 안도의 한숨을 내쉬었다.

참가자가 많아서 진행에 시간이 꽤 걸렸고, 달걀이 살아남은 팀의 환호는 드물게만 들려왔다. 나중에 심사위원들은 살아남은 달걀들을 '내구성'과 '반동 요인', '공기 역학적 설계'를 기준으로 채점한다고 했다. 우리 달걀도 살아남을 것이 분명했다.

어느 시점부터 트위그가 아나운서 모드에 빠져 다리와 나의 귀에다 자신이 관찰한 것을 속삭이기 시작했다.* 작은 목소리로 이런 얘기를 했다.

"'금발 팀'이 결과를 기대하며 긴장하고 있는 모습인데요. 뽁뽁이로 포장한 그들의 달걀이 '최후의 낙하'를 거쳐서도 살아남을까요? 관중들은 숨죽이고 있습니다. 너희도 숨죽여, 얘들아. 모두가 기다리고 있습니다. 우리의 두려움 없는 샬레인이 달걀을 떨어뜨리기 직전인데요, 아아아아…… 아쉽게도 살아남지 못했습니다. 우리 '금발 팀'의 기대가 저 달걀과 함께 깨져 버렸네요."

* 다만 트위그는 속삭이는 방법을 모른다. 조용히 하는 것은 트위그가 잘하는 분야가 아니다.

주변 아이들이 고개를 돌려 우릴 노려보았고, 결국에는 어떤 학부모가 다가와 조용히 좀 해 달라고 말했다. 나와 다리는 부끄러웠지만 당연히 트위그는 전혀 아무렇지 않았다.

트위그의 해설 덕분에 나는 대회가 진행되는 시간 대부분을 너무 긴장하지 않고 보낼 수 있었다. 하지만 열세 번째 달걀을 떨어뜨릴 차례가 됐을 땐 우리 중 누구도 말이 없었다. 대신 우리 셋은 서로 손을 잡았고, 트위그와 내가 꽉 맞잡은 손 안에는 16번이라고 적힌 종이가 있었다. 손잡은 것이 이상하거나 민망하지조차 않았다. 이 버려진 도서관 주차장이 마치 또 하나의 우주 같았다.

모두가 날달걀을 아주 중요하게 여기고 서로 손잡는 일이 전혀 아무렇지 않은 또 하나의 우주.

샬레인이 우리 번호를 불렀을 때 나는 아빠를 보았고, 아빠는 장난스럽게 엄지를 척 내밀어 보였다. 트위그가 내 손을 너무 꽉 잡아서 실제로 뼈가 부러지겠다는 생각이 들었다.

그 순간, 모두가 아직 서 있고 결과는 나오지 않았고 우리 모두가 희망을 품고 있던 그 순간, 나는 내 안에서 아빠와 트위그와 다리를 향해 엄청난 사랑이 솟아오르는 것을 느꼈다. 또한 닐리 선생님을 향해, 심지어는 다리의 부모님과 내 삶을 훨씬 낫게 만들어 주는 모든 사람들을 향해. 그들을 한 명 한 명 다 안아 주고 싶었지만 너무 감상적인 것 같아 하지 않았다. 물론 엄마도 보고 싶었다. 하지만 이상한 건, 엄마를 그리워하는 마음에 대해 내가 평소처럼 화가 나거나 슬프거나 불편하지 않았다는 것이다. 대신 희망을 느꼈다. 우리가 반드시 우승할 것이고 상금을 타서 특별한 계획을 이룰 것이라는 생각 때문이기도 했지만, 한편으로는 이렇게 실없는 대회와 달걀 하나의 운명 때문에 나의 세상이 이렇게까지 행복해질 수 있다면 엄마의 세상도 다시 행복해질 수 있을 것이라는 확신이 들었기 때문이기도 했다.

우리가 이길 거니까, 그리고 내가 엄마를 구할 거니까 엄마도 괜찮을 것이 분명했다.

샬레인이 우리의 달걀을 떨어뜨렸다.

미칠 듯 두근거리는 심장이 터질 것 같았고, 나는 머릿속으로 '괜찮아, 괜찮아, 괜찮아, 괜찮아'를 되뇌었다. 하지만 트위그, 다리와 함께 달걀을 떨어뜨렸을 때와는 달랐다. 그때는 우리뿐이었고, 실험 단계였다. 지금은 모든 것이 우리의 통제 밖에 있었다.

내 심장이 귀에서 둥둥거렸다.

그리고 마시멜란이 땅에 닿았다.

마시멜란 속 나뭇가지들이 튀고 마시멜로 조각들이 폭발하고, 반짝이가 공기 중으로 구름처럼 뭉게뭉게 퍼져 올랐다.

숀의 결과 발표를 기다릴 필요도 없었다. **소리**만으로도 알 수 있었다. 갈라지고 부서지는 그 소리는 내 평생 들은 것 중에서 가장 큰 소리였다.

나는 떨어진 마시멜란 주변으로 노란 달걀 물이 점점 퍼지는 모습을 보고 싶지 않아 내 친구들을 보았다. 부러진 나뭇가지들이 꼭 부러진 뼈 같았다.

다리는 마치 자각하지도 못하는 것처럼 고개를 자꾸만 흔들었지만 트위그는 움직이지 않았다.

"저 반짝이, 깜짝 놀래려고 넣어 둔 거야."

중얼거리는 목소리가 트위그답지 않게 너무 조용했다. 여전히 트위그는 움직이지 않았고, 나는 트위그가 다시는 움직이지 않을 것 같다는 무서운 생각이 들었다.★

아빠와 다리의 부모님이 우리에게 다가왔고, 아빠가 내 어깨에 한 손을 얹었다.

"나가고 싶어?"

트위그가 나 대신 대답했다.

"네, 재수 없는 밸리호프 애들이 이기는 거 보고 있을 필요 없어요."

★ 물론 말 그대로 움직이지 않을까 봐 두려웠던 게 아니라, 다시는 트위그답게 움직이지 않을까 봐 두려웠던 것이다. 이를테면 엄마가 지금은 진짜 엄마가 아니듯, 트위그도 트위그 아닌 다른 누군가가 될까 봐 겁났다. 모르겠다. 그냥 그때 내가 엄청난 패닉 상태였다.

트위그가 분노와 실망으로 떨고 있었으니 다시 움직이기 시작한 것은 맞는데, 내가 바라는 방식으로는 아니었다.

"잠깐만. 나는 기다릴래."

내가 말했다.

어느 여름, 엄마가 일하러 가지 않았던 어느 드문 날에, 엄마는 나를 동네 풀장으로 데려갔다. 우리는 음파에 관해 이야기했고, 엄마는 물속에서의 차이를 보여 주기 위해서 실험을 하나 생각해 냈다.

"준비됐어?"

우리 둘 다 풀장 가장자리를 붙잡고 있을 때 엄마가 물었다.

"응, 준비됐어."

내 대답과 함께 우리는 물속으로 들어갔다. 엄마가 문장 하나를 말하자 물 분자들이 휘돌며 소리를 변화시켰다. 우리 둘 다 물밖으로 나왔을 때 나는 엄마가 한 말을 맞혀야 했다. 물속에서 왜곡된 그 언어의 의미를 알아내야 했다.

지금 내가 내뱉는 말이 내 귀에 그렇게 들렸다.

"알았어. 기다리자."

아빠는 내 어깨에서 손을 떼지 않았고, 마치 내가 아직 거기에 있다는 걸 일깨워 주기라도 하듯이 내 어깨를 꽉 쥐었다.

트위그와 다리와 다리의 부모님이 이야기를 나누었지만 내겐 그들의 말이 잘 들리지 않았다. 다리 옆에 서 있는 다리 어머니가 무릎을 굽히자 꼭 신선한 노른자 같은 선명한 노란색 사리가 긴 패딩 점퍼 아래로 드러나 보였다.

샬레인은 계속 대회를 진행했다. 다음 달걀, 또 다음 달걀이

깨지는 것을 보며 나는 수를 세었다. '열일곱, 열여덟, 열아홉.'

아빠는 계속해서 내 어깨를 잡고 있었고, 나는 계속 수를 세었고, 다리는 내 귓가에 이렇게 말했다.

"결과를 보는 건 항상 좋지."

나는 살짝 고개를 끄덕였지만, 사실 보고 있는 게 아니라 기다리고 있었다.

그리고 그 밸리호프 쌍둥이의 차례가 왔다. 지붕 위에 올라가 있으니 시리얼은 보이지 않았다. 지퍼백만이 보였다.

발과 손이 추위로 완전히 무감각해졌지만 나는 굳이 덥히려고 하지도 않았다.

샬레인이 시리얼에 감싸인 달걀을 떨어뜨렸다.

그리고 이번에는 달걀 깨지는 소리가 들리지 않았다. 시리얼 바스러지는 소리만이 났다.

나는 숨을 쉴 수 없었다. 나는 다시 물속으로 돌아가 있었다. '엄마 말을 들었어야 했어' 하고 생각했다.

"뭐라고?"

다리가 물었고, 나는 방금 한 생각을 입으로도 내뱉었다는 것을 깨달았다.

숀이 다가가 달걀을 살펴보고, 내 머릿속엔 **엄마가 나에게 정말로 실망할 것**이라는 생각이 울리고…… 숀이 엄지손가락을 아래로 내렸다. 깨진 것이다.

그 달걀이 깨졌다.

눈에 보이지 않을 정도로 작게 금이 갔지만 다른 깨진 달걀들과 마찬가지로 껍데기 속 노른자와 흰자가 흘러나오고 있었다. 그러니까 엄마가 옳지 않았던 것이다.

그건 더 나빴다.

"아자!"

트위그가 외쳤고 사람들이 고개를 돌려 트위그를 노려보았다. 트위그는 목소리를 아주 조금 낮추어 말했다.

"시리얼은 한심한 아이디어라고 내가 말했잖아."

주변 사람들이 부산스러워지기 시작했고, 대회를 끝까지 보고 싶은 사람은 도서관 안에서 기다려도 좋다는 안내가 나왔다.

"이제 가도 돼요."

내 입에서 나온 말이었다.

우리 모두 옷매무새를 괜히 자꾸 고쳤고, 작별 인사가 길어졌다. 가고 싶으면서도 갈 준비가 되지 않았던 것이다.

닐리 선생님이 다가와 우리를 안아 주었고, 기분 좋지 않은 상황인데도 애써 기분 좋은 것처럼 행동했다.

"너희가 참가해서 나는 정말 기쁘다."

나는 **참가**라는 단어에 울고 싶어졌다. 마치 우리가 해낼 수 있는 건 거기까지라고 하는 것 같아서.

"나는 너희 설계가 가장 좋았어."

선생님이 윙크를 했다.

"아주 창의적이고 실험적이잖아. 아까 샬레인이 한 말이 맞아. 어쨌건 너희 셋 다 승자야. 너희 정말 열심히 노력했고, 과학 탐구 과정에 관해서 정말 많이 배웠잖아. 너희 선생이어서 나는 참 자랑스럽다."

다리는 얼굴을 붉히며 작게 감사하다고 말했고 트위그는 교사에게 칭찬받는 일에 익숙하지 않아서인지 충격을 받은 얼굴로 선생님을 쳐다보았다. 그때까지 온통 무감각해져 있던 나는 속에서 분노가 번쩍 타올라 가슴이 더워지는 걸 느꼈다. **아무것도 모르는** 닐리 선생님에게 화가 났다. 마치 중요한 건 그거라는 듯 과학 탐구 과정 이야기나 하고 있는, 수업 시간에 가르치는 그 과학 실험들이 실제 삶과 관련이 있기라도 한 줄 아는 선생님에게 화가 났다.

"가요."

이렇게 말한 나는 대답을 기다리지도 않고 돌아서서 걸었다. 아빠는 아마도 내 무례함에 깜짝 놀랐을 것이다.(나도 좀 놀랐다.) 하지만 나는 그 자리에서 더 버틸 수 없었다.

트위그와 다리가 나를 뒤쫓아 달려왔고, 트위그가 내 팔을 잡았다.

"그래도 이거 끝 아니야. 달걀 작전을 여기서 **끝낼** 순 없어."

나는 어깨를 으쓱했다. 좀 지나면 슬픔이 밀려오리라는 걸 알았지만, 그 순간에 나는 화가 났고 조금 메스꺼웠다. 빈속에 분노가 차서 그랬는지.

다리도 조용해지더니 이렇게 속삭였다.

"우리 그래도 계속 친구지? 이거 끝났어도."

트위그는 울 것 같은 표정이었고 우리는 모두 괜찮지 않았다.

"당연히 친구지."

트위그가 다리를 빤히 마주 보며 이렇게 대답하고는 내 쪽으로 고개를 돌렸다. 그러고는 내가 한 번도 본 적 없을 정도로 깊고 대범한 불꽃을 품은 눈으로 나에게도 말했다.

"당연히 친구지."

트위그가 나를 안았고 나도 트위그를 꼭 붙들어 안았다. 곁다리가 된 듯한 다리가 어색해할 것 같아 좀 미안했지만 트위그를 놓을 수 없었다. 나의 단짝, 내게 없으면 안 되는 트위그를.

우리가 서로에게서 물러났을 때, 트위그의 눈빛은 맹렬했다.

"나초 작전은 아직 안 끝났어. 아직 바로잡을 수 있어."

나는 한숨을 쉬고 고개를 저었다.

"끝났어, 트위그."

나는 난초를 생각할 수가 없었다. 트위그를 볼 수조차 없었다. 가슴속에서 슬픔이 고개를 들었고, 그 의미가 무엇인지를 내가 생각한다면 그 슬픔은 뿌리를 내려 결코 떠나지 않을 것 같았다.

다리는 아무것도 묻지 않았지만, 질문들과 절반쯤의 답을 눈에 담은 채로 우리를 보았다.

"그래도……."

"처음부터 한심한 생각이었어."

나는 트위그의 말을 잘랐다. 그러고는 트위그를 스쳐 지나가 차에 탔고 트위그 앞에서 차 문을 쾅 닫았다.

1월 14일

과제 33 난초 작전

차를 타고 집으로 가는 길은, 가장 양호하게 표현하면, 어색했다. 나는 말을 하지 않았다. 아빠도 말을 하지 않았다. 트위그도 말을 하지 않았다.

그러다 차가 트위그의 집으로 향하는 긴 길을 달릴 때 마침내 아빠가 이렇게 말했다.

"달걀 떨어뜨리기가 너희 바람대로 되지 않아서 유감이다. 그에 관해서 얘기 좀 하고 싶니?"

나는 그 대답이 당연히 '아니'라고 생각했지만 트위그가 이렇게 대답했다.

"영진, 내털리는 지금 이야기하고 싶어 하지 않아요. 그리고 그래도 괜찮아요."

트위그가 나를 보는 것을 느꼈지만, 나는 계속 고개를 돌린 채 창밖의 헐벗은 나무들만 보고 있었다.

트위그를 집 앞에 내려 주고 우리 집에 도착할 때까지 아빠가 주는 긴장감이 점점 나를 조여 와도 나는 입을 열지 않았다. 내가 말을 하는 게 '마땅히 해야 하는 일'이고 그렇게 해서 '착한 딸'이 되어야 하는 거겠지만, 무슨 일이 있었는지를 마주하는 순간 절망의 해일에 휩쓸려 가 버릴 것 같았다.

집에 도착했을 때 나는 내 방으로 곧장 올라가 그날 일어난 일을 적은 다음, 저녁 7시밖에 되지 않았는데도 침대에 누워 잠을 청했다. 아빠가 와서 노크했지만 나는 대답하지 않았고, 아빠는 그쯤에서 내게 '혼자만의 시간'을 주었다.

침대에 누워 있는데 마음이 빙빙 흔들렸다. 진정시키려 해 봐도 온갖 방향을 가리키며 돌고 또 돌았다.

나는 내 뇌에게 조용히 좀 하라고 말하고는 휴대전화를 확인했다. 트위그한테서 메시지가 와 있었다. '전화해 줘!!!'

나는 한숨을 쉬고는 휴대전화를 침대 다른 쪽에 던져두었다. 무엇 때문인지 닐리 선생님이 내게 팀을 이끌어 주어서 기쁘다는 칭찬을 했던 것이 자꾸 떠올랐고, 어떻게 가능했는지는 알 수 없지만 나는 잠드는 데 성공했다. 전화벨이 울리는 소리에 잠에서 깨어났으니 말이다. 나는 어둠 속을 더듬어 휴대전화를 집어 들고 겨우 내뱉었다.

"여보세요?"

한밤중이었다. 나는 내가 좋아하는 베개들에 둘러싸여 이불을 덮고 있었고 침대 옆 탁자에는 우유가 한 잔 놓여 있었다. 나는 깊은 숨을 한 번 쉬고는 고개를 저어 잠과 다시 몰아쳐 오는 낮의 기억을 털어 냈다.

"이제야 받네! 다섯 번이나 걸었어!"

트위그의 목소리가 귓속에 요란해서 나는 통화 음량을 낮추었다.

"네가 아직은 아무 이야기도 하고 싶지 않을 거라고 생각하고, 그래도 괜찮지만, 이야기는 내가 할 테니까 좀 들어 봐. 우리 작전을 그냥 끝나게 둘 수가 없어서 그래. 이런 식으론 안 돼. 내가 생각을 하고 또 해 봤는데 말이야…… 그 꽃을 구할 방법이 있어."

트위그가 방법이 있다고 할 때 너무 기대하면 안 된다는 것을 경험으로 알고 있지만 너무 솔깃했다. 어쩌면 트위그가 모든 것을 바로잡을 수 있는 방법을 발견하지 않았을까? 어쩌면 나는 다 잃지는 않았는지도 몰라, 아직은.

"정말?"

나는 물었다.

"내가 우리 엄마 신용카드 훔쳤어. 공항 가서 이걸로 비행기표 살 수 있어. 우리가 가서 너희 어머니 드릴 난초를 가져오자."

그렇게 내 희망은 시들었다. 기대하는 게 아니었는데. 이 무모한 계획은 아주 트위그다웠다. 절대로 좋은 생각이 아니었다.

"트위그."

나는 실망과 분노를 목소리에 담지 않으려 애썼다. 나는 무엇보다 나 자신에게 짜증이 났다. 희망을 품은 나 자신에게. 트위그의 잘못이 아니었다.

"말도 안 되는 생각이야. 우린 그렇게 밤새 뉴멕시코로 날아갈 수 없어."

"그래도 가야 돼! 너희 집 온실에 있던 그 난초를 구한 곳이니까 거기에 가서 새 난초를 가져와야 해. 왜냐하면 그동안 네가 정말 슬펐……."

"트위그, 잠깐만."

갑자기 뭔가가 제자리에 들어맞았다. 머릿속이 저녁 내내 빙글빙글 원을 그렸는데 드디어 회전이 멈추고 한 방향을, 당연한 방향을 가리켰다.

우린 당연히 코발트블루 난초를 얻을 수 있다.

애초에 우리 온실 속 난초는 내가 뉴멕시코에서 가져온 게 아니었다. 엄마의 연구실에서 얻은 것이다. 그리고 거기까지는 버스만 잠깐 타면 갈 수 있다.

지극히 쉬운 답이었는데 여태 생각나지 않았다. 엄마를 상처 준 곳으로, 중요하지 않은 존재처럼 내팽개친 곳으로 돌아가는 일은 생각하는 것만으로도 배신 같고 고통스러워서 고려조차 하지 않았다. 다시 그 연구실에 간다고 생각하는 것만으로도 내 배 속이 조여들었다. 하지만 엄마를 위해서 그 아픔을 잠시 밀쳐 두기로 했다. 엄마를 난초에게 데려갈 수 없다면 난초를 엄마에게 데려오기로 했다.

"트위그, 잠깐만."

전화기를 너무 꽉 쥐어 손가락이 무감각해지기 시작했다.

"뉴멕시코까지 날아갈 필요 없어. 엄마 연구실에 씨앗이 있어. 내가 거기 갈 수 있어. 내가 **오늘 밤에** 거기 갈 수 있어."

트위그의 꺅 소리에 나는 통화 음량을 더 낮추었다.

"랭커스터대 연구실? 내털리! 왜 진작 말 안 했어? 우리 그건 할 수 있어. 할 수 있다고!"

나는 이미 침대에서 나오며 말했다.

"아니, 트위그. 너는 같이 안 가."

나는 램프를 켜고 살금살금 내 방 안을 움직이며 공책 한 권과

펜을 챙겼다. 밤 12시 56분이었다. 낭비할 시간이 없었다.

"뭐? 당연히 나도 가야지!"

"아니, 넌 안 가."

나는 다시 말했다. 그때까지 나는 트위그와 다리가 달걀 작전을 이끌게 했다. 하지만 이 일은 내가 **책임지고** 완수해야 한다. 그리고 이 일에는 내 친구들을 끌어들일 수 없다.

"그래도……."

나는 전화를 끊고 전화벨을 무음으로 설정했다. 트위그는 분명 화가 나겠지만 그 애를 데려가는 위험을 감수할 순 없었다. 엄마의 연구실로 몰래 들어가는 일은 분명히 어려운 일이고, 이 일로 트위그를 곤란에 빠뜨릴 순 없었다.

나는 휴대전화로 랭커스터 대중교통 안내표를 찾고, 이내 몇 단계를 거쳐 버스 시간표도 찾은 뒤 계획을 세웠다. 몸을 숙여 공책에다 빠르게 실행 계획을 적었다. 내가 닐리 선생님에게 배운 것이 있다면 그것은 면밀함이었다.

실행 계획

1. 엄마 연구실 열쇠 훔치기.
2. 가장 가까운 버스 정거장. 걸어서 10분.
3. 새벽 1시 23분 버스로 열 정거장 가서 가든스프링스에 내린다.
4. 다섯 블록 걸어 대학 안 엄마의 옛 연구실까지.
5. 몰래 들어가 난초 씨앗 훔친다.
6. 새벽 2시 48분 버스로 집에 온다.

나는 공책을 찢어서 잠옷 바지 주머니에 넣었다. 마음이 두근거리는 설렘으로 가득 차는 것을 느꼈다. 이 시점에서 내가 '아, 잠시만' 하고 멈추었더라면 좋았을 것이다. 하지만 이때는 내가 이미 마음속 '이건 좋지 않은 생각이야' 경보를, 무음으로 설정하는 정도가 아니라 아예 부숴 버린 뒤였다. 엄마가 아닌 엄마에 대한 해결책이, 내가 여름부터 기다려 온 답이 나타났으니 말이다.

처음으로 나는 진짜 뭔가를 하고 있었다. 달걀 떨어뜨리기에는 바람과 소망과 희망만 가득했는데, 이제 나는 무언가를 하고 있었다.

1단계, 엄마 열쇠 훔치기. 나는 어둡고 고요한 집 안을 조용히 나아가 엄마 아빠 방 밖에 섰고, 문고리를 끝까지 돌린 후 문을 밀었다.

방이 깜깜해서 두 사람의 윤곽조차 겨우 보였다. 두 사람은 꼭 붙어 있었고, 아빠는 자면서도 엄마가 부서져 버리기라도 할까 봐 조심스레 엄마를 안고 있었다. 마치 엄마가 이미 부서져 버리지 않은 것처럼.

나는 심호흡을 하고는 엄마가 밤에 퇴근해서 가방을 두던 서랍으로 살금살금 다가갔다. 어딜 가든 엄마가 삶 전체를 넣어서 나르곤 했던 커다란 가방이었다. 엄마가 이 가방을 쓰지 않은 지가 꽤 되었다. 엄마가 아무 데도 가지 않은 지가 꽤 되었다. 나는 가방의 자물쇠를 열고는 가방 속 주머니들 사이를 뒤졌고(**빨리, 내털리. 조용히, 내털리**) 다행히 거기 있었다. 차갑고 단단한 열쇠가 내 손에 들어왔다.

나는 열쇠 짤랑대는 소리가 나지 않게 주먹을 쥐고 숨을 꾹 참은 채 큰 보폭으로 세 걸음 만에 그 방에서 빠져나왔다. 열쇠가 손바닥에 박히도록 주먹을 꽉 쥔 채 서둘러 온 길을 되돌아가 내 방에 다다랐을 때였다, 누군가 목을 가다듬는 소리가 뒤에서 들린 것은.

1월 14일

과제 34 난초, 난초, 난초

심장이 발까지 쿵 떨어진 채로 뒤를 돌았다. 나는 엄마 아빠를 마주할 준비도, 멈춰 세워질 준비도 되어 있지 않았다. 거의 무사히 빠져나왔는데 이럴 순 없었다.

하지만 내 뒤에 서 있는 사람은 엄마도 아빠도 아니었다. 트위그였다.

나는 깜짝 놀라 입에서 튀어 나가려는 소리를 손으로 틀어막았다.

"안녕?"

트위그가 속삭였다. 까만색 니트 모자 아래 금발 머리가 삐져나온 모습으로 트위그만의 미소를 짓고 있었다.

내가 상황을 파악하기까지는 시간이 좀 걸렸다. 트위그가 이렇게 우리 집에, 그것도 한밤중에 서 있다는 사실을 이해하기까지는 말이다.

"트위그? 너 어떻게 들어왔어?"

그런 걸 질문이라고 하느냐는 듯, 트위그는 허공에 손짓을 해 질문을 쳐냈다.

"내가 너랑 절친 된 지가 몇 년째인데. 너희 집 비상 키 어디 숨겨 두는지도 모를까 봐?"

트위그는 속삭이고 있었지만, 앞서 밝혔다시피 속삭이는 것은 트위그가 잘하는 분야가 아니다.

나는 엄마 아빠 방 쪽을 흘깃 보며 숨을 참았지만 집 안은 고요했다.

"가짜 돌 아래 두는 걸 안다고?"

트위그는 '당연한 거 아니야?' 하는 표정을 지었다. 온통 까만색을 입고 있었다. 레깅스에 부츠에 니트 모자까지. 커다랗고 두툼한 검정 코트에서 서걱거리는 소리를 내며 트위그가 다가왔다.

"계획이 뭐야? 우리 그냥 가면 되는 거야?"

"트위그, 나는……."

트위그는 내 말을 물리적으로 막으려는 것처럼 한 손을 들어 올리고 말했다.

"네가 오지 말라고 한 거 알지만, 나는 너랑 세상에서 제일 친한 친구야. 항상 옆에 있을 거라고. 그리고 이렇게 멋진 모험이 또 어디 있어? 나만 빼놓고 가는 건 싫지."

순간 나는 마음이 벅차올라 울고 싶어졌지만 우는 대신 트위그를 끌어안았다. 사실 트위그가 함께 있어서 기분이 나아졌다. 트위그가 있으니 다 가능할 것 같았다.

나는 주머니에서 실행 계획을 꺼내 트위그에게 건넸다. 트위그는 얼른 훑어보더니 시계를 보고 말했다.★

★ 트위그는 7학년 전체에서 거의 유일하게 시계를 차는 아이일 것이다. 그것도 오로지 엄마가 싫어한다는 이유로. 플라스틱으로 된 커다란 헬로키티 얼굴 모양의 그 시계를 트위그의 엄마는 '조잡한 모조품'이라고 부른다.

"우리 1시 23분 버스 타려면 지금 가야 돼. 뛰어야 돼."

옷 갈아입을 시간이 없어서 나는 고양이와 개 만화가 그려진 잠옷 위에 그대로 커다란 울 코트를 걸쳤고, 우리는 아무 소리도 내지 않으려 애쓰며 집 밖으로 빠져나갔다.

'달걀 작전' 마지막 단계를 수행할 준비를 마친 우리는 차가운 밤공기 속으로 나왔다. 눈보라가 휘돌아 모든 게 희끄무레하게 보였고, 그 축축한 얼음 덩어리들을 얼굴에 맞으면서 나는 덜덜 떨었다. 얼음처럼 차가운 공기를 들이마시며 이제 달려 나갈 준비가 되었을 때…….

"계획이 뭐야?"

누군가가 물었다. 나는 날리는 눈 때문에 희부연 시야 너머로 눈을 한 번, 두 번 깜빡였다. 그제야 보였다. 어떻게 여태 못 봤을까? 우리 앞에서 두 손을 호주머니에 넣고 어깨가 귀에 닿을 지경으로 몸을 움츠린 다리를 말이다. 다리는 추위와 불편한 마음 때문에 몸을 앞뒤로 까딱까딱 움직이고 있었다.

"뭐?"

나오는 말은 그것뿐이었다. 너무 빠르게 움직이는 내 감정들을 따라잡기가 어려웠다. 절망에서 혼돈으로, 혼돈에서 흥분 상태로, 그리고 이제는 뜨거운 분노의 불꽃으로 변했다. 나는 다리에게 물었다.

"네가 왜 여기 있어?"

"야, 우리 버스 놓치면 안 돼."

트위그가 다급하게 내뱉고는 간청하는 눈으로 나를 보았다.

다리가 뭔가 말하려고 입을 열었지만 우리는 이미 늦었고 나는 달리기 시작했다. 눈 속에서 발이 삐끗 미끄러졌지만 지금 넘어진다는 건 다 실패한다는 뜻이기 때문에 나는 멈추지 않고 달렸다. 내 두 발과 심장이 "난초, 난초, 난초" 하고 뛰었다.

트위그가 따라온 건 괜찮다고 생각했는데 다리가 나타나 모든 게 날아갔다. 나는 아직 다리를 그다지 잘 모르고, 다리와는 단짝 친구가 아닌데. 트위그가 조금 전 우리의 우정에 관해 했던 말들이 이제 다 공허하게 느껴졌다.

내 머릿속 이성적 부분이 나를 말리긴 했지만 나는 왜 다리를 여기 데려왔느냐고, 왜 다리에게 난초 이야기를 했느냐고 트위그에게 소리를 지르고 싶었다. 이건 미케일라나 할 법한 행동이었다. 트위그가 하리라곤 생각도 못 한 행동. 버스를 잡으러 전력으로 달려가고 있지 않았더라면 나는 아마 트위그에게 끔찍한 말들을 외쳤을 것이다. 난초 작전은 끝이라고, 어쩌면 우리 우정이 끝이라고도 했을 것이다. 아니, 어떻게 이 일을 다리에게 얘기할 수 있지? 어떻게 우리만의 것이어야 할 비밀과 모험에 다리를 끌어들일 수 있지?

우리는 정확히 새벽 1시 23분에 정거장에 도착했다. 버스는 없었다. 2분을 더 기다려도 버스는 보이지 않았다.

"안 돼. 우리 버스 놓쳤나 봐!"

가쁜 숨이 진정되었을 때 트위그가 말했다. 그래도 트위그에 대한 내 분노는 줄어들지 않았다.

"우리 버스 놓쳤나 봐!"

그만할 때를 모르는 트위그는 또 말했다.

"내털리."

다리가 조심스러운 목소리로 나를 불렀다. 트위그와는 달리 센스라는 것이 좀 있는 다리는 내가 화났다는 걸 감지할 수 있었기 때문이다.

“그 꽃 이야기, 트위그가 나한테 해 줬어.”

어이쿠, 놀라워라! 전혀 몰랐네?

“달걀 떨어뜨리기 대회로 네가 나한테 실망한 거 알아. 내가 장치에 손을 대서…… 우리가 떨어진 건 내 탓이야. 그래도 나는 그걸 만회하고 싶어. 네 계획이 뭐든 나도 널 돕고 싶다는 거 알아 줬으면 좋겠어. 나도 같이 할게.”

그러고는 엄청나게 어색해하면서 중얼거리듯 덧붙였다.

“우리는 팀이니까.”

그 순간 버스가 모퉁이를 돌아 정거장으로 다가왔고, 덕분에 난 다리에게 대답을 하지 않아도 되었다. 대답을 했다면 뭐라고 했을지 여전히 모르겠다. ‘네가 와 줘서 기뻐, 다리’라고 했을까? ‘넌 집에 가’라고 했을까? 아니면 ‘트위그가 어디까지 얘기했어?’라고 했을까? 왜냐하면 모두 내가 하고 싶은 말들이었기 때문이다. 하지만 전부 다 조금씩 틀린 대답이기도 했다.

결국 난 아무 말도 하지 않았다. 다리는 주머니에서 우리 모두의 버스비를 꺼냈고, 운전기사는 우릴 이상하게 보는 기색이 전혀 없었다.

트위그가 버스에 오르기를 망설였다. 나는 그날 밤 처음으로, 아니, 어쩌면 다 통틀어 처음으로 트위그의 눈에서 불확실함을 보았다. 트위그도 나도 거기서 제지당할 것이라고 예상했던 것 같다. 어른들 손에 멈춰지는 데 너무 익숙해서, 우리는 버스 운전기사가 일어나 두 손을 허리에 얹고 '이봐, 청소년들. 너희끼리 다니기에는 늦은 시간 아니야?'라고 말하고, 우리를 버스로 집에 다시 데려다주고, 그러면 우리는 뭐, '최소한 시도는 했잖아' 하고 서로 위로할 거라고 예상했던 것 같다.

"너희……."

운전기사가 씹고 있던 선명한 초록색 껌을 앞니에다 척 붙이면서 말했다.

"탈 거야, 말 거야?"

운전기사는 키가 크고 다리보다도 더 말라서 잘못하면 뼈가 가죽을 뚫고 나올 것 같았다.

우리는 버스에 탔다. 당연히 탔다. 실행 계획에 따라서.

버스 안에 우리 말고는 앞쪽에 앉아서 종이봉투로 감싼 술병으로 병나발을 부는 노숙자 한 사람뿐이었다. 그리고 우리는 맨 뒤에 앉았다. 트위그가 나에게 속삭였다.

"아니, 이 밤중에 중학생 셋이 자기들끼리 버스를 타는데 어떻게 버스 운전기사가 그냥 내버려 둘 수 있지?"

하지만 나는 대답하지 않았다. 한편으로는 아직 트위그에게 화가 나 있었기 때문이고, 한편으로는 운 좋게 넘어간 일은 따지는 게 아니라고 생각했기 때문이다.

트위그가 몸을 숙여서 다리에게 내 계획의 순서를 알려 주었고, 그다음부터 우리는 조용했다. 우리 주변의 풍경이 변했고 버스는 으르렁거리면서 우리 동네를 빠져나가, 부서진 건물들 가득한 도로로 들어섰다.

노숙자가 아무 이유도 없이 아무 상대도 없이 웃고 또 웃기 시작했다. 손바닥에서는 땀이 나고 심장은 빠르게 뛰었다. 나는 내가 그저 흥분했을 뿐이라며 스스로를 달랬다. '이 기분은 흥분일 뿐이야.'

오래전, 엄마가 출근해야 하는데 차 시동이 걸리지 않았던 날, 나는 버스를 타고 랭커스터대학교에 간 적이 있다. 버스 안에 있는 것이 싫어서 한숨을 쉬었고, 무릎을 아래위로 달달거려 좌석이 흔들렸다. 우리 차의 조그맣고 사적인 공간 안에 엄마나 아빠와 함께 있는 것이 좋지, 버스는 너무 넓고 너무 열려 있고 다른 사람들의 삶과 함께 가는 기분이 들게 했다.

하지만 그때, 엄마가 내 흔들리는 무릎 위에 한 손을 얹고는 말했다.

"이건 우리의 모험이야, 내털리."

엄마는 아기를 품에 안은 버스 앞쪽의 여자를 가리키면서 이야기를 만들어 냈다.

"저 아기는 첫 아기고, 저 엄마는 아기 이름을 바이올렛이라고 지었어. 바이올렛은 5월에 피니까."

곧바로, 다른 사람들의 삶이 꽉 들어찬 커다란 버스에 있는 것이 더는 그리 나쁘게 느껴지지 않았다.

오늘 밤의 버스 운전기사는 빨간불 앞에서 급브레이크를 밟았고, 노숙자의 종이봉투에 든 병에서 액체가 흘러나와 바닥에 쏟아졌다. 노숙자가 큰 소리로 욕을 하는데 꼭 입안에 구슬이 잔뜩 든 것 같은 말소리였다.

나도 모르게 다리를 떨고 있었다. 나는 멈추려고 손으로 두 무릎을 꽉 쥐었다.

"얼마나 더 가야 돼?"

트위그가 속삭였다. 나는 트위그가 신나서 묻는 건지 기다리기 힘들어서 묻는 건지, 아니면 두려워서 묻는 건지 알 수 없었다. 처음으로 내가 트위그를 읽을 수 없다는 것을 깨달았다. 오늘 밤 트위그에게 많은 처음이 있었던 것 같다. 아니면 그저 내가 처음 발견했을 뿐일 수도 있다.

"다섯 정거장 더 가면 돼."

다리가 대답했다. 다리는 분홍색의 조그만 무언가를 손에 쥐고 돌리면서 문지르고 있었다.

"다섯 정거장만 더 가면 돼. 세어 봐, 트위그."

다리는 또 말했다. 그때 나는 다리 손에 들린 것이 조그만 플라밍고임을 알아챘다. 결국 트위그는 그 선물을 주기로 결정했던 것이다.

내 옆에 앉은 트위그의 몸에서 긴장이 풀리는 게 느껴졌다. 그러니까, 트위그도 긴장했던 모양이다. 나는 트위그의 기분을 달랠 수 있는 사람이 나뿐이 아니란 사실이 싫었다.

다음 정거장에 도착했고, 거기선 아무도 버스에 타지 않았다. 우리 셋과 버스 운전기사, 그리고 그 노숙자를 빼고는 세상 누구도 깨어 있지 않은 시간이었다. 트위그가 손을 내밀어 내 손을 꽉 잡았고 나도 그 손을 꽉 잡았으며, 우리는 남은 정거장 수를 세었다. 다섯, 넷, 셋, 둘, 하나. 나는 팔을 뻗어 노란 줄을 당겼고, 우리가 그 거대한 금속 덩어리와 함께 비틀거리고 흔들리며 앞쪽으로 달려갔을 때에야 버스는 비로소 멈추어 섰다.

"쪼끄만 것들 셋이 다니기에는 늦은 시간 아니냐?"

노숙자가 술병으로 우리를 가리키며 따지듯 말했지만, 나는 트위그가 무어라고 대답하기 전에 트위그의 손을 꽉 잡고 버스에서 끌어 내렸다.

운전기사는 아무 말도 하지 않았고 우리를 한번 쳐다보지도 않은 채 버스 문을 철커덕 닫고는 부웅 소리를 내며 멀어졌다. 그러고는 고요한 거리였다. 두 팔로 제 몸을 껴안은 우리 셋만 덩그러니 서 있었다.

"음, 이제 연구실까지 걸어갈 차례야."

턱에 힘이 들어가고 창백해진 얼굴로 다리가 말했다.

나는 빙그르르 돌아 걷기 시작했다. 기숙사를 지나고 학교 건물들을 지나 엄마의 연구실을 향했다. 미니스커트에 양털 부츠 차림인 대학생 둘이 키득거리면서 우리 옆을 지나다가 우릴 흘깃 쳐다보더니 손으로 입을 가리고 더 크게 키득거렸다. 하지만 우리에게 여기서 뭘 하느냐고 묻진 않았다. 우린 계속 걸었다. 나는 몇 달 만에 오는 것인데도 길을 잘 알았다. 뼈에 새겨진 길이었다. 집으로 돌아가는 기분이었다. 나는 이게 신나야 하는 일이란 것을, 좋은 일이라는 것을 다시금 나 자신에게 상기시켰다.

1월 14일

과제 35 잊고 말았던 모든 것

일하던 시절 엄마는 거의 연구실에 붙어 지냈다. 특히 마지막 몇 달 동안은 코발트블루 난초를 연구하면서 평일 저녁 시간과 주말, 휴일까지 다 포기했다. 엄마는 일을 사랑했다. 하지만 나를 사랑하기도 했다.

엄마는 나를 유치원에 보내는 대신 연구실에 데려갔고, 나는 그 뒤로 계속해서 엄마를 따라 연구실에 갔다. 심지어 내 전용 흰 가운도 있었다. 전에 학생 인턴으로 있던, 몬태나에서 온 어느 키 작은 여학생의 것이었는데 내 것이 되었고, 나는 내 가운을 사랑했다. 내가 과학 과목을 잘한다고 느낀 적은 한 번도 없지만 나는 그 연구실을 사랑했다. 엄마와 함께 있는 것을 사랑했다. 학교와 숙제로 가득 찬 평범한 삶을 벗어나 그곳에 있는 것을 사랑했다. 나중에는 이상하게 구는 미케일라를 잊을 수 있는 공간이기도 했고. 미케일라는 5학년 때부터 연구실에 오지 않았다. 그 애에겐 '더 나은 다른 할 일'들이 있었다.

우리는 그 거대한 빌딩으로 다가갔다. 내가 무엇을 기대했는지는 모르겠지만 어쨌든 나는 내 심장이 그 상황에 맞게 잘 대응

할 줄 알았다. 그런데 그러지 못했다. 행복하거나 신나거나 또는 그저 **적절한** 기분을 느껴야 했다. 나는 이제 곧 내 가족을 고쳐 놓고 모든 것을 예전으로, 마땅히 그래야 하는 상태로 되돌려 놓을 것이니까.

하지만 늦은 밤, 커다랗게 다가오는 그 건물은 내가 기억하는 모습과는 전혀 다르게 보였다.

"할 수 있어."

마치 내 두려움을 감지하기라도 한 것처럼 트위그가 내 귓가에 속삭였다. 여전히 트위그에게 화가 나 있으면서도 나는 그 말에 힘이 났다. 트위그가 그렇게 예리했다.

주머니에서 엄마 열쇠를 꺼냈다. 열쇠를 쥔 내 손이 덜덜 떨렸다. 잠금장치를 더듬거리는 내게 다리가 물었다.

"괜찮겠어? 추우면 손가락이 마비되어서 열쇠를 꽉 잡기 힘들거든. 나한테 장갑 있으……."

"괜찮아."

나는 다리 말을 끝까지 듣지 않았다. 그냥 도우려는 것뿐이라는 걸 아는데도 그 순간 나는 다리를 견딜 수 없었다. 다리를 보기만 해도 **적절하지 않은** 감정으로 열이 올랐고 다리의 목소리를 듣고 싶지 않았다.

나는 첫 번째 잠금장치를 열었고 다음 열쇠 구멍으로 다가갔다. 우린 바깥의 추위 속에 서 있었고 내 얇은 잠옷 천 사이로 겨울 공기가 불어 들었다. 우리가 한 번 얼어 죽었다가 다시 살아났다가 또 꽁꽁 얼기를 반복했을 때쯤 문이 열렸고, 마침내 우린 안으로 들어갔다.

건물 로비는 깨끗하고 윤이 나고 이상하게 생긴 램프들로 가득했다. 경비원이 안내 데스크에 몸을 숙인 채 앉아 있었다. 그의 코 고는 소리가 실내에 메아리치고 있었다. 기억에 없는 경비원이었다. 엄마와 이곳을 오갈 땐 경비원을 조심해야 했던 적이 없다. 엄마는 경비원들에게 미소를 짓고 손을 흔들며 인사했는데, 그때 내가 본 경비원 중에 이 사람은 없었다. 단 몇 달 사이에 정말로 많은 것이 변했다.

트위그가 속삭였다.

"여기 꼭 화려한 버전의 이케아 카탈로그 속 같아."

재미있기도 하고 사실이기도 하지만 우린 감히 웃을 수 없었다. 다리는 자기 입술에 집게손가락을 갖다 붙였고 우리는 소리 내지 않으려 애쓰면서 아주 천천히, 거의 안 움직이는 것처럼 움직여 로비를 통과했다.

엘리베이터를 타면 큰 소음이 날 터라 우리는 계단을 선택했다. 계단으로 이어지는 문을 열고 들어간 뒤 그 문이 딸깍 하고 닫힐 때는 숨을 죽였다. 우리 셋은 계단으로 3층에 있는 연구실까지 올라갔고, 휘둥그렇게 뜬 눈으로 나를 쳐다보는 트위그가 무슨 생각을 하는지 나는 정확하게 알 수 있었다.

'이번에는 우리, 진짜 비밀 요원 스파이 같다. 그런 척하는 게 아니라.'

3층에 도착한 우리는 계단과 엘리베이터와 연구실 사이의 작은 공간에, 커다란 유리문 앞에 섰다. 트위그가 나를 보았다.

"그럼, 부탁드려도 될까요?"

그래서 나는 부탁대로 했고, 문이 열렸다. 들어서자 모든 게 눈에 익은 모습 그대로였다. 입구의 긴 복도, 흰 벽에 줄지어 있는 사무실 문, 흰 타일이 깔린 바닥. 흥분되는 동시에 가슴이 아팠던 나는 쿵쿵거리는 내 심장 소리 너머로 일정하게 울리는 작은 소리를 거의 못 들을 뻔했다. 그러나 트위그가 들었다.

"내털리."

트위그의 시선을 따라가 보니 벽에서 파란색 불빛을 깜박거리는 조그만 것이 보였다. 비밀번호 입력 장치였다. "삡, 삡, 삡." 아주 조용하게, 우릴 방해하고 싶지 않다는 듯 소리를 내고 있었다. 마치 '어…… 저기…… 그게, 여러분이 지금 무단 침입하셨거든요'라고 말하듯이.

"비밀번호 알아?"

다리가 물었다. 나는 비밀번호를 몰랐다. 이것 역시 어떻게 잊어버렸는지 이해가 안 가는 것 중 하나다. 내가 엄마 연구실에 얼마나 많이 왔는데! 엄마가 이곳에 들어와서는 여기에 비밀번호 누르는 것을 내가 얼마나 많이 보았는데! 이건 마지막 단계의 보안 장치였다. 만약의 경우를, 이를테면 중학생 셋이 새벽 2시에 침입한다든지 하는 경우를 대비한.

나는 엄마를 좀 더 주의 깊게 보았어야 했다. 그 비밀번호를 보았어야 했다.

"음……."

이 소리 말고는 할 대답이 없었다.

"내털리."

트위그의 목소리에 두려움이 차올라 있었다.

"알았어."

나는 그 경보 장치로 다가가며 대답했다. 깜빡거리는 파란 불빛이 마치 경찰 불빛처럼 보였지만 적어도 소리가 요란하진 않았다. 적어도 내가 생각할 수는 있었다.

나는 1, 1, 1, 1을 눌렀다. 하지만 불은 계속 깜빡였다.

"그게 비밀번호일 것 같진 않은데."

다리가 말했고, 나는 그때 그 자리에서 다리를 죽일 수도 있을 것 같았지만 죽이지 않았다. 그리고 2, 2, 2, 2를 눌렀다. 불은 계속 깜빡였다.

"내털리!"

트위그가 말했다. 나에겐 계획이 없었다. 이건 내 계획에 포함되지 않은 일이었다. 나는 다음 할 일로 떠오르는 하나뿐인 일을 했다. 3, 3, 3, 3을 눌렀다.

그리고 깜빡임이 멈추었다.

"3, 3, 3, 3? 그게 비밀번호라고? 진짜?"

나는 웃기 시작했다. 조절할 수 없이 마구 나오는 웃음이었다. 트위그 역시 웃기 시작했고, 우리 둘 다 소리쳤다.

"3, 3, 3, 3! 3, 3, 3, 3!"

다리는 마치 온 세상이 뒤집어진 것 같은 얼굴로 우리를 보고 서 있었다.

"어떻게 그게 비밀번호야? 너 원래 알았어?"

나는 웃으며 고개를 저었다.

"그냥 때려 맞힌 거야!"

나한테서 기쁘고 해맑은 아이의 목소리가 나오는 게 낯설어 내 목소리가 아닌 줄 알았다.

"그래도……."

다리가 고개를 절레절레 저었다. 트위그가 한쪽 팔을 다리에게 두르고 말했다.

"가끔은 그냥 좋은 일이 생기는 거야. 그냥 운이 좋을 때가 있는 거라고."

떡으로 불러들인 복이 효과를 보인 것이다, 드디어! 속에서 '드디어, 드디어, 드디어!' 하는 합창이 들렸다.

다리가 큰 숨을 한 번 쉬고는 고개를 절레절레 저었지만, 결국 미소가 번지는 얼굴로 이렇게 말했다.

"그래. 이제 내털리 꽃 가져오자."

1월 14일

과제 36 오르키다케아이 '카틀레야 포르티스'

코발트블루 난초를 찾는 것은 어렵지 않았다. 나는 연구실 가장 안쪽, 멘저 교수가 쓰는 캐비닛으로 직행했다. 멘저 교수가 그 옛날 나에게 줄 씨앗을 꺼냈던 캐비닛으로. 그 기억만큼은 선명했다. '원예—기타'라고 적힌 서랍을 열고 속을 뒤져 보니, 난초 씨앗이 담겨 있던 것과 똑같은 파란색 투명 지퍼백이 있었다. 멘저 교수는 무엇이든 색깔을 이용해 분류했다.

나는 손을 떨면서 지퍼백을 열어 씨앗 하나를 꺼냈다. 씨앗 세 개가 남아 있었지만 단 하나만 챙겼다. 지퍼백 입구를 꼭꼭 눌러 닫고 다시 서랍에 넣어 두려는데, 거기에 붙은 이름표가 눈에 들어왔다. *Iris germanica*(독일붓꽃).

하지만 그건 실수가 분명했다. 이건 독일붓꽃이 아니라 내 난초니까. 내 **카틀레야 포르티스**니까.

오르키다케아이 '카틀레야 포르티스'.

나는 재빨리 서랍 속을 더 찾아보았지만 그 안에 다른 봉투는 없었다.

"찾는 게 그거 맞아?"

다리가 물었다. 다리는 지금 나를 주시하며 관찰한 모든 것을 종합해 나의 미스터리를 분석하려 애쓰고 있는 것이 분명했다. 그래서 나는 고개를 돌리고 그 씨앗을 가슴에 꼭 쥐었다. 뭔가 잘못됐는데, 그건 잘못될 수 **없는** 것이었다. 맞아야 했다. 나는 가슴에 새겨진 기억을 되감아 보았지만, 분명 이 서랍은 멘저 교수가 그 씨앗을 꺼낸 서랍이었다. 어쩌면 봉투에 이름표가 잘못 붙은 걸 수도 있다.

"찾았구나!"

트위그가 거의 덤벼들어 나를 안았다. 그 씨앗을 찾았으니 기뻐해야 하는데, 내겐 많은 의문이 생겼다. 마치 내가 여태까지 나도 모르는 사이에 거대한 과학적 미스터리의 실체에 접근해 왔고, 이제 내가 던졌던 모든 질문과 관찰 결과와 데이터가 퍼즐처럼 하나의 그림으로 맞춰지고 있는 것 같았다. 나는 그 퍼즐이 완성되어 답이 밝혀지기 전에, 당장 집에 가고 싶었다.

"가야 돼."

나는 손톱이 파고들어 손바닥이 아픈 것도 상관없이 그 씨앗을 꽉 움켜쥔 채 말했다. 왜 당장 가야 한다는 건지 내 친구들에게 설명하지 않았다. 아마 나 자신에게도 설명 못 했을 것이다. 그래도 어쨌든 가야 했다. 집으로 가서 당장 그 씨앗을 심어야 했다. 그러지 않으면, 그러지 않으면…….

친구들을 데리고 꺾인 복도를 돌아 나오며 나는 어서 엘리베이터에 올라 어서 집에 도착하고 싶은 마음뿐이었다. 그런데 입구의 커다란 유리문에 거의 다다랐을 때 내가 멈춰 섰다. 엄마의 사무실 문 앞에서 내 발이 떨어지지 않았다. 오른손은 감각이 사라질 정도로 세게 씨앗을 움켜쥐고 있었다.

"괜찮아?"

트위그가 물었지만 나는 대답 없이 문에 붙은 명패를 올려다보았다. '앨리스 나폴리.' 엄마 이름이다. 엄마가 나오지 않은 지 몇 달이 지났는데 엄마 사무실이 그대로 있다. 엄마는 해고되었는데.

질문들이 쿵쿵거리며 내 머리를 때렸다. 아빠는 일 때문에 유독 스트레스를 많이 받을 때면 콧대를 잡고는 "으, 편두통……" 하며 앓곤 한다. 나이 든 어른들에게나 어울리는 것처럼 보였는데 이 순간 내가 느끼는 게 바로 편두통이 분명했다. 뇌 속이 미어터지도록 질문이 많은데 답은 하나도 만져지지 않는 것 같은 상태.

나는 지금까지의 관찰 결과들을, 내가 얻은 실마리들을 정리해 보았다.

- 멘저 교수는 아빠에게 "다들 앨리스를 그리워해요"라고 말한 적이 있다.
- 엄마가 아직 이 사무실의 열쇠를 갖고 있다.
- 엄마 이름이 아직 이 사무실 문에 붙어 있다.

트위그가 내 뒤에서 안절부절못하는 것이 트위그의 코트가 서걱거리는 소리와 함께 느껴졌다. 그때 다리가 말했다.

"트위그랑 나는 유리문 앞에서 기다릴게. 천천히 와."

다리가 여기까지 온 건 싫었지만 그때 나는 다리를 끌어안을 수도 있었다. 세상엔 때로 다리가, 다리의 이해 방식이 필요하다.

"고마워, 다리."

이렇게 말하면서, 지금까지의 내 분노가 모두 스르르 빠져나가는 것을 느꼈다. 결국 트위그가 다리를 여기 데려온 건 다리 잘못이 아니었고, 다리는 좋은 친구가 되려고 노력하고 있었다. 단짝 친구는 아닐지 몰라도 다리와 나는 한 팀이다.

친구들이 먼저 나가고 큰 유리문이 닫히는 소리가 들렸을 때, 나는 엄마 사무실의 문고리를 끝까지 돌렸다. 그리고 안으로 들어갔다. **빨리, 조용히.**

엄마의 사무실은 늘 보았던 모습 그대로였다.

내가 낮잠을 자고 책을 읽고 숙제를 하던 소파가 있었다. 미케일라와 내가 함께 우리만의 실험을 하던 체크무늬 러그가 있었고, 거기엔 우리가 병에다 베이킹소다와 식초를 섞었을 때 목욕 거품 같은 게 넘쳐흘러 생긴 보라색 얼룩이 있었다. 엄마의 책상이 있었고, 그 위에 아빠와 내 사진들이 있었고, 7월에 멈추어 있는 엄마의 달력이 있었다. 엄마가 해고당했다면 이 사무실은 왜 아직 엄마 사무실일까? 왜 하나도 변한 게 없을까?

나도 모르게 사무실 안을 돌아다니다 완벽했던 우리 가족이 수백만 년 전에 찍은 행복하고 웃음 가득한 사진들을 집어 들었다. 디즈니랜드에서 찍은 사진을, 손바닥에 액자 가장자리가 파고들도록 세게 쥐면서 그 기억 속으로 탈출할 수 있으면 좋겠다고 생각했다.★

★ 아빠, 엄마, 내가 미키마우스 머리띠를 쓰고 판타지랜드 앞에 서 있는 사진이다. 그 여행에서 우리가 시간을 어떻게 보낼지를 엄마가 분 단위까지 쪼개서 다 계획했고, 아빠와 나는 전혀 개의치 않았다.

"내털리! 내털리!"

트위그의 목소리가 복도에서 들려왔고 쾅 닫히는 문소리와 요란한 발소리가 뒤를

이었다.

트위그가 엄마 사무실로 뛰어 들어왔다. 트위그의 얼굴 주변으로 온통 날아다니는 머리카락은 마치 한 올 한 올이 겁에 질려 달아나려는 것처럼 보였다. 트위그는 숨 가쁜 목소리로 다시 날 불렀다.

"내털리!"

트위그 뒤로 경비원 한 명이, 뒤이어 다리가 나타났다. 경비원은 엄마 사무실 입구에 섰다.

나는 액자를 떨어뜨렸다. 액자가 내 발치에서 산산조각 났다.

1월 14일

과제 37 범인들

나의 두려움과 당황스러움이 사무실을 가득 채웠다. 경비원은 사무실 입구를 막았다. 키도 몸집도 큰 그 남자는 까만 안경을 썼으며 '조'라는 이름표를 달고 있었다. 솔직히 조라는 친근한 이름을 가진 사람이라는 데서 약간 안도감을 느꼈다.

조가 우릴 쳐다보고 우리도 조를 쳐다보고, 잠시 모두가 꼼짝 않고 있었다. 그러다 조가 내 오른쪽 귀를 잡아당기며 말했다.

"아니, 그……."

식물학 연구실에 애들 셋이 침입했으리라곤 예상하지 못했는지 그는 할 말을 잃은 듯했다. 나도 할 말을 몰랐다.

"저, 그……."

"안녕하세요?"

트위그가 이렇게 인사했다. 조 뒤에는 이 상황이 끔찍해 얼굴이 창백하게 질린 다리가 한 손으로 제 머리카락을 움켜쥔 채 서 있었다.

"경보가 울려서 왔다."

이렇게 말하던 조는 자기가 이걸 왜 설명하고 있는지 모르겠다는 듯이 고개를 절레절레 흔들고 말을 이었다.

"비밀번호를 세 번 틀리면 나한테 경보가 온다고."

"그럼 3, 3, 3, 3이 **아니었네!**"

이렇게 말한 다리는 자기도 모르게 말이 튀어나온 듯 입을 얼른 다물었다

그러니까 내가 복 받은 덕분에 번호를 맞힌 게 아닌 모양이었다. 그 떡은 다 소용없었다.

조가 인상을 쓰고 말했다.

"아무래도 경찰을 불러야겠지?"

그는 질문이라도 하듯이 말했다.

"안 돼요."

다리가 다급하게 대답했다. 이렇게나 궁지에 몰린 듯한 다리는 처음 봤다. 다리를 따라오게 한 나 자신이 싫어졌다. 다리는 정말 많은 위험을 무릅쓰고 여기에 왔고, 이제 정말 많은 대가를 치르게 되었다. 나는 다리 같은 친구를 가질 자격이 없다.

"그러지 마세요."

나는 조에게 말했다. 망설여지기는 했지만 나는 무엇을 해야 할지 알고 있었다. 나는 깨진 유리 조각들을 운동화로 밟으면서 앞으로 나섰다.

"경찰 말고 데이나 멘저 교수에게 전화해 주세요. 이 연구실 대표세요. 저희는…… 저횐 그분 딸의 친구들이에요."

트위그에게서 숨이 끅 막히는 소리가 났다. 조는 해결책이 생겨 마음이 놓이는 표정으로 고개를 끄덕이고는 허리에 찬 휴대전화를 집었다.

"어……."

조는 잠시 어떻게 할지 막막하다는 듯 우리를 쳐다보았다. 조를 탓할 순 없었다. 자주 일어나는 일은 아닐 테니 말이다.

"너희 여기 꼼짝 말고 있어라."

조는 사무실 밖으로 나가서 멘저 교수에게 전화를 걸었고, 다리는 사무실 안으로 들어왔다. 우리 셋은 아무 말도 하지 않고 서 있었고 곧 조가 돌아왔다.

"지금 오신단다."

조는 한숨을 내쉬고는 엄마 의자에 앉았고 우리에게는 손짓으로 소파를 가리켰다.

"시간 좀 걸릴 거다."

조의 말투는 누그러졌지만 우리는 서로를 흘끔거리며 어찌해야 하나 갈등했다. 잘못하다 걸린 애들은 보통 소파에 앉아 기다리지 않기 때문이다. 하지만 앉았다. 조의 말대로 시간이 좀 걸릴 테니.

정말로 좀 걸렸다. 45분 동안 그 누구도 말을 하지 않았다. 고요함과 후회 속에서 앉아만 있었던, 우리 인생 가장 끔찍한 45분이었다. 나는 마음이 고장 난 것 같았다. 끝없는 도돌이표에 갇힌 것처럼 같은 생각만 돌고 돌았다. 일을 그만두기로 결정한 건 엄마였다는 생각. 엄마가 더는 마음 쓰지 않기로 결정했고, 나에게도 마음 쓰지 않기로 결정했다는 생각.

이제 붙잡혔으니 벌을 받을 일만 남아 있었다. 다리와 트위그도 마찬가지. 다 내 잘못이었다. 내가 밤중에 일어나 모든 것을 고쳐 놓으려고 했기 때문에, 내가 대장이 되어서 우리 가족을 구하려고 했기 때문에.

얼마나 말도 안 되는 생각인가.

"미안해."

나는 친구들을 올려다보지 않은 채로 말했다. 처음에 둘은 아무 대답도 하지 않았고, '얘들은 나를 싫어해, 나를 싫어해, 나를 싫어해' 하는 생각이 들었다. 그런데 그때 다리가 속삭였다.

"우린 한 팀이잖아."

트위그는 내 등에다 대고 그 기분 좋아지는 달걀 깨뜨리는 흉내를 냈고, 내 가슴은 뻐근해졌다.

내가 뭐라고 대답하기 전에 도착한 멘저 교수의 발소리가 복도에 크게 울렸다. 그 소리는 우리가 있는 엄마 사무실 앞에서 멎었다. 안도한 조가 벌떡 일어나서 말했다.

"제 도움 필요하십니까?"

멘저 교수는 먼저 우리 셋을, 다음으로는 조를 쳐다보았다가 다시 우리를 보았다. 멘저 교수가 입을 열었다가 그냥 닫았고, 또 그러기를 몇 번 반복했다. 고불거리는 머리카락을 아무렇게나 틀어 올리고 운동복 바지 위에 부츠를 신은 모습이 꼭 침대에서 나오자마자 악몽 속으로 직행해 버린 것 같았다.

한때 나는 멘저 교수를 무척이나 좋아했다. 미카엘라의 엄마인 이 사람이 온 세상에서 두 번째로 좋은 엄마라고 생각하곤 했다. 그러나 우리 엄마를 해고한 뒤 나는 이 사람을 미워하기로 마음먹었다. 다만, 실은 엄마를 해고한 적도 없는 모양이었다. 지금까지의 모든 관찰 결과와 데이터가 가리키는 엄연한 진실이었다. 엄마가 더는 가고 싶지 않아서, 또는 갈 수 없어서 스스로 직장에 나가기를 그만두었다는 것.

그리고 멘저 교수는 엄마 사무실을 엄마가 있던 그때 그대로 두었다. 기다리면서, 엄마가 돌아오기를 우리와 똑같이 기다리면서 말이다. 난 이제 어떤 감정을 느껴야 하는지 알 수 없었다. 내 감정들이 빙글빙글, 마치 고장 나 어디에서 멈춰야 하는지 모르는 나침반처럼 계속 돌았다.

멘저 교수가 대답으로 고개를 저었고, 경비원 조는 빠르게 사무실을 떠났다.

유리문 닫히는 소리와 엘리베이터 내려가는 소리가 들린 후에 멘저 교수가 물었다.

"너희 여기서 뭐 하니?"

"길을 잃어 가지고요."

트위그가 대답했다. 압박을 받는 상황에서 트위그가 어이없는 거짓말을 한 게 한두 번이 아닌데도★ 이번 거짓말이 가장 형편없었을 것이다.

★ 한번은 초대받지도 않은 어떤 애 생일 축하 볼링 파티에 끼고 싶어서, 트위그는 나와 자신이 러시아 고아라고 거짓말했다. 우리는 러시아 억양을 흉내 내며 말했다. 그리고 쫓겨났다.

멘저 교수는 인상을 썼지만 화난 것보다는 궁금함이 더 큰 얼굴이었다. 결국 이 사람은 과학자니까. 멘저 교수는 나에게 시선을 고정하고는 기다렸다.

"말씀드릴게요."

나는 모든 것을 말했다. 처음으로 입 밖으로 꺼냈고 그래서 다시는 전으로 돌아갈 수 없게 되었지만 그래도 괜찮았다.

멘저 교수가 내게 준 난초 씨앗을 엄마와 함께 심은 것부터 이야기했다. 키우고 꽃 피우고 사랑한 것을 이야기했다. 그 꽃이 기적임을 내가 안다고 이야기했다. 그리고 더 하기 어려운 이야기들도 했다. 엄마가 직장에 나가지 않아 여태 해고당한 줄 알았는데, 이제 보니 엄마가 먼저 그만둔 모양이라는 이야기. 그 난초가, 독소와 죽음의 땅에서도 살아 낸 식물이 우리 손에 죽어 버린 이야기. 뉴멕시코와, 달걀 떨어뜨리기 대회에서 우승하지 못한 일과, 나는 꼭 코발트블루 난초 꽃을 한 송이 더 구해야만 했다는 이야기. 이 연구실에 몰래 들어오는 일이 마지막 남은 한 가닥 희망처럼 보였다는 이야기.

"그 꽃은 **마법의 꽃**이니까요."

내 목소리가 갈라졌다.

"엄마를 구하려면 그 마법이 필요해서요."

다리의 입이 조그만 O자 모양으로 벌어져 있었다. 여기에 데려오려고 트위그가 다리에게 들려준 이야기가 무엇이었든, 그건 완전한 이야기가 아니었을 것이다.

멘저 교수의 얼굴이 한결 누그러졌다.

"아, 내털리, 유감이지만 그 꽃은…… 마법의 꽃이 아니었어. 그 꽃은 그냥 흥미로운, 예상을 벗어난 이례적 현상이었어."

그야 나도 알고 있다고 말하고 싶었다. **정말** 동화 속 마법이라고 생각할 만큼 내가 어리석지는 않다고. 하지만 그것보다 멘저 교수가 그 꽃을 과거의 일처럼, **과거형**으로 말했다는 데 온 신경이 쓰였다.

"그리고 네 엄마랑 넌 코발트블루 난초를 죽인 게 아니야, 내털리."

멘저 교수가 잠시 아랫입술을 깨물었다가 말을 이었다.

"미안하다, 내털리. 엄마하고 키운 그 꽃에 관해선 엄마한테 물어보도록 해."

그렇게 나는 이 끔찍한 퍼즐에 아직 남은 조각이 있다는 것을 알게 되었다. 엄마에 관해 내가 믿었던 모든 것이 거짓이었다. 시리얼로 달걀을 지킬 수 있다는 건 틀린 말이었다. 달걀은 깨졌다. 엄마가 일을 그만둔 건 일이 어려워지고 엄마가 계속하고 싶지 않아서였다. 엄마는 치열하지도 대범하지도 용감하지도 않았다. 엄마는 나를 포기했다.

"우리가 키운 꽃이 왜요? 무슨 말씀이세요?"

나는 알고 싶지 않았지만, 동시에 알고 싶었다. 멘저 교수는 내게 슬퍼 보이는 미소를 지었다.

"지금 너희 부모님들께 전화 돌릴 거야. 모두 집에 가야지."

"그 꽃이 왜요?"

나는 또 물었다. 내 세상이 산산이 부서졌고, 다시 짓기 위해서는 그 진실이 필요했기 때문이다. 하지만 멘저 교수는 고개를 젓고 말했다.

"네가 엄마한테 직접 들어야 할 얘기야, 내털리."

멘저 교수가 트위그와 다리에게 부모님 전화번호를 묻자 나는 우리의 대화가 이미 끝났다는 걸, 멘저 교수에게서 더는 아무 대답도 들을 수 없다는 걸 알았다.

멘저 교수가 밖으로 나가 우리들 집에 전화를 걸 때 우리는 오랫동안 작은 동그라미로 뭉쳐 서 있었다. 트위그가 작은 목소리로 꼭 달걀 떨어뜨리기 대회를 하고 난 직후의 다리처럼 물었다.

"이 일 이후에도 우리 친구인 거지?"

그 말이 우리 우정의 우울한 구호라도 되어 버린 것처럼.

그런데 대답을 한 건 내가 아니었다. 다리였다. 뭐, 애초에 그런 건 질문이 될 수도 없다는 것처럼 바로 "당연하지" 하고 대답했고, 그때 난 이 친구들을 영원히 내 삶에 두고 싶다는 걸 깨달았다. 나는 이 아이들을 위해 무엇이든 할 수 있다. 이 아이들이 나를 위해 그런 것처럼.

나도 적당한 말을 생각해 보았지만 말을 하려다 보면 분명 울 것 같았다. 그런데 다리가 내 표정을 보고는 그냥 고개를 끄덕거렸다. 친한 친구란 원래 그렇다. 그냥 이해할 수 있다.

멘저 교수가 돌아와 우리를 연구실 밖으로, 그다음에는 아래층의 까맣고 반짝이는 BMW 승용차로 이끌었고 우리는 수감자들처럼 걸었다. 트위그와 다리가 차에 오른 다음 나도 뒷좌석에 타려는데 멘저 교수가 내 턱을 잡고 자신을 올려다보게 하더니, 내 이마에 입을 맞추었다.

나는 옛날에 멘저 교수가 미케일라에게 이렇게 하는 것을 수없이 보았다. 이제 멘저 교수가 그 사랑을 나에게도 조금 주었고, 나는 목이 메었다.

우리는 부서진 건물로 가득한 거리를 되돌아와 다시 우리들의 동네에 도착했다. 멘저 교수는 집이 가장 가까운 다리를 먼저 데려다주었다.

"고마워."

나는 차에서 내리는 다리의 귓가에 속삭였다. 이제 화난 부모님을 마주해야 할 다리는 입술이 일자로 닫혀 있었지만 나를 보고는 '얼마든지'라고 말하듯 고개를 끄덕였다.

"행운을 빌어."

트위그가 말하고는 두 팔을 벌려 다리를 안았다. 다리는 트위그를 두고는 갈 수 없는 것처럼 보였다.

"이제 가자."

차에서 내린 멘저 교수가 특유의 부드러운 말투로 말하고는 다리를 집 앞까지 데려다주었고, 트위그와 나는 기다렸다.

"미안해."

빈 차의 고요함 속으로 트위그가 말을 던졌다.

"뉴멕시코 가자고 전화해서. 내가 그냥 있었어야 했는데."

"나도 미안해. 이 일에 널 끌어들여서."

"네가 날 끌어들이다니 무슨 소리야! 나는 항상 네 옆에 있을 거라고."

트위그가 진지하게, 힘주어 말했다.

"그래도 내가 너무 모자란 대장이었잖아. 우리가 시도한 건 다 실패했고, 나 때문에 너희도 벌을 받게 됐어."

"내털리, 네가 대장인 건 뭐든 잘하고 문제를 안 일으켜서가 아니야. 우리를 하나로 모아 주기 때문이지."

나는 뭐라고 말해야 할지 몰라 입술을 잘근잘근 깨물었다. 내 마음 한구석에는 늘 내가 없는 편이 애들에게 더 나을 거라는 생각이 있었다. 그때, 좀 더 부드럽게, 트위그가 말했다.

"내가 다리는 데려오지 말았어야 하는 거 알아. 네가 화날 거 알았어. 그래도 내가 무서웠어. 그리고 다리는 늘 답을 아는 애잖아. 그리고…… 그냥……."

나는 트위그의 한 손을 잡았다.

"괜찮아. 다리는 답을 아는 애 맞아. 많이 알지."

사실 나는 트위그가 다리를 데려온 것이 좋았다. 내게 내 친구들이 있는 것이 좋았다.

그리고 어떤 것들은 말하지 않고 두는 편이 나은데, 또 어떤 것들은 그렇지 않다. 나는 트위그의 눈을 똑바로 들여다보았고, 트위그도 내 눈을 보았다. 트위그가 밤거리의 가로등 빛 속에서 은은히 빛났다.

"너희가 없었더라면 내가 어떻게 했을지 모르겠어. 특히 네가 없었더라면, 트위그."

트위그는 안전벨트를 풀고는 내게 바싹 붙도록 다가와 내 어깨에 머리를 기대었다.

"나도."

한참이 지나 멘저 교수가 차로 돌아왔다. 마른침을 세게 삼킬 뿐, 다리의 부모님과 무슨 대화를 나누었는지는 우리에게 말해 주지 않았다. 트위그와 나는 창밖을 내다보았지만 다리네 현관문은 이미 닫혀 있었다. 집 안에 불이 켜진 것은 보였지만 그 이상은 전혀 보이지 않았다.

"다리 괜찮을까?"

내가 물었다. 트위그는 마른침을 삼키고 대답했다.

"모르겠어."

이번 차례는 트위그였고, 나는 멘저 교수가 트위그를 대문 앞까지 데려다주고 오는 동안 차에서 기다렸다. 혼자 남은 내가 느껴야 하는 건 아마도 죄책감과 슬픔과 두려움 따위여야 할 텐데 그런 감정은 하나도 없었다. 나는 괜찮다고 느꼈다. 트위그 엄마는 곧바로 대문을 열더니 바닥으로 무너지며 트위그를 안았다. 아무리 이상한 행동을 해도 딸을 사랑하는 엄마라는 것을, 언제나 트위그를 사랑할 사람이란 것을 나는 느꼈다.

차로 다가온 멘저 교수가 꼭 울 것 같은 표정을 짓고 있었다. 나는 그 이유를 알 수 없었지만 어른들은 이상한 법이고 어쩌면 이 밤은 모두에게 슬픈 밤인 것 같았다.

"감사합니다."

다시 차에 오른 멘저 교수에게 내가 말했다. 멘저 교수는 몸을 돌려 뒷좌석의 나를 보았다.

"너희들 다 정말 어려."

나는 어떻게 대답해야 할지 몰랐다. 어른들이 우리 나이에 관해 이야기하면 언제나 어색하기 때문이다. 우리를 보면서 '넌 아직 참 어려' 또는 '너도 이제 나이가 많네' 같은 얘기를 하면, 고개를 젓고 '나는 어리지도 않고 나이 많지도 않아요, 나는 그냥 나예요'라고 말하고 싶어진다.

"미케일라가 늘 너랑 트위그 얘기를 해, 참 웃긴다면서."

'네? 뭐라고요?'라는 말이 튀어나오려는 걸 내 모든 의지를 동원해서 참았다. 그때 멘저 교수가 덧붙였다.

"미케일라가 널 그리워하는 것 같아."

나는 이 대화 전부를 머릿속에서 몰아내야 했다. 왜냐하면 어른들은 자신이 무슨 이야기를 하는지도 모르는 법이고, 내가 여기서 그 얘기를 조금이라도 더 생각했다가는 뇌가 터질 것 같았기 때문이다. 이 밤엔 이미 너무 많은 일이 일어났고, 멘저 교수도 그것을 감지했는지 우리 집까지 차를 모는 내내 더는 아무 말도 하지 않았다.

내가 마음의 준비를 마치기도 전에 우리 집에 도착했다. 트위그 집과 가까워서이기도 했고, 아무리 시간이 많아도 결코 마음의 준비를 충분히 할 수 없기 때문이기도 했다.

"준비됐어?"

멘저 교수가 물었다. 나는 웃고 싶은 건지 울고 싶은 건지 알 수 없었다. 우리가 대문으로 다가갔을 때 초인종을 누르기도 전에 엄마 아빠가 문을 벌컥 열었다. 엄마가 무릎을 바닥에 대고 나를 감싸 안았고, 엄마에게서 익숙함과 새로움이 묘하게 섞인 냄새가 났다. 이를테면 엄마가 쓰는 샴푸의 꽃향기에 더 새로운, 더 깊은 다크초콜릿 냄새가 더해진 것 같다고 할까? 내 마음 한쪽은 엄마의 포옹에서 벗어나고 싶었고, 다른 한쪽은 엄마를 절대 놓지 않고 싶었다.

엄마가 내 어깨 너머로 멘저 교수를 보는 것이 느껴졌다. 두 사람이 자신들만의 말 없는 방식으로 무슨 대화를 나누고 있는지 알 수 없었지만 이번만큼은 답을 탐색하고 싶지 않았다. 내게 모든 답이 필요하진 않았다. 적어도 오늘 밤에는.

한동안 멘저 교수와 이야기를 나누면서 "음……", "흠……" 소리를 많이 내는 아빠를 보니 이미 상담사 모드에 돌입한 듯했다. 하지만 나는 두 사람의 대화를 듣지 않았다. 그냥 안겨 있었다. 엄마가 나를 안고 있게 두었다.

시간을 멈추려고 해 보았다.

하지만 마침내 멘저 교수가 돌아갔고, 엄마가 내 두 어깨를 잡고 나에게서 물러나 우리 사이에 커다랗게 텅 빈 공간이 생겼다.

"내털리, 어떻게 된 거야?"

엄마의 말투는 피곤했다. 내가 피곤했다. 나는 뒤로 물러나 엄마의 손에서 벗어났다.

"그럴 수밖에 없었어!"

내가 소리 지르고 있다는 것을 어렴풋이 자각했다.

"엄마가 못 가는 줄 알고 내가 갔어. 그런데 여태까지 엄마가 그냥 안 간 건데, 엄만 나한테 말도 안 해 줬어. 엄마가 직장에서 잘렸다고 했잖아!"

하지만 생각해 보니 그건 사실이 아니었다. 내가 그냥 짐작한 것이었다.

"내털리, 내털리, 내털리……."

아빠가 내 이름을 불렀다. 이제 아빠도 내 앞에서 땅에 무릎을 꿇고 있어, 서 있는 내가 엄마 아빠보다 조금 더 키가 컸다.

나는 두 사람을 밀어 버리고 싶었다. 나는 쓰러지고 싶었다.

"엄마가 날 포기했잖아!"

"내털리……."

엄마가 내 손을 잡으려고 했지만 내가 뿌리쳤다. 엄마의 눈 속에 눈물이 있었다.

나도 그랬다. 그래서 온 세상이 흐릿해 보였다.

"난 그냥……."

뒤죽박죽이 된 머릿속을 정리해 보려 했지만 되지 않았다. 말로 표현할 수 없었다. 그때 아빠가 한 손은 엄마의 어깨에, 또 한 손은 내 어깨에 얹고 말했다.

"오늘 밤은 다들 좀 자는 게 나을 것 같은데. 내일 이야기해도 되잖아.”

나는 눈을 감고 고개를 끄덕였다. 어차피 내가 더는 전혀 말할 수 없었기 때문에 마음이 놓였다. 더는 전혀 **느낄** 수도 없었다.

아빠와 엄마는 일어서서 나를 방까지 데려다주었다. 아빠가 나를 안았다.

“좀 자, 내털리. 엄마 아빠가 너 많이 사랑한다.”

엄마 아빠는 내가 이해할 수 없는 표정을 주고받았다. 아빠가 방으로 간 뒤에도 내 침대 곁에 머물러 있던 엄마가 내 머리카락을 쓰다듬는 사이 나는 깊은 잠 속으로 집어삼켜졌다.

1월 14일

과제 38 말에 관한 한마디

아침에 아래층으로 내려가니 엄마와 아빠는 이미 잠옷에서 평상복으로 갈아입고 소파에 앉아 나를 기다리고 있었다. 어젯밤 소란의 장본인인 나는 긴장이 되었고, 아주 본격적으로 상담에 붙들릴 차례란 걸 알았다.

내가 엄마 아빠의 맞은편 자리에 앉으니 아빠가 고개를 젓고 말했다.

"우리랑 같이 앉아, 내털리."

그래서 나는 엄마와 아빠의 사이에 앉았다. 엄마는 다시 내 머리카락을 쓰다듬기 시작했지만 이번엔 아무 말도 하지 않았다. 지난여름부터 죽 그래 왔던 대로 진행자는 아빠였다.

"무슨 생각으로 그랬어?"

아빠는 일정하고 차분한 목소리로 말하려고, 화와 두려움과 짜증을 목소리에 드러내지 않으려고 노력했다. 그러나 실패했다.

나는 아무 말도 할 수 없었다. 어젯밤처럼 폭발하고 싶지 않았다. 입술을 깨물고 두 무릎을 가슴에 안고서 내 발가락을 쳐다보았다. 엄마가 내 어깨에 한쪽 팔을 둘러 나를 엄마 쪽으로 꼬옥 붙였을 때, 아빠는 말했다.

"내털리, 거기 왜 갔니?"

내가 안으로 움츠러드는 걸, 다시 동면하는 풀 같은 침묵 속으로 파고들려 하는 걸 느꼈다. 하지만 이젠 그러기를 멈출 때였다.

"코발트블루 난초가 죽었잖아. 그래서 새로 가지러 간 거야."

내뱉고 보니 너무 단순하게 들렸지만, 어쨌든 내뱉었다.

"내털리, 난초……."

엄마는 말하다가 멈추었다. 이해를 한 모양이었다. 엄마의 얼굴에 충격과 괴로움이 선명하게 떠올랐다. 절반만 진심인 것 같던 미소와 지독할 만큼 텅 비어 있던 표정들의 벽을 깨고 마침내 엄마 얼굴에 떠오른 진짜 감정은 그 괴로움이었다. 그리고 다 나 때문이었다.

"내털리……."

엄마는 어찌할 바를 모르는 것 같았다. 아빠는 침묵을 지켰다. 침묵을 깨뜨리고 싶은 것을 간신히 참는 것 같았다. 나는 아빠가 의도적으로 침묵을 끈다는 것을 알았지만, 고요함의 압박을 느끼기도 전에 입을 열었다. 아빠의 상담사 술수에 넘어갈 생각도, 그럴 필요도 없었다. 어차피 나는 비밀과 고요함이 지긋지긋했기 때문이다. 무슨 일이 일어날까 봐 조심조심하는 일에 신물이 났기 때문이다. 이제 내가 말하기를 선택했기 때문이다.

나는 엄마를 보며 말했다.

"그 난초가 마법의 꽃이라고 했지? 엄마는 그 꽃을 사랑했잖아. 정말로 **사랑했잖아.** 그런데 그 꽃이 죽어 버렸어. 그래서, 어쩌면 내가 새 꽃을 그 자리에 심을 수 있을 거라고 생각했어. 우리가 처음부터 다시 시작할 수 있을 거라고 생각했어. 그렇게 두 번째 기회를 내가 만들면 원래대로 다 돌아갈 거라고 생각했어, 아무 일 없던 것처럼. 그래서 달걀 떨어뜨리기 대회에서 상금을 타서 뉴멕시코에 갈 계획이었는데 우승을 못 했고, 그래서 트위그가 나랑 둘이 비행기 타고 뉴멕시코에 가자고 했는데 그럴 수 없었고, 그래서 대신 엄마 연구실에……."

"내털리……."

엄마가 다시 내 이름을 불렀지만 나는 말을 멈출 준비가 되지 않았다. 마침내 내 생각들을 말이 되게 표현하고 있었다. 마침내 진실을 말하고 있었다.

"나는 엄마가 그렇게 슬픈 이유가 그거라고 생각했어. 엄마의 기적의 난초를…… 더는 연구할 수 없게 돼서. 엄마는 그 연구를 무엇보다 사랑하는데. 게다가 우리가 키우던 난초까지 죽었고, 그건 엄마한테 남은 마지막 코발트블루 난초였고, 엄마는 연구실에 갈 수 없으니까……."

나는 말을 흐렸다. 사실이 아니란 걸 이젠 알았기 때문이다. 엄마는 연구실에 갈 수 있었다.

절레절레 고개를 젓는 엄마 얼굴에 어젯밤 멘저 교수가 지었던 것과 똑같은 표정이 떠오르자 나는 **아무 말도 하지 말라고** 소리치고 싶었다. 하지만 입술을 깨물고 엄마의 말을 들었다.

"우리 온실에 있던 그 꽃, 내털리…… 그건 코발트블루 난초가 아니야. 멘저 교수님이 너한테 주신 건 독일붓꽃이었어."

나는 이해되지 않았다. 뭐 좀 헷갈린 거 아니냐고, 말이 안 된다고 말하고 싶었다. 그 꽃은 당연히 우리의 코발트블루 난초였으니까.

"우리한테 있는 코발트블루 난초의 수는 아주 적었어, 내털리. 그리고 그 꽃들은 아주 예민해서 전부 연구실 안에만 두어야 했어. 누구에게 줄 수 있는 것이 아니었어."

엄마는 간절하게도 나를 이해시키고 싶은 것 같았지만 나는 이해할 수 없었다.

"멘저 교수는 네가 미케일라와 사이가 멀어진 것 때문에 마음이 좋지 않았고, 너한테 재미있게 집중할 일이 생기면 도움이 될 거라고 생각했어. 독일붓꽃이 코발트블루 난초와 닮기는 했지만 네가 그렇게 생각할 줄은……."

엄마는 다른 시간, 다른 곳의 삶을 바라보는 눈으로 천천히 고개를 저었다.

"네가 그렇게 생각할 줄을 내가 알았어야 하는데. 네가 그 씨앗을 받기 며칠 전에 우리가 코발트블루 난초 이야기를 했잖아."

내가 붓꽃과 난초의 차이를 알았어야 하는데(그 둘이 **그렇게까지** 닮진 않았다) 그 꽃의 마법에 너무 마음을 빼앗겨 버렸다.

엄마는 계속 이야기했다. 엄마가 이렇게 말을 많이 하는 것은 몇 달 만에 처음이었다. 꼭 갑자기 말하는 법이 기억난 것 같았다.

"코발트블루 난초를 연구한 건 그런 화학물질들을 소화하는 능력을 어쩌면 질병 치료에 적용할 수 있을 거라 생각했기 때문이야. 우리가 운이 좋다면 말이야. 하지만 운이 좋지 않았지. 그런 속성만 분리하거나 그걸 다른 식물에 접목할 수는 없었어. 연구비 지원을 받지 못했지. 멘저 교수가 대표로서 그 프로젝트를 중단하는 어려운 결정을 해야 했어. 우리 둘 다에게 쉽지 않은 일이었어."

엄마가 숨을 크게 들이쉬었다. 엄마 눈에서 조용히 눈물이 흘렀고, 엄마는 절박한 표정으로 아빠를 보았다. 마치 아빠가 구해주기를 바라는 것 같은 얼굴이었다. 엄마를 바라보는 아빠의 눈에도 절박함이 있었다. 아빠 역시 엄마를 구하고 싶지만 방법을 알 수 없었기 때문이다.

"내털리."

나를 부른 엄마가 나를 보았다. 나를 **정말로** 보았다.

"내가 너한테 이 얘기들을 다 했어야 하는데, 우리가 서로 이야기를 했어야 하는데……."

나는 고개를 젓고 엄마의 무릎에 얼굴을 묻었다. 엄마 아빠의 눈에 쓰여 있는 사과를 견딜 수 없었기 때문이다. 나는 우리 모두의 몫으로 가슴이 아팠다. 내가 바란 만큼 특별한 꽃이 아니었던 죽은 붓꽃의 몫까지 포함해서.

"사랑해, 내털리."

엄마가 내 귀에다 말했다.

"나는 그동안…… 계속 우울증을 앓았는데, 그게 내가 널 사랑하지 않았다는 뜻은 아니야. 엄마는 언제나 널 사랑해. 그리고 **너무** 미안해."

이 말들이 끄집어내기 버거울 정도로 무거운 것처럼, 그런데도 우리를 사랑하기에 애써 끄집어내는 것처럼 엄마의 목소리가 떨렸다.

"우린 이 시기를 잘 넘길 거야."

아빠는 말했다. 아빠의 목소리가 거칠고 강했다. 설사 지금은 좀 깨어져 있다 해도, 아빠는 자신을 다시 이어 붙일 것이다. 우리를 위해 아빠는 자신의 작은 조각들까지 하나하나 주울 것이다.

"미안해, 우리 내털리."

엄마가 다시 말했고 그 순간 나는 울기 시작했다. 그러고는 마치 쩍 갈라져 버려 결코 울음을 멈추지 못하는 것처럼, 내 모든 부분이 사라질 때까지 울 것처럼 울었다. 웅크린 내 고치에서 고개를 들고 엄마 아빠를 바라보기가 두려웠다. 왜냐하면, 그들은 이제 내가 알던 엄마 아빠가 아니기 때문이었다. 이제는 내가 알던 것보다 훨씬 많은 것이 있는 사람들이다. 완벽하지 않고 마법 같지도 않지만 진짜인 사람들.

나 역시 이제는 다른 내털리가 되어 있었고, 우리 세 사람이 가족으로서 어떻게 조화를 이루어야 하는지 알 수 없었다.

불가능한 일 같지만 나는 눈물이 더 나지 않을 때까지 울었고, 엄마 아빠는 나를 안고 놓아 주지 않았다. 엄마 아빠는 떠나지 않았고 우리는 계속해서 나아갔다. 앞을 향해 흔들리면서, 한 번에 숨 한 번씩을 쉬면서.

1월 15일

과제 39 철통 감시 속 통화

오늘 방과 후에 트위그가 내게 전화를 걸었다.

"내가 지금 통화할 수 있는 건 엄마는 일하러 갔고 엘렌이 나를 불쌍하게 여기기 때문이야."

한밤중에 몰래 집을 빠져나와 무단 침입한 뒤로 우리는 집에서 휴대전화를 압수당했다. 이번엔 내가 말했다.

"내가 지금 통화할 수 있는 건 아빠가 내 바로 옆에 서 있기 때문이지."

아빠가 식탁 건너편에서 미소를 지어 보였다. 엄마는 오늘 오후에 실제로 상담사를 만나러 갔고* 집에는 아빠와 나뿐이었으며 아빠는 나를 자기 시야에서 벗어나지 못하게 했다. 이제 아빠는 나를 완전히 믿지 못한다. 그럴 만도 하다.

"외출 금지야, 너?"

트위그가 묻기에 내가 답했다.

"비슷해."

★ 도리스 박사는 아니다. 죄책감이 드는 일이지만, 나는 그래서 안도했다. 믿기지 않을지도 모르지만 나는 도리스 박사를 좋아하게 됐고, 도리스 박사가 나만 상담했으면 좋겠다. 엄마와 나누고 싶지 않다.

나도 잘 모르겠기에 그렇게 대답했다. 매일 방과 후에 집으로 바로 와야 하고 '가족끼리의 시간'을 더 많이 보내야 하지만 그게 처벌처럼 느껴지진 않았다.

"너는?"

"나도. 우리 엄마도 우리가 대단한 모험에 나섰던 걸 그리 좋아하지 않아. 그래도 뭐, 학교에서는 얼굴 볼 수 있잖아."

오늘도 학교에서 보았지만 그걸로는 충분하지 않았다. 우리는 학교에서, 특히 미케일라가 근처에 있을 때는 아무 문제도 없는 것처럼 행동했다. 미케일라는 자꾸 우릴 어떤 표정으로 쳐다보았는데, 우린 애써 무시했다.

"이 일 이후에도 우리는 친구야."

내 말에 트위그는 웃었다. 트위그의 그 웃음이 좋았다. 그 전염성 있는 행복이 좋았다.

"다리하고는 얘기해 봤어?"

내가 물었다. 오늘 다리는 학교에 오지 않았다. 트위그가 머뭇거리다가 대답했다.

"아니. 전화는 걸어 봤는데 아무도 안 받더라고."

"내일은 학교 왔으면 좋겠다."

"그러게 말이야. 난 걔 걱정돼."

흔들리는 트위그의 목소리를 듣고, 나는 지금의 트위그가 내가 언제나 알아 왔던 트위그와 다르다는 것을 깨달았다. 트위그가 변한 것이 어젯밤 사이인지 아니면 훨씬 전인지 모르겠다. 어쩌면 새로운 트위그가 된 지 오래되었는데 나만 눈치채지 못했던 걸 수도 있다.

"끊어야겠다. 엘렌이 눈치 줘. 그냥 너 어떤지 확인하려고 전화했어."

"난 괜찮아."

"내일 보자."

"응. 사랑해, 트위그."

트위그는 웃었다.

"나도 사랑해, 이 별종."

우리는 변했고 앞으로도 계속 변하겠지만, 트위그는 언제나 내 단짝 친구일 것이다.

전화를 끊고 보니 아빠가 얼굴을 찌푸리며 고개를 젓고 있었다. 아빠가 말했다.

"너희 셋 정말 그렇게 몰래 나가선 안 됐어."

"알아."

그리고 아빠는 뭔가 다른 말을 하려다가 마는 것처럼 보였다.

"뭔데?"

나는 물었다. 왜냐하면, 나는 아빠가 말하기를 원했기 때문이다. 항상, 무슨 일이 있어도.

아빠는 한숨을 내쉬고 말했다.

"어차피 한 짓은 한 짓이니까 그것하고 별개로, 너희 셋이 같이 있었다는 게 나는 좋다. 너희 중에 아무도 혼자가 아니었다는 게 좋아."

나는 내 두 손만 내려다보았지만 아빠 얘기는 아직 끝나지 않았다.

"너 좋은 친구들을 뒀다, 내털리."

나는 아빠를 볼 수 없었다. 아빠 말이 옳았기 때문이다. 내겐 정말로 좋은 친구들이 있다. 그러니 결국 나는 복을 받았는지도 모른다.

아빠가 자리에서 일어나 내게로 다가왔다. 내 의자 옆에 앉아서 내 두 손을 잡았다.

"그리고 너한테는 엄마하고 아빠도 있어. 우리가 완벽한 부모가 아니었다는 건 나도 알지만, 우리는 항상 너를 사랑할 거다. 무슨 일이 있어도, 내털리, 너는 절대, 절대 혼자가 아닐 거야."

나는 맞잡은 손에서 눈을 떼지 못했다. 아빠 손가락은 할머니 손가락처럼 길고 가늘었다.

"아빠, 있잖아……."

나는 애써 입을 열었다. 나는 이미 진실을 알고 있었지만 말로 직접 **들을** 필요가 있었다.

"……엄마 전에도 지금처럼 아팠던 적 있어. 전에도 우울증이었던 적 있어."

질문을 하려고 했는데, 말이 질문처럼 나오지 않았다. 아빠가 내 두 손을 꼭 쥐며 말했다.

"맞아, 네가 아주 어릴 때였지. 엄마하고 너하고 둘이 같이 한 달 동안 침대에서 지냈어."

이미 알던 것을 이제 정말로 **알게 되었다**. 이 끔찍하고 이해할 수 없는 것이 우리 삶에 찾아온 게 결코 처음이 아니었다. 항상 거기에 있었던 거다. 그저 내가 이해하지 못했을 뿐이다. 지금이라고 완전히 이해하는지도 모르겠지만, 나는 최선을 다하고 있다.

"이 상황, 그러니까 우울증…… 엄마 잘못이 아니야. 엄마는 노력하고 있어, 내털리."

"알아."

"나도 노력하고 있다."

아빠가 말했다. 꼭 소송에서 자신을 변호하는 사람의 말투 같았다.

"나는 엄마가 더 일찍 도움을 받게 하고 싶었다, 내털리. 정말 그러고 싶었어."

아빠는 이제 내가 화를 내기라도 할 것이라는 듯 나를 쳐다보았다. 실제로 나는 화가 났지만 희망도 느끼고 있어서 스스로도 놀랐다.

"알아."

나도 아빠의 두 손을 꽉 쥐었다.

1월 28일

과제 40 온실 돌아보기

나는 엄마를 온실에서 찾았다. 내부의 온기 때문에 창마다 김이 서려 있었다. 온실 안으로 들어가며, 나는 꼭 다른 현실로 걸어 들어가는 것 같았다.

엄마가 다시 진짜처럼 보였다. 긴 연갈색 머리카락을 틀어 올린 엄마의 두 손엔 흙이 잔뜩 묻어 있었다.

"이 작은 애가 죽어 가고 있어서 말이야. 화분에 담긴 채로 한쪽 구석에 처박혀 있더라고."

엄마가 내 작은 '한국의 불'을 흙에다 옮겨 심고 있었다. 그래서 나는 엄마에게 그 식물의 이름과 이야기를 들려주었다. 겨울에도 변함없이 꽃을 피운다는 것을 이야기해 주었다.

"이거, 엄마 크리스마스 선물이었어."

엄마는 이미 알고 있었다. 화분이 카드와 함께 리본으로 포장되어 있었으니까. 그래도 나는 엄마에게 말하고 싶었다. 나는 아직 엄마에게 화나 있었다.

오랫동안 엄마는 조용히 흙만 토닥거렸다. 이미 다 심었는데도. 하지만 엄마가 다시 입을 열었을 때, 엄마의 목소리는 강하고 또렷했다.

"선물 정말 마음에 들어."

엄마가 다시 엄마 자신처럼 보였다. 엄마의 '일할 때 머리 모양'과 흙 묻은 손과 불꽃이 담긴 두 눈. 하지만 전과 똑같지는 않았다. 나는 슬픈 버전의 엄마도 몰랐지만, 지금 버전의 엄마도 모른다. 지금의 엄마는 희망과 절망, 호기심과 용기, 실패와 투지가 다 담긴 사람이다. 완벽하지 않다. 세상 모든 걸 알지 못한다. 그래도 여전히 내 엄마고, 여전히 여기에 있다. 여전히 내가 사랑한다.

"붓꽃 씨앗 심었어."

엄마가 비어 있는 흙을 가리키며 말했다. 예전에 붓꽃을 심었던 자리다. 특별하지 않고, 마법 같거나 엄청나게 중요하지도 않은, 그냥 평범하고 아무것도 아닌 우리의 붓꽃이 있던 자리.

"왜?"

목소리에 화가 묻어나지 않길 바랐지만, 너무 오랫동안 모든 걸 깊숙이 묻어 두기만 해 이젠 밖으로 터져 나오고 있었다.

엄마는 늘 어디에나 씨앗을 심었다. 온실에 자리가 없어 보여도 어떻게든 작은 빈 땅을 찾았고, **그래도** 못 찾으면 길가에서 심을 땅을 찾았다. 왜 그러느냐고 내가 물을 때마다 엄마는 어깨를 으쓱하고 말했다.

"식물은 아름답잖아."

그래서 지금 왜냐고 물은 나는 엄마가 늘 했던 대답을 기대했다. 아름답잖아. 하지만 엄마는 희망이 가득하고 눈물이 어려 반짝이는 눈으로 나를 마주 보며 말했다.

"우리도 두 번째 기회를 얻을 자격이 있으니까."

5월 17일

과제 41 깨어지는 것을 지키는 법

이번 주 과학 시간은 지금까지의 과학 탐구 과정을 발표하는 시간이었다. 트위그와 다리, 그리고 나는 달걀 떨어뜨리기에 관해 합동 발표를 하기로 했다. 트위그는 발표 게시판을 가져와야 해서 그날 아침 엄마 차를 타고 등교했다. 그래서 혼자 자전거를 타고 학교에 도착한 나는 자전거에 자물쇠를 채우다가 차에서 내리는 미카엘라를 보았다. 엄마 아빠는 이런 걸 우연이라고 하겠지만 나는 운명이라 보는 쪽이다.

그곳엔 두 가지의 내가 있었다. 그중 예전의 내털리는 고개를 숙이고는 곧장 교실로 걸어 들어갔을 거다. 하지만 새로운 내털리가 바로 그 차로 다가갔다. 고개는 꼿꼿이 세우고, 발은 계속 움직였다.

"안녕?"

내가 인사했다. 미케일라는 뒷좌석에서 식물 화분들이 가득 들어 있는 판지 상자를 꺼내다가 나를 보았다. 딱히 놀란 표정은 아니었다.

멘저 교수가 창문을 내리고 인사했다.

"안녕, 내털리?"

"안녕하세요?"

나는 이렇게만 인사했다. 내 가장 진실한 부분을 목격한 사람과는 아주 적은 말만으로도 충분할 때가 있으니까.

"도와줄까?"

정말 돕고 싶어서가 아니라 물어봐야 할 것 같아서 물었다.

"괜찮아."

미케일라는 상자를 고쳐 들고는 허벅지로 차 문을 닫았다. 거절당해서 차라리 다행이었다. 우리가 그 식물들을 같이 들고 학교까지 노래를 부르며 팔짝팔짝 뛰어갈 건 또 아니었기 때문이다.

"좋은 하루 보내."

멘저 교수가 친절하고 이해가 담긴 미소를 지으며 인사했고, 나는 그 인사에 고개를 돌려 버리지 않았다. 마주 미소를 지었다.

차는 떠났고, 미케일라와 나는 학교로 들어와 우리의 목적지인 3층까지 계단을 오르기 시작했다. 나는 그저 할 일 없는 손을 그냥 두기 어색해서 두 엄지손가락을 책가방 어깨 끈에 걸었다. 예전의 나였다면 여기서 아무 말도 하지 않았을 것이다. 하지만 내가 최근 시작한 '느끼는 대로 말하기', 이게 참 괜찮다.

"그때 네가 나랑 친구 그만뒀잖아. 그 이유를 난 잘 몰라."

그 순간 미케일라가 아주 잠시 마음이 열린 얼굴로 나를 쳐다보았다. 두 눈썹은 올라가고 입술은 벌어졌다. 내 말에 너무 놀란 나머지 어이없다는 표정을 짓거나 비웃을 틈조차 없는 것 같았다. 미케일라는 말했다.

"**내가 너랑** 친구 그만둔 거 아닌데."

나는 그 말에 어떻게 대꾸해야 좋을지 고민하며 미케일라를 빤히 보았다. 누군가 나와는 완전히 다른 우주에 살고 있다는 것을 알게 됐을 때는 도대체 무슨 말을 해야 하지?

"네가 트위그랑 엄청 친해져서 나는 아예 경쟁이 안 됐어. 너는 걔 처음 보자마자 막 반짝거리고 멋지고 뭐 그렇다고 생각했잖아. 그런데 내가 뭘 할 수 있었겠어?"

미케일라는 마침내 어이없다는 표정을 지어 자신의 말을 강조했다.

"그리고 어차피 너희는 내가 친구 하기에는 너무 이상한 애들이야."

"미케일라……."

나는 뭔가 말하고 싶었지만 미케일라의 말이 얼른 와닿지 않았다. 그러니까 나는 여태 내가 미케일라 때문에 얼마나 상처받았는지 생각하는 데 너무 많은 시간을 보낸 나머지 나 때문에 미케일라가 상처받았을 수 있다는 생각은 하지도 않았던 것이다.

"미안해. 나는 그럴 뜻……."

"아, 상관없어. 이젠 신경도 안 써. 그리고 참고로 말하는데, 나다 알고 있어. 너희 연구실 무단 침입한 거 말이야. 무슨 그런 한심한 짓을 다 하는지."

미케일라는 내 말을 뚝 끊었다. 그 어이없다는 표정을 또 한 발 쏘며.

나는 비밀을 지켜 달라고 말하려고 입을 열었는데, 미케일라가 나를 보더니 한숨을 쉬고 말했다.

"걱정 마. 아무한테도 말 안 하니까. 지금까지도 말 안 했잖아,

안 그래?"

4년 전에 미케일라와 나는 같이 식물을 고르고 상상 속 치료제를 만들었다. 우리 둘 사이에는 한 톨의 이상함도 없었다. 그때의 우리는 지금과는 전혀 다른 사람들이었다.

"고마워."

내 말에 미케일라는 입꼬리에 떠오른 미소를 숨기려고 애쓰며 말했다.

"너희는 따분해서 말 그대로 소문거리도 안 돼."

우리는 사물함 앞에 도착했고 나는 미케일라가 상자를 사물함에 넣는 걸 도와주었다. 미케일라는 고맙다고 말하지 않았지만 말할 필요도 없었다. 우리가 다시 단짝이 되는 일은 결코 없을 것이다. 하지만 이제 우리 사이가 그리 나쁠 필요도 없을 것이다. 어쩌면 우리 사이는 괜찮을 것이다.

다리가 보였다. 제 사물함 앞에 앉아서 우리의 발표 자료를 마지막으로 손보고 있었다. 나는 다리 곁에 가서 앉았다. 다리는 아직 방과 후 외출 금지 상태다, 거의 무기한으로. 그렇지만 다리의 생활이 크게 달라진 것처럼 보이진 않는다. 여전히 다리는 숙제를 한다, 언제나.

다리는 우리의 발표 게시판 위로 몸을 숙이고는 한 백만 번째로 마무리 점검 중이었다. 다리는 거기에 모든 사실과 숫자들을 적어 두었지만, '예술적 디자인 요소'를 더하려고 테두리에 웃는 달걀들을 그려 놓았다. 제도용 컴퍼스로 밑그림을 그렸기 때문에 달걀이라기보다는 웃는 동그라미들처럼 보이기는 했지만 내 의견을 말하자면 완벽했다.

두 번째 종이 울리기 직전에 트위그가 학교에 도착했다. 계단을 허겁지겁 올라온 트위그는 구겨진 발표 자료들을 머리 위로 흔들었고, 다리가 그려 놓은 달걀들을 보더니 소리를 지르며 덤벼들어 다리를 안았다.

모든 게 잘 풀렸다.

과학 시간에 우리는 첫 번째 순서로 발표했다. 다리가 그러고 싶어 했기 때문이다. 다리가 우리에게 해 준 것을 생각하면 그 정도는 다리 뜻을 들어주는 게 맞았다. 우리는 마시멜란에 관해 설명한 다음 트위그가 속도를 주제로, 다리가 각도를 주제로 각각 발표했다.

그리고 마침내 내가 정한 질문과 연구 결과를 발표할 차례가 됐다.

"저는 깨어지는 것들에 관해, 그리고 그것들을 지키는 방법에 관해 생각해 봤습니다."

나는 닐리 선생님을 쳐다보았고 선생님은 미소를 지었다. 이게 그다지 과학적이지 않은 질문일 수도 있지만 내겐 꼭 맞는 질문이니까.

마지막 과제는 다른 아이들의 발표 중에 하나를 골라서 그에 대한 자신의 생각을 적는 것이었다. 닐리 선생님이 그 과제를 말하자마자 내 마음 한구석에서는 누구의 발표를 고를지 정해졌지만, 미케일라가 발표하러 나섰을 때 공책을 펼치는 나에게 스스로도 놀랐다.

관찰 내용

- 미케일라 멘저는 화분에 심은 식물들을 가지고 왔다.
- 첫 번째 화분은 대조군으로서 직사광선을 받으면서 자랐다고 미케일라는 설명했다. 두 번째와 세 번째 화분은 상자 속에 넣고 키웠는데, 하나는 왼쪽에 구멍을 여럿 낸 상자, 다른 하나는 오른쪽에 구멍을 여럿 낸 상자에 넣어서 키웠다고 한다.
- 두 번째와 세 번째 화분의 식물은 구멍들을 향해서 막 웃기게 구부러지며 자랐고, 그중 세 번째 화분의 식물은 줄기가 구멍들을 통과해서 밖으로 나오기까지 했다. 어둠을 탈출하고 빛을 찾아 뻗어 나왔다.
- 닐리 선생님은 미케일라의 실험을 **#훌륭해!** 하고 평가했지만, 빛이 전혀 들지 않는 환경에서 키운 대조군도 있었더라면 더 좋았을 거라고 덧붙였다.
- 미케일라 멘저는 선생님 말씀이 옳다고, 자기가 미처 그 생각은 못 했다고 답했다. 하지만 나는 미케일라가 그 생각도 했으리란 걸 안다. 미케일라는 무언가를 죽인다는 것을 견딜 수 없었던 것이다.
- 미케일라 멘저는 땋은 머리를 잡아당기면서 발표가 끝났다고 말했다.
- 미케일라 멘저한테서는 지금도 선크림 냄새가 난다.

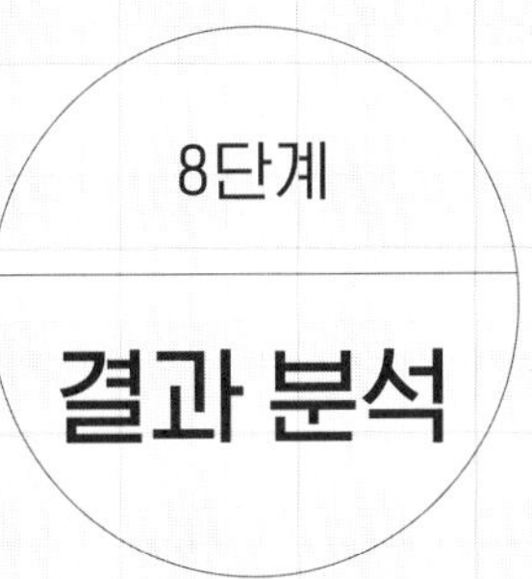

8단계

결과 분석

결과에서 무엇을 배웠습니까?

다르게 했더라면 하는 생각이 드는 부분도 있나요?

여러분의 여정이 마침내 종착지에 이르렀습니다.

탐구하고 조사하고 실험하면서 여러분도 저만큼 즐거웠기를

바랍니다! 금요일에 탐구 일지를 제출하세요.

그리고 여름방학 잘 보내세요!

#끝

5월 30일

과제 42 분석……인 것도 같고 아닌 것도 같고

요즘 나는 여러해살이식물을 생각한다. 사는 건 때로 땅속에 깊이 묻힌 채 살아남는 것이고, 그건 나쁜 게 아니다. 그냥 필요한 것이다. 그래도 괜찮다.

그렇게 살아남은 식물들이 모두 다시 꽃을 피우고 태양으로 뻗어 가는 지금, 갑자기 이번 학년이 끝날 때가 됐다.

이제 탐구 일지를 제출해야 하는데, 나는 그냥 잃어버렸다고 하는 것을 고려해 보았다. 세상을 과학적으로, 객관적으로 관찰해서 공책에 기록하는 게 숙제였는데, 그것과는 거리가 먼 게 확실한 이 기록을 어떻게 제출한단 말인가?

하지만 생각해 보면 닐리 선생님이 우리에게 내 준 과제는 진심으로 알고 싶은 것을 온 마음으로 관찰해 보는 거였다. 그러니 이것이 제 관찰의 기록입니다, 닐리 선생님. 온 마음으로 했어요.

작년에 국어 선생님이 작문 연습장을 나눠 주면서 각자의 가장 깊은 감정들을 써 보라고 했을 때 아무도 진지하게 받아들이지 않았다. 누구나 읽을 수 있는 곳에다 비밀을 쓴다니 얼마나 바보 같은 일인가 생각했다.

하지만 어쩌다 보니 이 탐구 일지는 내가 지금까지 해 본 가장 중요한 숙제가 되었다. 도리스 박사와 상담할 때도 그 이야기를 했더니 상담사 특유의 태도로 엄청나게 기뻐했다.

"정말 잘됐다, 발산할 통로를 찾은 거 말이야. 너 자신을 표현할 방법이 생겼잖아."

하지만 어쩐지 엄마와 함께 온실에 있었던 그날 이후, 나는 이 공책에 글을 거의 쓰지 않았다. 물론 내가 여기에 글 쓰는 것을 그토록 좋아하던 도리스 박사에게는 말 못 했지만 갑자기 이것이 필요 없게 되었다.

이제 말로 할 수 있기 때문이다.

엄마, 아빠, 나, 셋은 그 후로 계속 서로를 정직하게 대하고 있다. 그리고 엄마는, 솔직히 예전으로 완전히 돌아온 것은 아니지만, 일주일에 두 번 상담을 받으러 간다. 심지어 일도 시작했다, 파트타임으로. 그건 대단한 힘을 낸 것이고, 나는 엄마 딸이라서 자랑스럽다.

그런데 한 가지 이상한 점. 독일붓꽃이 전혀 자라지 않았다. 엄마와 내가 아무리 기다려도, 우리의 살아남는 꽃인 '한국의 불'이 곁에서 꽃을 피우는 동안에도 결국 싹을 틔우지 않았다.

"이제 포기할 때인 것 같아."

엄마와 함께 잡초를 뽑고 물을 주면서 식물들을 가꾸다가 내가 말했다. 그 붓꽃 씨앗을 심은 지 한 달이 넘었지만 그 후로 우리는 그다지 많은 대화를 나누지 않았다. 여전히 힘든 날과 나쁜 날들은 있었지만 우리는 매일 온실에 왔다. 할 일이 별로 없을 때도 온실에 와서 서로의 옆에 있었다. 그것이 우리가 노력하고 있다고 서로에게 말하는 방식이었다.

"포기는 하지 말자, 내털리."

엄마가 긴 숨을 내뱉곤 말했다. 아무것도 자라지 않은 그 흙 위를 쓰다듬으며 덧붙였다.

"계속 새로운 걸 시도해 보자."

그래서 엄마와 나는 모종 가게에 갔다. 그 가게에 있는 붓꽃 씨앗을 색깔별로 다 샀고, 난초도 좀 샀다.

그리고 그것들이 자라나는 데는 시간이 많이 걸리지 않았다. 거의 하룻밤 사이에 싹이 튼 것 같았다, 마법이나 과학이나 아니면 그 중간쯤의 어떤 힘으로. 그리고 그때부터 온실의 구석과 틈을 거의 남김없이 선명한 색깔들로 채우면서, 맹렬하고 대범하고 용감하게 자라났다.

처음에는 아무것도 없었는데, 이제는 가득하다.

우리는 손끝으로 살며시 꽃잎들을 스치며 온실 속을 거닐다 단 한 곳의 비어 있는 흙 앞에서 멈추어 섰다. 그 파란 붓꽃이 죽은 자리에서는 결국 무엇도 자라지 않았다. 분명 설명할 수 있는 과학적인 이유가 있겠지만 나는 그것만이 아니란 느낌이 든다.

자신을 기억하라고 요구하는 빈자리가 거기에 있다. 엄마와 함께 거기 선 나는 엄마 품에 파고들어 엄마의 다크초콜릿 냄새를 들이켰다.

어쩌면 언젠가 우리는 뉴멕시코에 있는 그 신비로운 파란 들판을 찾아갈지도 모른다. 그 부자연스럽도록 선명한 꽃들 속을 걸으며 지난 몇 달, 아니, 어쩌면 몇 년 동안의 모든 일들을 이야기할 것이다. 언젠가 엄마는 복잡하고 산란한 자신의 진실을 내게 이야기해 줄 것이고, 나는 이 탐구의 마지막 관찰 내용을 분석할 것이고, 우리는 앞을 향해 흔들릴 것이다. 항상 변하는, 항상 성장하는 우리 자신에게로 나아갈 것이다.

하지만 이때 이 온실에서, 생명과 빛과 두 번째 기회들로 가득한 곳에서, 우리는 괜찮았다. 깨어지는 것들을 언제나 지킬 수는 없다. 마음도 달걀도 부서지고 모든 것은 변하지만, 어쨌든 우리는 계속 나아간다.

왜냐하면 과학이란 질문을 던지는 것이기 때문이다. 그리고 그 답을 두려워하지 않는 것이 살아가는 것이기 때문이다.

저자의 말

'우울증'은 금기어가 아닙니다. 우울증은 가장 흔한 정신 질환 중 하나이고 결코 부끄러워할 일이 아닙니다. 당신이나 당신이 사랑하는 사람이 우울증 혹은 다른 정신 질환으로 고생하고 있다면, 혼자가 아니라는 것, 도와줄 수 있는 사람들이 있다는 것을 기억해 주세요.

상담이 필요하다면 전화번호 1-800-950-6264로 전미정신질환연합National Alliance on Mental Illness(NAMI)에 연락해 주세요. 홈페이지 nami.org를 방문해 자료를 살펴보실 수도 있습니다.*

* 한국에서 도움이 필요하면 아래 기관에서 상담받을 수 있습니다.
1577-0199(정신건강증진센터 정신건강 위기상담전화)
129(보건복지콜센터)
1388(헬프콜 청소년전화)
보건복지부 홈페이지(http://www.mohw.go.kr)에서도 정보를 얻을 수 있습니다.

감사의 글

슈퍼 영웅처럼 탁월한 에이전트 세라 데이비스, 초고를 읽고서 “더 깊이 파고들어 보라”고 조언해 준 것에 천 번의 고마움을 전하고, “분명 할 수 있다”는 말로 확신을 준 것에 백만 번의 고마움을 전합니다. 그린하우스 팀의 모든 팀원들과 라이츠 피플에도 커다란 감사를 드립니다.

첼시 에벌리, 이 책을 읽고 또 읽어 준 것에 감사드립니다. 이 인물들을 이해해 주어서, 때로는 나보다도 더 잘 이해해 주어서 고맙습니다. 그리고 물론 내털리의 이야기를 위해서 싸워 준 것에 대해서도요.

다음에 언급할 이들을 포함해 랜덤하우스 팀의 모든 팀원들에게 깊은 고마움을 전합니다. 맬러리 로어, 미셸 내글러, 카트리나 댐콜러, 스테퍼니 모스, 바버라 바코스키, 크리스틴 마, 켈리 맥골리, 줄리 컨런, 에이드리엔 와인트라우브, 리사 네이덜, 크리스틴 슐츠, 질리언 밴덜, 에밀리 뱀퍼드, 조 잉글리시, 에밀리 브루스. 저는 복이 많은 저자입니다.

친구이자 가장 좋아하는 작가인 나의 어머니, 내가 핑키 형사

이야기를 썼을 때부터 언제나 믿어 주셔서 감사합니다. 셀 수 없이 많은 이야기의 셀 수 없이 많은 버전을 읽어 주신 것과 더 나은 작가가 되는 법을 가르쳐 주신 것도요. 하지만 무엇보다 더 나은 사람이 되는 법을 가르쳐 주셔서 감사합니다.

아버지, 열심히 노력하는 일과 굳은 결심의 가치를 몸소 보여 주셔서 감사합니다. 가장 훌륭한 예시를 통해 길잡이가 되어 주셨습니다. 그리고 선희. 내털리의 트위그 같은 존재, 유머와 친절함과 사랑을 뿜는 원천이자 내 자매, 내 가장 친한 친구. 그리고 할아버지, 할아버지의 아파트를 제 임시 사무실로 쓰게 해 주셔서(그리고 스파이크를 참아 주셔서) 감사합니다.

그리고 이 책의 초고를 읽어 준 다음 친구들에게 고맙습니다. 내가 책을 쓸 거라고 귓가에 속삭이던 고등학교 시절부터 나를 지지해 주었던 친구 애들리나, 사랑과 정직함을 베풀어 준 릴라, 내게 맞는 책들을 추천해 준 샘, 그리고 인턴 시절부터 나와 함께 출판계에서 긴 여정을 함께 한 부키, 책을 읽어 준 태내즈, 그리고 스웽키스와 일렉스틱스.

열정과 지지를 보내 준 재버웍스, 나의 직업상 가족이 되어 주어서 감사합니다.

로이스 앤 야마나카, 샌디 챙, 리즈 포스터, 앨리슨 라자라, 댄 토데이. 단어 목록과 글쓰기 과제, 비평에 감사하며, 내가 무언가 하고 싶은 말을 지닌 사람이고 그것이 좋은 일임을 상기시켜 주어서 감사합니다.

그리고 물론, 내 글의 첫 번째 독자 조시 네이델, 당신이 나의 버팀목입니다. 원고를 읽어 주고 설거지를 해 주고 '코발트블루 난초'를 말해 주어서 고맙습니다. 당신이 없었다면 이 책은 지금 과 같지 않았을 것이며 나 역시 마찬가지입니다.

옮긴이의 말

이 이야기에는 피어날 수 없던 곳에 피어난 새파란 돌연변이 꽃이 등장하고, 곳곳으로 날아가 깨지는 달걀이 등장하며, 못 말리는 단짝 친구와 어색한 새 친구가 등장합니다. 그리고 우울증이 등장합니다.

우울증과 마음의 건강이 좀 더 중요하게 인식되었으면 하는 바람이 전달된다는 점은 제가 이 책을 우리나라 독자들에게 소개하고 싶어진 이유들 중 하나입니다.

우울증을 다루지만 우울증에 걸린 당사자가 아니라 곁에서 바라보는 사람이 주인공이라는 점도 주목할 만합니다. 엄마를 무척 사랑하지만 엄마의 병인 우울증을 이해하지는 못하는 딸. 내털리는 언제나 함께하던 엄마가 전혀 다른 사람이 되어 버린 것이 그저 두렵고 화가 나고, 스스로도 알 수 없는 슬픔에 빠지며, '자신이' 엄마를 전과 같이 되돌려 놓을 수 있다는 믿음에 사로잡혀 노력해 보기도 합니다. 하지만 그 믿음이 커다란 착각의 덩어리였음을 깨닫고는 퍼즐을 맞추듯 차츰차츰 더 넓은 시야로 모든 것을 바라보게 됩니다.

또한 이야기 속에는 우울증을 이해하고 잘 아는 사람들의 목소리도 등장합니다. 내털리의 아빠는 전문 상담사로, 우울증에 걸린 아내를 이해하고 배려하며, 그 병이 아내의 '잘못'이 아님을 딸에게 말해 주는 남편입니다. 종종 내털리가 질색하는 '상담사 아빠'로 변해서 내털리에게 질문을 던지기도 하고, 정신 건강을 지키기 위해서라면 눈보라를 뚫고 병원에 가는 것쯤 마다하지 않기도 합니다. 내털리를 상담하는 의사인 도리스 박사 역시 아픈 마음에 관한 통찰력 있고 따뜻한 말들을 건넵니다.

『깨지기 쉬운 것들의 과학』은 또한 어느덧 찾아온 새로운 시야에 관한 이야기이기도 합니다. 오랫동안 품어 온 결론이 나도 모르는 사이에 이미 내 발에 작아진 신발과 같아서, 결국 새로운 결론을 받아들이게 되는 일에 관한 이야기. 닐리 선생님 같은 특별한 과학 선생님이 내 주는 과학 과제를 하지 않더라도, 우리는 언제나 관찰을 하고 결론을 내리고 그 결론들과 함께 살아갑니다. 그리고 절망이라고 생각했던 것이 사실은 그렇지 않다는 새로운 결론을 만나게도 됩니다. 이 이야기를 옮기며 나의 가장 새로운 결론들을 알아채고 인사하고 싶어졌습니다.

그에 더해 식물에 관한 이야기여서, 기적에 관한 이야기여서, 소중한 관계들에 관한 이야기여서, 한국계 미국인인 주인공이 한국인으로서의 자신에 관해 생각하는 이야기여서, 흥미로웠습니다.

하지만 그 밖에도 이 이야기는 독자들 저마다에게 각기 다른 여러 이야기일 것입니다. 각자 가슴에 품은 '질문'들이 달라서 다른 관찰을 하기에, 모든 이야기는 모든 사람에게 다르게 읽힙니다. 읽으며 떠오른 모든 감정과 생각이, 비판적인 판단이, 이 이야기가 말하지 않은 부분에 관한 상상이, 아직 언어가 되지 않은 느낌이, 표현해 보고 싶은 어떤 것이 모두 저마다의 의미 있는 이야기를 이룹니다. 그러니 무엇보다 이 책에서 자신이 읽어 낸 이야기에 귀 기울일 수 있고 자신의 마음을 느끼고 알아챌 수 있는 읽기 경험을 했으면 좋겠습니다.

2019년 9월

강나은